critics

王朝军 ◎著

新锐批评家丛书

又一种声音

山西出版传媒集团 北岳文艺出版社
BEIYUE LITERATURE & ART PUBLISHING HOUSE

图书在版编目(CIP)数据

又一种声音 / 王朝军著. —太原：
北岳文艺出版社，2016.12（2023.6重印）
ISBN 978-7-5378-5006-3

Ⅰ. ①又… Ⅱ. ①王… Ⅲ. ①中国文学-
—文学评论-中国-文集 Ⅳ. ①I206.7-53

中国版本图书馆CIP数据核字（2016）第303829号

又一种声音

王朝军 著

//
责任编辑
韩玉峰

书籍设计
张永文

印装监制
郭勇

出版发行：山西出版传媒集团 · 北岳文艺出版社
地址：山西省太原市并州南路57号 邮编：030012
电话：0351-5628696（发行部） 0351-5628688（总编室）
传真：0351-5628680
经销商：新华书店
印刷装订：山西万佳印业有限公司

开本：710mm × 1000mm 1/16
字数：304千字
印张：17.75
版次：2016年12月第1版
印次：2023年6月山西第2次印刷
书号：ISBN 978-7-5378-5006-3
定价：58.00元

让我们发出自己的声音

杜学文

近年来，山西更年轻的一批评论家成长起来，这是非常令人高兴的。总体上看，这批评论家的分布比较合理。除了在省城工作的人外，还有一些人工作在市县各地；从数量上来说，高校的同志比较多，但仍然有很多人工作在其他部门，如媒体、刊物及一些并非文化机构的单位。从他们接受的教育情况来说，一些人的学习经历比较丰富，其中有博士、博士后，教授、副教授，也有本来并没有经过专业训练，但凭个人的热爱、努力走上了批评的道路。从目前的成就来看，也比较乐观。有的人成为国家性评奖活动的评委，有的作品被权威性刊物选载，有的已经出版了几部著作。虽然人数还不够多，但基本呈现出代际承接的局面，为山西文学的发展提供了积极的条件。为使更多的批评人才涌现出来，山西省作家协会在山西省委宣传部的支持下，决定编辑出版“新锐批评家丛书”。此次通过一系列申报、评审等程序，先行资助十位评论家，帮助他们出版自己的著作。希望有更多的人才能够涌现出来，使我们的文学批评更加生龙活虎、有声有色。

山西文学有着深厚的传统。这已是有目共睹。实际上，山西的文艺理论与评论在中国文艺批评史上也占有非常重要的地位。择其要者言，如战国时期的荀子就著有《乐论》，强调音乐在教化中的巨大作用，是比较早地对艺术进行理论总结的经典著作。在绘画理论方面，唐代张彦远的《历代名画记》是对中国绘画理论与发展史的一次系统总结，被誉为“画史之祖”，成为中国艺术史上最重要的经典。宋代郭若虚著《图画见闻志》，丰富了美术史论结合的研究领域，影响广泛。在书法理论与批评方面，传为卫铄所著之《笔阵图》、张彦远编著的《法书要录》等在中国书法理论的构建方面贡献至大。在文学理论的创建上，柳宗元倡导古文运动，白居易在强调诗文之社会功能的同时，强调诗的情感、语言、形神等问题。元好问的《论诗绝句三十首》倡导自然，主张性情之真，推崇雄劲豪放之风，是中国文学史上具有深远影响的诗论。特别是晚唐时期司空图所著《二十四诗品》，是中国文艺理论史上极为重要的成就。五四新文化运动以来，山西地区的文艺理论建设也随时代之变而变。高长虹身体力行倡导“狂飙运动”，有许多关于文艺的理论表述。特别是李健吾，是当时极为活跃的批评家。后来的常风也著有多部批评著作。与此相应的是革命根据地的文艺活动，山西得天独厚。这里不仅聚集了大量的文艺人才，创作了大量的新文艺作品，也发表了许多关于文艺的理论见解。尤其要提到的是以赵树理为代表的山西根据地作家，不仅是最早体现《在延安文艺座谈会上的讲话》精神的创作群体，在文艺理论的建设上亦多有成就。这一现象不仅深刻地影响了山西的文学创作，也对中国新文艺的发展产生了极为重要的影响。我们在此谈论这些，主要是说，作为地域文化现象，山西一直以来是一个创作与理论评论齐头并进的地区。同时，我们也可以看到，这些对中国文学艺术创作产生重要影响的理论的出现与当时社会的发展变革有着非常密切的关系。

进入当代，山西的文学理论与评论仍然保持了比较活跃的态势。特别是新时期以来，可谓阵容强大。仅山西省作家协会机关就有老中青三代十余名评论家。此外，在高校也有许多人从事文艺理论与评论。除了这两部分人之外，还有在媒体报刊及社会各类机构工作的人也同样活跃。有人认为这三批人成作协派、学院派、报刊派三分天下之势。除了在太原工作者外，亦有吕梁师专群体、晋东南师专群体等。他们在文学流派研究、鲁迅研究、文艺生产力研究、马克思主义文论研究、根据地文学研究，以及追踪创作等方面在全国均有积极的影响。随着时间的推移，他们中的人或调离，或退休，或转行，或去世，业者星散，群体不再，山西文学理论与评论队伍面临严峻考验。与此同时，是理论评论阵地的萎缩。在全国有重大影响的评论刊物《批评家》等或停刊，或改变编辑方向。新人的成长、氛围的营造、作品的刊发、活动的开展等诸多方面都受到了影响。所幸的是，在山西省委宣传部的支持下，山西省作家协会一直坚持发现新人，扶持新人，新一批评论家又涌现出来。他们年龄较小，思维活跃，知识结构新颖，对新现象、新趋势比较敏感，个性色彩极强，表现出活色生香的发展态势。这在比较大的程度上改善了山西文学批评弱化的倾向，对山西文学的发展具有十分重要的意义。

从事文学理论研究与批评是一项艰难而清苦的事业，但同时又是一项崇高而不可或缺的事业。没有理论的行动是盲目的，没有批评的创作是孤寂的。我们的创作亟需强有力的理论与批评的支撑。这就对批评工作者提出了非常急迫的要求。我以为更加需要从这样几个方面努力。

一是要在了解掌握现代文艺理论的同时，很好地了解掌握中国古典文论的精华，并在实践中将这二者很好地融合起来。现在，人们讨论比较多的是外来的文艺理论，似乎不谈这些就有落伍、老土之嫌。但是，对本民族的文艺理论却表现出疏离、隔膜的状态。这是有问题的。文化的进步肯定是不同文化之间的相互吸纳、交流形成的。只拘泥于传统而不求新变是不行的。但是只知道别人而不清楚自己则更危险。正确的方法是在掌握传统的同时积极借鉴吸收别人的与我有益的元素，才能形成新的具有生命力的理论。以中国传统绘画言，在隋唐时期，由于输入了西域的晕染法及其他外来技法，使中国绘画发生了新变，形成了新的风格。如果没有之前的中国传统绘画，就不可能使外来技法有生长的根基土壤。但是，如果不吸纳西域的画法，中国传统绘画就不可能在隋唐时期发生改变，就可能在原有基础上变得僵化，失去鲜活的生命力。反过来看，因为吸收了中国文学的元素，也使国外的文学创作呈现出新的生机。如美国著名的现代派诗人、批评家艾兹拉·庞德，他从中国古典诗歌的“意象”中受到极大启发，形成了“意象理论”，并据此倡导意象派诗歌运动，开英美现代诗歌之先河，推动了美国新诗运动的发展。但是，著名的艾兹拉·庞德并不是在写中国的古典诗词，而仅仅是接受了中国古典诗歌中的“意象”成分。这就是说，任何新变都是对外来有益因素的接受与改造，而不是照搬。著名的瑞士心理学家荣格在经过十五年的研究后，发现找不到能够有力地支持自己结论的人类经验。正是在这样的“困境”中，荣格遇到了德国著名的传教士、汉学家卫礼贤。卫礼贤把自己翻译介绍的中国道教经典《太乙金华宗旨》给了荣格，使荣格摆脱了研究的困境。用荣格自己的话来说，就是这部著作帮助他“第一次走上了正确的道路”。从某种意义言，中国古典文化典籍使荣格从迷茫中出走，并成就了荣格。但是，荣格并不是一个文化偏至主义者，仍然保持了对文化融合的清醒认识。他指出，“中国花了几千年时间建立起来的东西我们也不可能通过偷窃来获得。要想拥有，我们必须凭借自己的努力。东方所能给予我们的仅仅是一种帮助，具体工作还必须我们来做。如果我们把自己文化的根基当作过时的错误加以舍弃，把我们看成无家可归的海盗偷偷摸摸地栖身于陌生的海岸上，那么，《奥义书》的智慧和中国瑜伽的洞见对我们又有什么用呢？如果我们对自己的问题视而不见，带着习惯性的偏见过着人为安排的生活……那么东方的洞见尤其是《易经》的智慧将毫无意义。”改革开放以来，外来的，特别是西方的理论蜂拥而入，对既有的理论模式形成了冲击。一方面这些新传入的理论解放了人们的思想，拓展了表达的空间，丰富了文学的可能性。但是，另一方面，也存在食而不化、机械套用、简单照搬的问题，存在着片面回避或否定传统的问题。这使我们的文学表现出疏离民族文化的同质化倾向，将使文学面临僵化并失去根基、失去生气的挑战。借用荣格的话来说，如果我们把自己民族文化的根基当作过时的错误舍弃，那么，外来的理论即使多么富有智慧，对我们又有什么用呢？因此，我们要认真研究中国传统文论，并借鉴外来文论中那些能够解决创作现实问题，唤醒文学新的生命力的元素，并使之有机地融合起来，形成推动文学发展进步的具有时代意义的理论与方法。

二是要在进行文学本体批评的同时努力发现文学所具有的社会价值。文学批评当然是对文学的批评，首先要建立在对文学作品本体的研究上。如果脱离文本，批评也就无从下手，就将成为没有文学的所谓的“文学批评”。这当然是不行的。因此，我们首先要熟悉文本，对文本有充分的了解把握。这些年来，我们在这方面已经有了很大的拓展，表现出非常鲜活的态势。这种态势的出现，与中国文学本身所具有的开放性、包容性关系极大。这使我们能够从更为丰富的角度来观照文学，丰富文学，激发出文学自身发展的新的可能性。但是，文学并不是一种纯粹的存在。它不是仅仅具有自足的意义，还具有更为丰富的价值。这种价值除了文学自身以外，一个非常重要的方面就是对社会文化所产生的重要作用。这就是文学将塑造什么样的情感状态，将通过人物的行为为人们提供什么样的价值选择，它是否表现了一定时期社会的深层结构及其变化，是不是揭示出了历史发展的某种必然性等等。因此，我们看文学，要走出文学来看，要在对文本充分了解掌握的基础上，努力发现作品所蕴含的思想、价值观、情感状态以及对现实的关注。一段时间，人们不愿意讨论文学的社会文化价值。也许这种思潮是对把文学政治化、工具化等非文学化的反对，是特定时期文学回归自身的一种表现。但是，就今天来看，我们又使问题走向了另一方面，那就是漠视或者回避文学本身所具有的社会文化价值，进而诱导文学脱离或疏远了现实生活，使文学成为一种“形式化的文学”，或者仅仅满足于表达个人生活的文学。对现实的回避将导致文学的虚无化，导致文学与人民大众的疏离。也就是说，文学将被人民所边缘、冷落。文学的发展进步当然包括其文体的新变、结构的创新、语言的鲜活、新类型的创造等等。没有这些就没有文学。但是，文学的价值还体现在对现实人生的关注程度、表现深度，以及能否为现实生活提供精神资源、价值标准、情感意义，对社会未来的把握等等方面。这不仅因为文学要表现人的生活、情感，也因为它的实现对象是社会生活中的人。这才是文学存在的价值。也正因此，要求从事文学理论与批评的人要比创作者更为深刻地关注社会现实、了解社会现实。一个作家需要从细节的层面来了解社会生活。而一个批评家则更需要从规律性的层面来把握社会趋势。作家是从个人—形象，以及细节—典型的层面达到规律性的把握，而批评家则需要从规律性返回个人与细节。为此，我们的批评家需要付出更多的努力，在了解掌握基本的文艺规律的同时，还必须对社会现实有深刻的认知，需要更多地成为社会生活的参与者。正如恩格斯在讨论文艺复兴时期文化巨人的出现时所言，之所以在那一时期需要并且也出现了巨人，一个非常重要的原因是，“他们几乎全都处在时代运动中，在实际斗争中生活着和活动着”。只有这样，才能把握历史发展的必然性，才能为人自身的最终解放找到现实的支点。

三是要在保持批评科学性的同时努力表现出批评者自身的生动性。批评就是批评，必须对作品以及创作现象提出符合实际的意见。批评除了要揭示作品的长处、不足外，还有一个非常重要的任务就是要指出其蕴含的价值选择是否正确。批评仅仅讨论作品的特色是完全不够的。当然，如果我们在批评时对作品的艺术特色毫无认知，没有对艺术表达的敏感性，甚至企图回避对艺术特色的分析也不是文学批评，而是一种社会学批评。因此，批评首先要有严谨的学术态度，不为人情、功利所左右的科学精神。要直指作品文本的内里，褒贬优劣，鞭辟入里，表现出凌厉生动的品格。但是，批评也要追求批评的鲜活性、生动性，追求批评者的个性。把文章写得死板教条，一副八股相，靠掉书袋来显示学识的广博，抄名言证明自己的强大，读不懂来表现观点的深奥等等都将泯灭批评的意义。文学批评是文学的批评，要有文学的特质。那种鲜活的、充满个性的、富有抒情色彩的表述总是显现出批评者的才华、人性、情调，并给予读者以阅读的快感、思想的享受、审美的愉悦。在这样的批评中，我们能够感受到批评者的情感，批评者的人格，感受到批评者发自内心的真诚，进而感染读者、吸引读者。这是很不容易的，但也是非常需要的。

中国正处在一个发生着急遽变革的历史时期。一切均需在继承的同时重新构建。社会结构正在重组，这种重组是如此剧烈，以至于我们能够听到其在时代的长河中哗哗作响。经济模式也在新变，这种变化是如此迅猛快捷，以至于我们还没有认识到一个事物存在的基本状况就被新出现的更新的事物所取代。而我们的文化——文学，也正在并且还要出现新的发展。这种发展将是与时代同步的，是时代的新生儿，十分需要理论的支撑、批评的引导。谁让我们正身处于这样一个变动不止、日新月异的时代呢？这是我们的幸运，是我们的机遇，是时代给予我们的恩赐。我们不能辜负这样的时代，不能在时代的召唤中背过脸去。我们唯一的选择就是，在时代的潮流中奋勇搏击，大显身手，发出自己的声音，为文学的进步贡献力量。

2016 年 9 月 15 日

我的一次失算

韩石山

生性刻薄而又好为人师，这一人性的劣质，让我在俗世吃足了苦头，而用之于文学批评，几乎是一个腾跃，便暴得大名（且不论好坏）。人老了，按说该有所收敛，到了我身上，不仅依然故我，且越发的张扬。这不，拿到王朝军先生的这部书稿，首先想到的，不是如何嘉勉后学，而是如何借此机会，教训一下山西的文学批评界。

教训什么呢?

有我这么个典范，近在咫尺，竟不思效法，

山西评论界的毛病，一言以蔽之便是，视野不开阔，批评意识不强，且不能以风趣机警的语言出之。分解开来是三项，一为视野不开阔，二为批评意识不强，三为不能以风趣机警的语言出之。

朝军先生是近年来颇有声色的一位青年评论家，这些毛病在他的身上，不会没有显豁的表现。借此舒一舒我多年来的愤懑，可谓正当其时，亦正当其人。

先说第一项，视野不开阔。

看看目录，由不得皱了眉头。

全书分四辑。第一辑为“具象阐述之前”，是对近年来长篇小说及数种文学现象的综论，这类文章，不能归诸视野不开阔。第二辑为“作家与作品”，所论有阎连科、麦家这样的当红作家，也有杨遥、陈克海、孙频这样的新锐，作为作家的类型，可说是够全的了。第三辑为“经典小说之又一种声音”，所论除了国内重量级作家及其作品外，还有诸如卡勒德·胡赛尼的《追风筝的人》、约翰·伯恩的《穿条纹衣服的男孩》、卡洛琳·帕克丝特的《巴别塔之犬》等等，好几个外国的名家名作。罢罢罢，这样的庞杂，若说是视野狭窄，可真是在吹毛求疵了。第四辑为“通俗小说可观者”，所论乃《诛仙》《绾青丝》等等我连名字都弄不明白的小说。作者既将之归入“通俗小说可观者”，那就由他去吧。

视野的开阔，原与学识有关。我是从大学混出来的，且不是中文系，多看了两本书，就自命为视野开阔，且以此骄人。朝军是中文系正儿八经念出来的，视野开阔与否，对他来说，是个无须考虑的事体。原本就开阔，自然就不会放在心上了。

看第二项吧，这回可跑不了。

只掂掇了一下第二辑题名，“经典小说之又一种声音”里的那个“又”字，我就泄了气。

评论的作家作品，计有王蒙的《活动变人形》、陈忠实的《白鹿原》、贾平凹的《秦腔》、铁凝的《玫瑰门》、王安忆的《天香》、莫言的《蛙》、阎连科的《受活》等二十余人的作品。这些人与作品，我大都知悉，正解是什么，这“又解”不问也就可知。不从流俗，能从“又”字上做文章，光这一点，就让人叹服。

好了，算我这次走了眼。那么，第三项，嘿嘿，怕就没跑了。

我对自己的厚道，常常失算；而对自己的刻薄，从来自信满满。然而，仅看了数页，看到下面这几行文字，由不得拍了一下桌子。

这几行文字是：

> 我承认我不是一个称职的文学评论家，所以，每次因虚荣心驱使，想给自己贴一个什么标签时，我还是无法掩盖自己底虚的内心，只敢唯唯诺诺曰：文学评论人。尽管被人一眼就能看穿，你这是装蒜，是矫情，是巴不得大家说你好，说你是“家”，而不是“人”。
>
> （《站在山西“80后”小说家身后》）

这不是风趣，也不是机警，这叫自嘲。既有风趣机警的成分，还在一种更高的品质，那就是绝大的自信。不是有绝大的自信，不会这样轻易地嘲讽自己。

极不情愿地，我在心里给自己下了个判断，这回算是栽了。

是栽了，却一点也不懊恼。反而分外的高兴。

等了多少年，我终于看到，山西文学评论界，有了酷肖我的风格的批评家。这样说，多少有点勉强，不过是为了挽回一点自己的面子。实则，朝军先生在他文章里所显现的批评的勇气，在蛮勇上，或许逊我几分，而在善战上，不知强我多少倍。这是不能不让我心里喜欢的。

我所以喜欢朝军先生的文字，还有一点，也想提及一下，那就是，跟我一样，朝军先生也有在中学教书的经历。这倒不是说，当过中学教师，就有怎样的文字上的功夫，而是说，当过中学教师，多多少少总会沾染一些“好为人师”的毛病。而这一“劣质”，几乎是一个优秀的文学批评家之必须。

话虽这样说，仍有几分羞愧。我在七十岁上悟出的这些为文的道理，朝军先生在三十几岁上已身体力行，且化为笔下清通的文字。假以时日，该是如何了得。

想到山西文学批评界有这样一员骁将，我的这点失算，又算得了什么呢。

2016年11月11日于潺湲室

目　录

第一辑　具象阐述之前

第二辑　作家与作品

第三辑　经典小说之又一种声音

第一辑

具象阐述之前

20世纪90年代长篇小说文体流变

进入1990年代，长篇小说的创作可谓更加活跃，除了80年代以来的长篇小说作家继续推出若干新作之外，原先主要从事中短篇创作的“新写实派”和“先锋派”小说家也纷纷加盟，使这一小说样式呈现出了前所未有的繁荣局面。与此同时，“文体”这个概念开始被作家们广泛接受并付诸创作之中，越来越多的小说家已经不满足于对传统写实手法修修补补，开始积极地探寻多元化的表现形式。

应该说，自80年代以来，文坛上对于小说文体的现代化“实验”就从未间断过，事实上也取得了一定的成绩。从王蒙的意识流小说到马原、余华、格非等的“先锋叙事”，就充分体现着这一趋势的发展轨迹。然而，由于文学观念的滞后以及创作主体对现代主义手法的盲目乐观，许多作品模仿的痕迹十分明显，而且绝大多数带有“先锋”品格的作品仅仅局限在中短篇领域，屈指可数的几部长篇并不足以改变长篇小说创作整体上单调、乏味的尴尬局面。幸运的是，90年代的小说家并没有安于现状，他们敏锐地觉察到，在社会变革日新月异的今天，“对于长篇小说来说，也只有文体才最能显现作家的个性”①，也只有文体的不断创新才是长篇小说创作的生命力所在。当然，这里并不是不要内容，也不是忽视内容的重要性，而是要通过

① 吴义勤：《难度·长度·速度·限度——关于长篇小说文体问题的思考》，《当代作家评论》，2002年第4期。

文体的革新更好地去表现内容，使内容在适宜的形式船体上，能够航行得更远。

正是循着这样的思想维度，90 年代的长篇小说创作最终形成了一种多元文体交相融合、不分彼此的独特现象。所谓的“主义”“潮流”的界限似乎突然间消失了，某些作品虽然采用了现实主义的结构形式，但在文本中却处处闪现出对现实的解构和颠覆；某些作品看起来是对历史的重述，却通篇都浸透着个人化的体验和想象；还有一些作品几乎没有一个完整的情节，但却让我们实实在在感受到了文本中那种跃动的生命真实。尽管评论家不厌其烦地以各种各样的概念为其命名：“新写实主义”“新历史主义”“新状态小说”“新体验小说”“现实主义冲击波”等，但终究还是赶不上小说文体的演进速度。因此，评论界也就陷入了一种颇为尴尬的局面，一方面是大量长篇小说作品的不断涌现，另一方面则是运用传统的批评模式去定性评价这些作品时变得越来越困难，而新的“文化批评”方法又与创作本身产生着某种疏离。这就使得一部分评论家的批评文章处于混乱状态，不能够很好地发挥文学批评的积极作用。正因为如此，我们在审视 90 年代长篇小说文体状况时，虽然还是从传统批评的角度出发，将这一时期的作品归纳为若干类别，但又不愿意拘泥于传统，而是在具体的分析中，以更为开放的视野，融合多种批评理论，力图从文体的高度上把握这一时期长篇小说创作的基本脉络。

需要特别强调的是，以下对 90 年代长篇小说作品的分类，是依据其文体创作的审美取向进行的。坦白地讲，并不十分严格，事实上也无法严格地做出分类。比如王安忆的《纪实与虚构》，有的评论家把它归入“现实主义”一类，有的评论家又认为它是现代主义作品，《许三观卖血记》《一个人的战争》等作品，也存在着类似的情况。所以这里只是为了论述的方便而进行着的一种尝试，应该还有较大的商榷空间。

兼容并包——“现代现实主义”文体继续完善

90 年代较有影响的长篇小说，除了王火的《战争和人》、王旭烽的《茶人三部曲》基本上是十七年革命现实主义的翻版之外，其他以现实主义为主要价值取向的作品大都对 80 年代“现代现实主义”文体有所发展，这其中，张平的《十面埋伏》《抉择》和刘玉民的《骚动之秋》在文体上没有什么大的变化，仿佛让我们看到了《沉重的翅膀》《新星》等作品的影子。粗略计来，能够代表这一时期“现代现实主义”文体的重要作品有：王蒙的“季节”系列，王安忆的《纪实与虚构》《长恨歌》，贾平凹的《废都》《高老庄》，阎连科的《日光流年》，铁凝的《大浴女》，陈忠实的《白鹿原》，张炜的《家族》，林白的《一个人的战争》，陈染的《私人生活》，王小波的《黄金时代》，张洁的《无字》等。这些作品在80年代形式探索的基础上，积极吸纳“先锋文学”的实验成果为我所用，加大了对文体创新的力度，使“现代现实主义”成为90年代长篇小说创作领域一种相对成熟的艺术形态。

（一）史诗型。王蒙的“季节”系列（《恋爱的季节》《失态的季节》《踌躇的季节》《狂欢的季节》），阎连科的《日光流年》，陈忠实的《白鹿原》，张炜的《家族》，张洁的《无字》是这类小说的代表作。

这一时期文坛出现的一个显著变化就是史诗性作品的骤然减少，作家们对史诗性的追求也不再表现得那样强烈。即便我们列举的这些具有史诗特征的作品，也有许多只是徒具“史诗”的框架，实则却偷换了“史诗”的内涵，或者说更趋向于对“史诗”外延的拓展。当然，这并不是说史诗性作品的质量下降了，相反，与80年代的革命现实主义史诗和现代现实主义史诗型作品相比，它们的艺术质量得到了显著的提高，《白鹿原》这样一部极其厚重的经典史诗作品的出现更是给文坛带来了不小的震动。

王蒙在90年代推出的“季节”系列长篇，无论从对政治文化的反思还是从审美取向的角度来讲，都具有某种总结的性质。不过，这部长达四卷本的小说，还是与《活动变人形》有所区别，在《活动变人形》当中，运用了大量的西方现代主义手法，整部小说以现代主义为主体，写实手法为辅助；而“季节”系列的现代主义因素完全则退到了次要的地位，现实主义成为结构小说的主要文体形式，故评论界有人称之为“心理现实主义”。值得注意的是，在“季节”系列中，作家对于现代主义手法的运用更加趋于成熟，能够很好地与现实主义相融合，而不露斧凿之痕。

被誉为民族命运史、民族秘史的长篇小说《白鹿原》，是陈忠实奉献给中国当代文学的一部巅峰之作，至今还没有哪一部小说能出其右。小说将“东方文化的神秘感、性禁忌、生死观同西方文化、文学中的象征主义、生命意识、拉美魔幻现实主义相结合”[①]，形成了恢宏壮丽的史诗气象和史诗风范。

1. 深广、宏阔的史诗架构。作为一部典型的史诗作品，《白鹿原》首先要建立起来的就是文本的史诗结构。怎样在清朝末年到解放战争五十多年的时间跨度上，通过关中平原上两个家族之间的恩怨斗争囊括众多的大事件（这其中包括国家发生的政治事件和关中平原上的重大事件），展现一个民族走过的艰难历程，探究民族命运沉浮的深层文化心理，是陈忠实在写作《白鹿原》时遇到的第一个也是最大的挑战。他的看法是：“最恰当的结构便是能负载全部思考和所有人物的那个形式，需要自己去设计。这便是创造。”[②] 作者从古今中外经典长篇作品中汲取营养，形成了适于表现小说内容的结构形式。那就是，根据时间的自然发展顺序，设置了两条经纬交织的线索，一条是白家，一条是鹿家，再将这两条线索合而为一，互相穿插，以双方三代人近半个世纪的斗争历程为主轴，在这一主轴上，相应的人物和事件随故事情节的发展而出现或隐去，充分再现真实而广阔的历史画面。如果单单从这一层面上来分析《白鹿原》，显然是不够的，因为这样的结构方式，与《红旗谱》和《古船》等小说并无二致。《白鹿原》对以往“家族叙事模式”的彻底超越，关键还在于其深层次的结构，即以族长白嘉轩所尊奉的儒家文化传统作为统摄整个文本的内在线索，围绕这条线索的众多人物和事件呈放射状展开，鹿子霖、白孝文、黑娃、田小娥、鹿兆鹏、白灵等人对这一文化体系的疏离或背叛，都在不同向度上瓦解着白嘉轩苦心经营起来的家族法典。小说正是希图从这个意义上，对民族心理与民族文化作一深入的剖析。这样，小说就呈现出双重结构，二者互为表里，共同完成了小说的叙事任务。既达到了“史诗”的广度，亦达到了“史诗”的深度。

2. 跌宕起伏的情节设置与舒缓有致的叙述节奏。新时期以来，长篇小说创作领域有一种“淡化情节”的趋势，许多批评家也提倡应该更多地将笔触深入人物的心理。但陈忠实却并没有随潮流而动，他在创作中刻意营造紧张激烈的情节气氛，尤其是在具体情节的安排上，不避中国古典小说设置悬念、吸引读者的叙述模式，而是将其发展到了极致。故事情节悬念迭出，

---

① 李星：《〈白鹿原〉：民族灵魂的秘史》，《理论与创作》，1993 年第 4 期。

② 李星，陈忠实：《关于〈白鹿原〉与李星的对话》，《小说评论》，1993 年第 3 期。

波诡云谲，使小说的叙述节奏倏然加快。同时，为了使情节的发展不至于过度紧凑，他又在叙述间隙楔入人物的心理活动或周围的景物描写，故意放慢叙事的速度，以维持叙事的内在张力。比如黑娃与小娥偷情被发现后，郭举人表面上不再追究，把黑娃打发走了，这时就切入了黑娃的一段心理描写：

> 黑娃走到村巷的转弯处不由得回头瞧瞧，马号的窗户仍然亮着灯光，郭举人今晚得亲自侍守牲畜了。他心里很难过，恨不得抽自己两个耳光：做下这种对不起主人的事，自己还算人吗？……

当他还在为自己的行为感到内疚之时，突然，

> 听到后边有脚步声，回头一看，两个黑影朝他跑过来，边跑边喊着："鹿相，等等有话说。"黑娃拎着鞋等着。星光下，黑娃辨出来人是郭举人的两个亲门侄儿，跑得气喘吁吁，一前一后把黑娃夹在中间。

原来，郭举人暗地里派两个侄儿追上他欲将其置之于死地，这时，

> 黑娃被打了一拳，背后又挨了一脚。他忍着躲着，终于瞅中机会，照一个人的脸上迎面砸了一拳，手感告诉他击中了对方的鼻子，那个人趔趔趄趄退了几步被河滩上的石头绊倒了。他一扬腿就踢到另一个的裆里，那人哎哟一声蹲在沙滩上了。在他们重新扑上来之前，黑娃转身扑进水里，一蹿就顺水漂走了。

从这段十分精彩的情节描述当中，可以看到陈忠实圆熟精到的艺术表现功力。

3. 多种艺术手法的融会贯通。主要是指神话传说、象征主义和魔幻现实主义手法在文本中的有效运用。"白鹿原"这个书名即从整体上象征了白、鹿两家的恩怨情仇，而"白鹿"的出现以及原上关于"白鹿"精灵的传说又暗示了植根于民族灵魂中的某种人类原始的文化信念，某种对生活的理想化追求。由"白鹿"幻化而成的朱先生和白灵更是小说中最为突出的两个人物。朱先生是关中土地上的一代大儒，无论在人品上，学问上，都可

以算作一个完美无瑕的人，在禁种罂粟、赈济灾荒、军阀混战等事件中，他敢于为民请命，心系苍生，更增添了人们对他的崇敬之情。而且作者有意将其神化，把他塑造成为一个无所不知、无所不能的先知先觉者，他甚至还预知到自己死后红卫兵会来挖坟，所以早就将刻有“折腾到何日为止”的砖头陪自己一块儿下葬。可以说，在他身上积淀着传统儒家文化的精髓。而白灵则是“白鹿”另一种精神的化身，她毅然冲破家族传统势力的阻挠，投身到大革命当中，为了追求真理和爱情义无反顾，直到临死前还在与毕政委唇枪舌剑。她刚烈的性格和大无畏的精神同样是对“白鹿”精魂的有力证明。这里，真实与虚构，现实与超现实得到了完美的结合。

另外，幻觉、梦境、潜意识、性描写等手法的运用更增添了小说的神秘色彩和人性开掘的深度。比如小说开篇处，白嘉轩一连娶了七个女人，前六个都无缘无故地死去，第六个女人还梦到了前房五个女人“掐她拧她抠她撕她打她唾她”，更令人惊异的是，“胡氏并没有见过死掉的任何一个女人，而她说出的那五个死者的相貌特征一个一个都与真人相吻合！”再如，鹿三杀死小娥后，耳朵里一度传来小娥垂死时把他叫大的声音。还有孝文在小娥的尸骨旁看见的雪白的蛾子等，这都在一定程度上丰富了小说的艺术表现力。

4. 地域风情和与语言特色。《白鹿原》中的景物及风俗描写富有浓郁的关中地域色彩和乡土风情。陈忠实本人对黄土高原的沟沟坎坎，婚丧嫁娶，习俗风貌等都了如指掌，故在具体描写中，能够直抵其文化内蕴。在文本中，作家又熟练地把提纯过滤后的关中方言与书面语有机结合，形成了一种独特的话语形态。沧桑、厚重、凝练而又变化多端，冷峻执着，情感深厚，是《白鹿原》语言的基本特色。

张炜的《家族》和张洁的《无字》也是以家族命运作为切入点的长篇力作。《家族》的结构有点类似于《红高粱家族》，作者将叙述视点集中在胶东半岛上宁、曲两大家族几代人的身上，表面上看起来由两条线索平行展开，其实并非如此。小说的时空结构是沿着外祖父（曲予）、父亲（宁珂）、“我”，三个人在三个不同的时代所走过的人生道路为依托的，他们的经历各不相同，但内在的精神却是一致的，在他们身上，充分体现出了作者的人道主义立场。与《红高粱家族》中对人种退化的担忧恰恰相反，《家族》显示了“向上一族”[1] 道德与人性光辉的延续和升华。《家族》中“我”的第一人称叙事角度也是小说的亮点，“我”既可以作为“剧中人”引领读者进入自己家族的生活场景，又可以作为“旁观者”自如地跳出叙述，表达自己强烈的情感。拉近文本与读者的距离。

长篇小说《无字》叙写了一个家族三代女性的爱情婚姻悲剧。对男性与生俱来的不信任感和对女性的同情，使作品获得了一种解构式的话语表述方式，每每在情节发展的当口，叙述者会突然插入一段颇具反讽意味的议论性语句，与当下的叙述形成强烈的反差，从而达到对表层现象的否定或瓦解。比如主人公吴为第一次和胡秉宸接吻，胡秉宸深情地对吴为说：“你要是离开我，我就要死了。”可是，这句发自胡秉宸肺腑的话，却随之被轻易消解了，“这其实是胡秉宸的错觉，他从每一个性爱对象那里都得到过新鲜的体验。……”大量类似话语的出现，使小说形成了两种或多种繁复交错的声音，客观上减缓了叙事的节奏，更有利于对人物“存在情绪”的把握。

阎连科的长篇创作始终走的是一条“超现实主义”路线，发表于 1998 年的第一部长篇小说《日光流年》便是他对“超现实”写作的初次尝试（仅限于长篇小说领域）。

1. 寓言体。新时期文坛上，诗歌、散文、戏剧、寓言体、笔记体、日记体、词典体等文学样式越来越多地在长篇小说中出现，使各种文体之间的界限变得模糊起来，文学界称之为“跨文体写作”。《日光流年》便是采用寓言体的形式构建小说文本的。小说中地处耙耧山脉的三姓村人为了挣脱悬在村民头上的“达摩克利斯之剑”（四十岁之前必然会因患“喉堵症”死亡）进行着艰难而悲壮的抗争，但最终却以失败告终。这个故事本身便具有虚构的“乌托邦”性质，在现实中根本就不可能发生，而作者恰恰是通过这个不可能的西西弗斯式的寓言表达了自己“对人在某种生存状态中力量的展示”[2]。时间和死亡成为这则寓言的基本意象，三姓村人正是在与时间的赛跑中，完成了对现实世界和死亡世界的双重认知过程。

2. 极致叙事。“在写作方式上揭竿而起，以极致体验来对生命进行庄严

---

① 陈思和：《“声音”背后的故事》，《当代作家评论》，1995 年第 5 期。

② 阎连科，侯丽艳：《关于〈日光流年〉的对话》，《小说评论》，1999 年第 4 期。

的写实，这未尝不是一种有效的文学革命。"① "死亡"作为小说的叙述焦点，是人类生存的终极对立面，是人的潜意识中最感恐惧的意念象征，小说将这个意念以具体可感的形式无情地加在三姓村人的身上，也就同时将三姓村人对死亡的抗争过程推到了极致，由此，文本的叙述形态也相应地呈现出极致叙事的特征。男人们甘愿做冤皮生意（即卖人皮）换取钱物；女人们则选择了做人肉生意（即卖淫）的方式养家；司马蓝将女儿送去伺候革委会主任只是为了有人为村里翻地……而且，更让人不可思议的是，当村里闹饥荒时，司马蓝的父亲为了全村人能够猎取到乌鸦做食物，竟拿人尸作"鸦饵"；而村里的男人们则不得不通过把残疾孩子扔到荒山野岭这样"惨绝人寰"的方式度过饥馑年月。这些荒诞、夸张、惨烈的情节描写无不使人内心为之战栗。

3．逆时序叙述。从整体上看，小说采用了一种逆向叙述的方式，开篇写"嘭的一声，司马蓝要死了"，而在结尾处司马蓝又回到了母亲的子宫里，"把头脸伸送到了这个世界上"。这样的叙述方式，不仅打破了原有的自然时间顺序，而且具有更深层次的意义，那就是当死亡成为三姓村人乃至人类必须要跨越的极限时，生存本身就显得弥足珍贵，而生活在现实中的人谁又能真正体会面临死亡时的无奈呢？谁又能够知道生之所以为生的内在含意呢？……

此外，具有魔幻色彩的情节和对话描写也更增添了小说文本的神秘性，反映了作者开阔的艺术想象力。

（二）生存写实型。这类小说的代表作有：王安忆的《纪实与虚构》和《长恨歌》，贾平凹的《废都》和《高老庄》，王小波的《黄金时代》等。

80年代中后期，"新写实小说"创作曾经盛行一时，但大多都集中在中短篇小说领域，进入90年代后，刘恒、刘震云、苏童等"新写实"小说家开始转入长篇小说创作，可是从他们作品的价值取向来看，以"新历史小说"（"新写实小说"的一个变体）居多，而真正承接"新写实小说"创作余绪并在此基础上推陈出新的，却是一批以传统的写实手法著称的小说家，另外，文坛另类作家王小波也推出了他的"宠儿"——《黄金时代》。这些

① 谢有顺：《极致叙事的当下意义——重读〈日光流年〉所想到的》，《当代作家评论》，2007年第5期。

作品体现了“新写实”文体在长篇小说创作中的实绩，又由于它们在文体上有新的吸收和创造：淡化文本叙述的政治、时代背景；关注人类普遍存在的生存困境和尴尬状态；多种叙事技巧的共同介入和互动；叙述人的情感在文本中“消失”；语言的平面化、零碎化和日常化；逼真的画面感被感觉和本能欲望取代……因此，我们把这种文体称之为“生存写实型”。

自《69届初中生》之后，王安忆在90年代连续推出了几部较有分量的长篇小说。从《纪实与虚构》和《长恨歌》中，我们可以看到她这一时期文体探索的新变化。相较于《69届初中生》对心理叙事的偏爱，王安忆开始从理性的世界中突围出来，潜心营构着她那“碎裂”的人生语录。《纪实与虚构》便是这语录的第一章。书名本身即已交代了文本的基本框架，“纪实”是作者对自己的写作和情感虚无性的真实记述，而“虚构”则是文本内容以及文本之外作者自我的“不真实”。这里，一切有关“我”和“我”的家族的情节叙述都成了“虚构”的代名词，叙述本身的分离才是小说真正的表现对象。正是因为这种对叙述本体化的追求，有的评论家更倾向于把它归入“先锋叙事”的行列。

《长恨歌》的审美特征主要体现在叙事手法和语言的运用上。《长恨歌》中说：“上海的市民，都是把人生往小处做的。对于政治，都是边缘人。”“边缘人”既是上海市民的生存状态，也是叙述者所持的基本立场。从“边缘人”的角度来看，历史自然会呈现出另一种状态，“真实的历史”或者所谓的“正史”在他们的眼中已失去了原来的意义。“历史”成为一个符号，或者已沦落为日常生活中“柴米生计”的历史。于是，小说中对社会历史背景的叙述便极尽概括之能事，极其简略甚至可有可无，叙述者在新的“民间”视角上重新演绎着生存的历史。这也正是“新历史小说”典型的叙事方式。与此相对的是，文本对生活细节的描述却极其精细烦琐，二者共同形成叙事的两极。此外，文本的语言也呈现出“语言的狂欢和语言的膨胀”①特征。尤其是在小说第一部第一章中，对弄堂、流言、闺阁、鸽子的描述使用了多个排比句群，从各个方位不厌其烦地进行细部刻画，为王琦瑶的生存环境创造了浓郁的都市氛围。

---

① 吴义勤：《难度·长度·速度·限度——关于长篇小说文体问题的思考》，《当代作家评论》，2002年第4期。

贾平凹在90年代创作有四部长篇小说《废都》《白夜》《土门》《高老庄》，构成了他对“精神家园”的探寻历程，这些作品除了具备贾氏小说的一般特征之外（在对《浮躁》的分析中已有所提及），还体现出了新的艺术向度。其中，《废都》和《高老庄》在文体上的创新意识较强，是无法避而不谈的。

早在《浮躁》中，贾平凹就声称再也不会使用严格的写实手法来创作小说了，他说：“我欣赏这样一段话：艺术家最高的目标在于表现他对人间宇宙的感应，发掘最动人的情趣，在存在之上建构他的意象世界。硬的和谐，苦涩的美感，艺术诞生于约束，死于自由。”①《废都》正是他孜孜以求的古典美学境界的充分体现。总体来说，《废都》值得注意的地方有两点，一是性，二是魔幻象征意味的强化。以性作为小说的切入点，是小说最为大胆之处，小说中大段大段“金瓶梅”式性描写的出现也是《废都》遭到很多人诟病的主要原因。不过，从小说的整体布局来看，它与《日光流年》的写作意图是相似的，都是想通过这种极致叙事的方式，去展露人类精神意义上的某种向度。小说中，性作为人的一种本能形态，已然物化为某种象征意象，庄之蝶对性的痴迷也正是现代人失去精神依托，向本能欲望迅速退化的可悲寓言。象征与魔幻意味在《废都》中得到了空前的加强，可以说，迄今为止，在贾平凹的所有小说中，《废都》中的象征意象是密度最大的。小说的书名——废都，开篇出现的三件奇事，安全岛上老头说出的一段歌谣，庄之蝶和几个女人调情戏耍的“求缺屋”。埙声在文本中的时隐时现……而且，由于作者高超的艺术表现力，除了显而易见的实体意象之外，还有众多的抽象意象，比如书中“哲学牛”的理性思索，就是对现实社会的否定。即便是庄之蝶的名字也暗含着“庄生梦蝶”的虚幻感和对情节叙述的解构，即“到头来全是一场梦”。这种意象的极度泛化使小说的隐喻性陡然增强，可以说，整部小说就是一个意象自足体，它具有无限大的意义指向空间，从而使小说获得了无限广大的超现实意味。贾平凹这种对“情节处理成意象”② 的切实追求，使《废都》在一定程度上获得了类似于《红楼梦》的某种神韵。

---

① 贾平凹：《浮躁》，作家出版社，1988年版。

② 贾平凹：《我心目中的小说——贾平凹自述》，《小说评论》，2003年第6期。

在《高老庄》中，贾平凹极富特色的语言风格才得以最终确立，如果说他之前的小说还因为自身语言功力的欠缺和审美水准的不够成熟而留有刻意雕琢的痕迹的话，那么在《高老庄》中，他的语言运用已经到了出神入化的境地，这种“静虚”式的语言虽然更像一堆“大白话”，但它却能够更“准确地表达出小说中人与事的情绪”①，是对明清古典白话小说语言风格的延续和发扬。

（三）心理写实型。铁凝的《大浴女》，林白的《一个人的战争》，陈染的《私人生活》等，是其中的代表作品。

铁凝在80年代创作的《玫瑰门》以独特的女性视角深入到女性的隐秘心理和原欲世界，意图绘制出女性自身的心灵史。这种具有开创性意义的写作方式，在90年代得到了许多新生代女性作家的认同，林白和陈染就是比较突出的两位女性作家。她们的作品明显地呈现出对女性心理的进一步开掘意识，而且以更为富于女性私人化的叙事口吻，为这一时期女性系谱的书写增添了另一种别样的色彩。

《一个人的战争》和《私人生活》都不约而同地采用了自传体形式对自己的私人体验和内心情感进行直接的剖视，尤其是对女性“性体验”毫无保留的描述更是构成了对男性话语权力的直接挑战。其实，通过自叙传形式来书写个人体验并不是什么新鲜的事物，现代文学史上，郁达夫便因《沉沦》的写作成为这种书写的最初实践者。问题的关键在于，两位女性作家在书写特殊的个人体验的同时，对这一体式进行了全新的创造和诠释，从而在90年代的文坛上引领了一场“私人化写作”的风潮。

叙事结构的“潜隐化”是两部长篇小说首要的文体特征。结构历来都是小说创作，尤其是长篇小说创作需要考虑的关键因素，但我们在这两部小说中却感到，结构似乎已经悄然消失或遁隐了。无论是林多米，还是倪拗拗，她们的叙述明显地呈现出一种自然流动的过程，对过去的回忆、现在的述说以及内心的遐想都是依据个人生活及情绪表达的逻辑顺序逐步展开，“结构”失去了功能性的转换嫁接作用，被小说的叙述对象直接同化，从这个意义上说，结构就是内容，内容就是结构，二者不分彼此。因此，也有人将其

① 贾平凹：《关于语言——在苏州大学“小说家讲坛”上的讲演》，《当代作家评论》，2002年第6期。

称之为“生活流”式的结构。①

多重叙述视角的自由转换也是两部小说的突出特征。自叙传小说一般采用第一人称的叙事手法，通过“我”的视角来观照生活，以此强调叙述者的亲历性，给读者以真实感。根据表达的需要，林白和陈染除了沿用第一人称作为叙述的主要视角之外，还选取了其他视角作为辅助的叙述角度，共同完成了小说的叙述过程。《一个人的战争》虽然只有两种叙事人称——“我”和“我们”，但却有多达七个叙述者，分别是“我”（第一人称内视角多米）、“我”（第一人称外视角多米）、“我”（第三人称内视角叙述人）、作者（第三人称外视角叙述人）、“我们”（虚构第一人称外视角多米和现实第一人称外视角多米）、“我们”（女性群体）、“我们”（作者与读者）。这些叙述视角在文本中的交替转换情况十分复杂，现截取其中几处，举例如下（黑体字起提示作用）：

1.“我”（第一人称内视角多米）——作者（第三人称外视角叙述人）②

同性间的游戏发生在**我**与莉莉之间，我六岁，莉莉七岁。……一个**小女孩**，站在一堆乱七八糟的生殖器模型中，这是一幅多么奇怪的风景。在全世界，除了**多米**，还有谁拥有这样的童年呢！

2.“我”（第一人称外视角多米）——“我们”（虚构第一人称外视角多米和现实第一人称外视角多米）③

现在**我**要告诉你去年夏天发生的一件事情。……午夜时分来到了，漆黑的河面上泛起一些灰白的亮光，像天色微明的薄光，既虚空，又富有质感，给河岸带来了清凉的气息，这片灰白色的亮光从天边一直延伸下来，从**我们**的身边流过，把**我们**与世界隔开，而把另一种庄严久远的东西传导给**我们**。

① 吴义勤：《论新生代长篇小说的叙述风格》，《天津师范大学学报》，2005年第1期。
② 林白：《一个人的战争：引子　一种经常性的欲望》，春风文艺出版社，2006年版。
③ 林白：《一个人的战争：引子　去年夏天发生的一件事情》，春风文艺出版社，2006年版。

3．“我”（第一人称外视角多米）——“我们”（女性群体）[①]

> 让**我**回忆**我**面对真正的女性人体时的感觉。长期以来，**我**没这样的机会，在**我**亚热带的B镇，洗澡被叫作冲凉……这是**我们**的裸露之地，**我们**无法想象集体澡堂，前所未见。

4．“我”（第一人称外视角多米）——“我们”（作者与读者）[②]

> 这歌声永远缭绕在**我**的少年时光。……现在**我们**来说多米。

5．作者（第三人称外视角叙述人）——“我”（第三人称内视角叙述人）[③]

> **多米**的口哨声细小、漏气，根本不成形，毫不像**她**所要伪装的男孩，根本就如一个胆怯的女孩吹了壮胆的……在大学宿舍的上铺的蚊帐里，**我**在多米的口哨声中看到了B镇的体育场……

这种多视角对女性隐秘经验的反复述说，是作者对女性强烈的自我认同使然，是作者彻底颠覆男性话语权力，让女性自己书写自己所做的成功尝试，客观上也起到了对女性潜意识开掘取得更深层次推进的效果。在这方面，《私人生活》也极为相似，小说常用“后来”“长大之后”“许多年之后”等与现时态叙述相区别的词语，来显示叙述视角的转换，从而形成对当前叙述的某种证明或阐释性作用。

在对女性心灵的表现过程中，感觉描写和心理描写的交错运用得到了空前的加强。80年代的心理写实型小说虽然已将心理描写作为一种重要的文体形式在小说中广泛运用，但主要还是为了表达作者的某种社会价值观念而采用的手段。即便在以书写女性而著称的《玫瑰门》中，铁凝也更倾向于以“他者”或“第三姓”的眼光来关照人物的内心世界，而《一个人的战

---

① 林白：《一个人的战争：第一章　面对真正的女性人体》，春风文艺出版社，2006年版。

② 林白：《一个人的战争：第二章　电影的那一道开始的铃声》，春风文艺出版社，2006年版。

③ 林白：《一个人的战争：第二章　电影的那一道开始的铃声》，春风文艺出版社，2006年版。

争》和《私人生活》则革命性地打破了以往心理刻画的成规，纯粹从女性自我内部去审视女性自身的尴尬处境，在这个封闭、自足的女性世界中，男性话语第一次完全被排斥在外，女性的心理感觉在文本中得到根本的解放，内心独白、自由联想、心理对话、个人体验、甚至是双重或多重自我的心灵交战，在文本中成为压倒一切的主流表述方式，作品中的人物角色反而退居到无足轻重的地位，形式获得了内容的本体位置。

“新历史主义”文体的崛起

美国的“新历史主义”理论在1980年代后期开始传入中国，随后，文学界兴起了一场“重述历史”的热潮，90年代正是“新历史小说”创作的鼎盛时期。不过，我国的“新历史小说”创作却要早于其理论的引进，莫言在80年代中期发表的“红高粱”系列（当时是以若干中篇形式发表的，后来经过作者的艺术加工，于1987年又结缀成一个长篇，即《红高粱家族》）被普遍认为是这一创作潮流的滥觞。90年代中期，伴随着“新历史小说”创作的逐步成熟，这种文学样式也相应形成了某些固定的文体规范，引起了评论界的广泛注意，这里姑且称之为“新历史主义”文体。

“新历史小说”的出现其实源自于80年代反响较大的“新写实小说”，当时许多新写实小说家，开始将目光从书写底层现实转移到历史领域的创作，刘恒、刘震云、叶兆言、苏童等就是其中的代表，另外，一些在80年代以“先锋写作”成名的作家以及部分延续写实传统的小说家也加入了这一阵营，形成了一个蔚为壮观的创作群体。由于这一群体的大部分成员曾经热衷于“新写实”写作，所以他们在某些技巧和形式的运用上还明显留有“新写实主义”创作手法的痕迹，其他作家虽然在转型前期渊源流派各不相同，但也在不同程度上受其创作思想的影响，而且，正因为这一差异性的存在，使得他们在创作过程中，自觉地吸取各家之所长，为“新历史小说”文体的成长和发展做出了更为有益的探索。故而，单从长篇小说来看，这一时期的“新历史小说”就明显呈现出一种“整合”的趋势，在新写实主义的基础上、现代主义、现实主义等手法均在文本中有所反映，这也从侧面折射出90年代“文体整合”的大趋势。

90年代，新历史主义长篇小说的代表作品有：苏童的《我的帝王生涯》，李锐的《无风之树》《旧址》，韩少功的《马桥词典》，余华的《在细雨中呼喊》《活着》《许三观卖血记》刘震云的《故乡天下黄花》《故乡相处流传》《故乡面和花朵》，刘恒的《苍河白日梦》等。从文体层面看，这些作品中既存在着某些共同的审美特征，又具有着独特的个性品格。现分别叙述如下：

其一，在叙事情感上，新历史小说家普遍采取“零度写作”或称之为“零度情感叙事”[①] 的方式，作者极力避免在文本中介入自己的主观情感态度，让笔下的人物和事件以更为客观的方式自然前行，这样一来，很容易给读者造成假象，即不是小说家在叙事，而是人物自己在书写自己。这种不动声色的观照方式，很显然直接来自于80年代的新写实创作，以图逼真地还原历史的本来面目。《苍河白日梦》借一位小名叫“耳朵”的老人的口吻，来回忆“耳朵”所看到的历史，“耳朵”是曹家的一个仆役，也是主人——曹老爷安插在曹家内部的眼线，他对历史的述说完全是站在自己的立场上，和作者本身的情感无关，所以在叙述者看来，近代史就只剩下一个“淫”字。刘震云的《故乡天下黄花》更是如此，在几代人为夺取权力而进行的殊死斗争情景中，竟见不到作者丝毫的情感倾向和价值判断，孙殿元、李老喜、许布袋、赵刺猬、赖和尚……这些在权力角逐中心明争暗斗的人物在各自的舞台上尽情展现着他们扭曲，卑琐的灵魂，乱纷纷你方唱罢我登场，他们在以自己的行为方式书写着历史，“叙述者”已然被驱逐出历史之外。

其二，在结构方式上，新历史小说家既不拘泥于传统小说中对结构整体性的刻意追求，也不完全照搬新潮小说的碎片式叙述策略，而是依据对历史本相的不同感受，寻求二者的契合点，从而形成了灵活多变的叙述时空结构。《旧址》在叙述李氏家族的苦难历程时，采用了一种“放射性交错”结构，小说在第一章第一节中通过两个时间点——一九五一年公历十月二十四日和三十多年后李京生与李紫云姑侄二人相见那一天——即已将李氏家族几乎所有的重要人物和事件囊括其中，而余下的章节则是对这些人物事件进行不断充实和反复书写，呈放射状逐层展开，最后又落笔到李京生在美国得到姑姑李紫云去世的消息为止。如果说从这里我们还可以看到小说的整体框架

---

① 吴义勤：《难度・长度・速度・限度——关于长篇小说文体问题的思考》，《当代作家评论》，2002年第4期。

的话，那么在具体的叙述过程中，却更多的是众多片段、场景的组接。叙述者有时在同一时间段铺陈不同的事件，比如，小说开篇，一九五一年公历十月二十四日是李氏家族三十二个成年男性被执行枪决的日子，也正是在这个时候，李乃之正带领学员们积极参加祖国的现代化建设，李紫痕昏死在老房子里，李京生呱呱落地，李紫云为丈夫杨楚雄的去世失声痛哭。有时又在某一场景的描述中，交代与叙述对象相关的发生在不同时间的事件，比如当银城解放时，李紫痕先是想弟弟快回家了，接着又想到十几年前弟弟参加革命的动机，然后又突然将视点转移到一九五一年李紫痕看到李氏家族的三十二个成年男子被五花大绑时的情景。有时同一事件反复出现，尤其是李氏家族成年男性行刑的场面几乎贯穿于整个文本当中……这样的安排不仅打破了自然的时空结构，而且造成了时间和空间的多向纵横交错，是对先锋小说散点叙事主张的有效运用。因此，宏观上保持结构的整体性，微观上注重叙事的分散性是《旧址》在结构上体现出的独特风格。

其三，在叙事角度上，新历史小说家深刻意识到以往“官方视角”看待历史的局限性，积极从民间寻求更为客观的叙述角度。“重述历史”是新历史小说发展的动力之所在，所谓“真实的历史观”在他们眼中只是政治衍生出来的附属品而已，是不全面抑或不可靠的，因此，怎样穿过官方话语设置的重重迷雾，将被遮蔽甚或“被歪曲”的历史还原，使其笔下的历史更加客观和真实，遂成为他们孜孜以求的目标。在这方面，小说家们大多热衷于从民间的角度来观照叙述对象，这是民间视角天生的优势使然。（此处所说的“民间视角”主要是相对于“官方视角”而言，不同于西方叙事学领域的视角概念，有关这一点将在其他文章中予以探讨。）首先，民间视角直接来自于普通人的日常生活，是更贴近生活的历史；其次，民间视角一般都从“小”处着眼，客观上形成了对“大”历史的补充和辨正；另外，民间视角受到主流意识形态的影响相对较少，也就更为客观和中立。

在90年代的新历史长篇小说中，民间视角基本上有两种，即民间个人视角和民间群体视角。尤其是两种视角及其内部各形态的交叉运用，可以使历史在不同叙述人的眼中呈现出多姿多彩的色调。《在细雨中呼喊》是以民间个人的视角来回忆往事的，“我”就是民间个人的代名词。“我”的叙述又存在两种具体的视角，一种是“我”作为儿童的眼光，一种是“我”作为一个成年人回忆“我”的经历时的眼光。在儿童眼中，历史总是新奇的，富于感性化的，而成年人对历史的解读又充满了许多理性的因素，两种具体视角的交错，使历史形态在对比叙述中更加真实可信。《马桥词典》的视角则更为复杂，虽然小说基本上是以第一人称“我”的外视角来叙述的，但“我”的身份只是民间方言土语的搜集者，“我”是独立于马桥历史之外的，而且“我”对历史的看法和质疑是根据马桥人自己的叙述作为依据的，所以，文本中重要的叙述人不是“我”，而是马桥人这个民间群体。比如，在对“马疤子”这一词条的解读中，马文杰（即马疤子）凭借自己的威望好不容易劝降的土匪头子竟被新政府以各种罪名下狱乃至枪决，而对这一事件的解释也是五花八门，官方说是因为“规劝犯”假投诚，真暴动。而民间的解释则更多，有人说这是彭叫驴子的阴谋，有人又归咎于国民党内部的派系之争，还有人直接怀疑起马文杰投诚的目的不纯。这些差异很大甚至互相矛盾的说法，在文本中都是以“有人说”开头的，民间群体成为主要的叙述人，在这一群体的眼中，历史不再是铁板一块，反而呈现出多样和对立，那么所谓的“正史”不是更应该受到质疑了吗？

不可否认的是，新历史小说对民间视角的使用，也产生了相应的副作用，主要是民间视角主体本身的思想情感具有主观性，所以，他们在进行叙述时，就不可避免地带有主观化色彩，然而，也正是因为这一点，才更显示出了历史的丰富和驳杂。小说作为一种叙事艺术文本，不是历史教科书，它不是要去告诉人们历史应该是什么样子，而是要在对历史现象的描述中，引领读者不断质疑和追问历史的本质以及从人的历史中获得某种形而上的思考。所以，我们从新历史小说中看到的“历史的另一面”虽然也不一定就纯粹客观，但却在相当程度上丰富了历史的容量，使历史在被重新书写的过程中获得了新的生命。

其四，在叙事手法上，新历史小说家适应其“重述历史”的需要，强化了象征和荒诞反讽手法的应用。在新历史小说出现前后，许多现实主义和先锋小说作家，就已经在创作中广泛借鉴并吸收西方现代主义表现手法，这其中就包括对象征、反讽的应用，但是在这些小说中，要么将其作为辅助叙述的手段，要么还停留在表层的意义呈现上（比如通过单个象征意象说明小说主题或暗示情节发展，通过对人物行为动作的反讽叙事来刻画人物的性格等），有些作品的确也体现出情节的象征化因素，比如贾平凹的《废都》就试图以知识分子群体的没落心态，整体喻示现代人精神家园的丧失，但这只是个别情况，不具有普遍性。将这两种叙事手法作为一种潮流纳入长篇小说的创作视野，到新历史小说中才真正得以实现。情节的象征化和反讽手段的整体性使用是这一时期新历史长篇小说区别于以往小说的突出特征。在《我的帝王生涯》中，主人公端白由帝王到庶民的戏剧化转变历程就同时具备了象征和反讽的双重意味，既隐含了作者“平民化”的人生理想，又从“一个不该做皇帝的人做了皇帝，一个做了皇帝的人最终又成了杂耍艺人”① 的荒诞描述中，讽刺了“帝王文化”残忍、虚伪的本质。余华的《许三观卖血记》讲述了一个出身于农村的丝厂送茧工为了能够使全家人生存下去，卖了三十多年的血到最后却还是不被人理解的历史。许三观一次次的卖血经历，其实是对历史和现实的绝妙讽刺，凸显了处于社会底层的小人物在历史记忆中的无奈和苍凉。更加意味深长的是，当许三观最后一次想去卖血时，“他在心里想：以前吃炒猪肝喝黄酒是因为卖了血，今天反过来了，今天是为吃炒猪肝喝黄酒才去卖血。”在他啼笑皆非的想法中，分明表现出了无法言说的苦涩和辛酸。刘震云的《故乡面和花朵》也是把象征和反讽手法运用得相当圆熟的作品。在小说的题记中，他就写道：“为什么我眼中常含着泪水，是因为这玩笑开得过分。”“玩笑”成为这部长达二百万字的长篇小说的文眼，所以当作者以极其荒诞的方式敷衍故事时，众多后现代人物的粉墨登场就是理所当然的事情了。名模、歌星、影星、球星这些看起来代表先进文明，“为自由而战”的未来式人物在与固有权力的交锋中，非但没有解构权力，恰恰被权力所同化，成为又一个拜倒在权力裙裾下的历史群落。

另外，在叙述语言上，新历史小说体现出多向度的流变，总体来讲，有两种语言的探索值得注意。一是民间话语的融入，一是人物对白的大量出现。刘震云的《故乡相处流传》是对以往纯净、圆润的书面语写作的一次彻底颠覆，文本中充斥着大量民间的方言口语和粗鄙、露骨的文学禁忌话语，使语言的通俗化和日常化走向了极端。余华的《许三观卖血记》则将人物对话作为结构文本的基本语言形态，人物的动作和心理描写都非常简单，只起到某种过渡和依附作用，这种通过人物对话来完成小说叙事的策略，在新时期长篇小说创作中极为罕见。

---

① 苏童：《我的帝王生涯》，上海文艺出版社，2005 年版。

“现代主义”文体的先锋实验

与80年代相比，90年代的文学语境更加开放和多元化，许多在前一时期还被认为是“异端”的现代主义表现技巧，在90年代得到了文学界的普遍认同，意识流、象征、隐喻、夸张、反讽、变形等手法堂而皇之地出现在各类小说作品中。从以上对现代现实主义和新历史主义小说的分析中，我们便可以看到，小说家们已经不再固守传统现实主义的狭窄天地，而是在广泛地吸收应用所有能够增强小说艺术表现力的一切方法和技巧。这种趋势在以现代主义为主要价值取向的长篇小说作品中更为突出，而且，经过几代小说家坚持不懈的探索和努力，西方现代主义手法和本土文学在90年代达到了某种高度的融合。如果说80年代的现代主义作品，乃至于一些被冠之以“先锋文学”的中短篇小说，还因为作家某种浮躁功利的观念驱使，而停留在“形而下”的纯技巧复制层面的话，那么，90年代的长篇小说创作则从根本上摒弃了这种肤浅的价值观念，以更为理智的眼光来看待文学创作的形式问题，从而使内容和形式维持在某种既定的平衡状态，由“形而下”上升到了“形而上”的更高层次。小说家们不仅在现代主义手法的运用上更加纯熟，而且在以往创作经验的基础上，有效地将西方现代派手法与民族形式结合起来，积极探索新的表现领域和表现技巧，使这一时期的现代主义小说创作发生了质的变化。

90年代以现代主义为价值取向的长篇小说代表作品有：阿来的《尘埃落定》，莫言的《丰乳肥臀》，史铁生的《务虚笔记》，张承志的《心灵史》，张炜的《柏慧》《九月寓言》，格非的《欲望的旗帜》等。需要说明的是，由于这些作品的文体特征颇为复杂且创作风格各异，从传统的批评方法出发，寻找其共同的艺术特征非常困难，而且也不符合创作实际，所以在以下的叙述中，我们试图以作品本身为基础，解析其文体特征中最为突出的一面，使读者能够了解这一时期现代主义文体的基本面貌。

《尘埃落定》是藏族作家阿来创作的第一部长篇小说，小说中最引人注目的地方是作者选取了“傻子”——麦其家族的“二少爷”（“我”），作为土司制度崩溃的见证人。以第一人称“我”出现的傻子既是故事中的主要人物，又是故事的叙述者。作为“剧中人”，傻子只能看到和感受到发生在自己周边的事情，属于“内视角”；而对于自身以外的事就需要他以“剧作者”的身份来完成，属于“外视角”。但问题似乎并没有这样简单，在叙述过程中我们看到，当傻子在涉及其他人物的称谓，尤其是自己的父母时，时常会用“土司”“土司太太”这样与他身份并不相符的口吻来称呼，有时他还直接走入别人的内心世界，进行细致入微的心理描述，这都是作为第一人称外视角的叙述者无法做到的。因此，小说中应该还有一个隐藏的叙述者，那就是游离于故事之外的作者，这样小说中就出现了三重视角的交叠，即“我”（第一人称内视角）、“我”（第一人称外视角）和作者（第三人称外视角）。那么作者为什么要介入文本的叙述过程中呢？这与“傻子”有关，傻子无论作为主人公还是叙述者，他的叙事不可避免地带有主观化色彩，在相当程度上限制了小说的时空表现领域，即便外愚内聪的傻子能够穿过浮华的表象世界捕捉到生命存在的本质，也依然无法逃脱既定的第一人称叙述带来的诸多束缚，这就需要另一个叙述人从更为客观的角度加以补充，而作者正是这个全知全能的叙述者。这样做至少有四点好处，一是作者潜隐于故事当中，有效避免了对叙述进程的干扰和破坏，二是作者作为较为客观的叙述者，可以对“我”的主观感受进行适当的矫正和补充，三是文本中傻子无法交代和叙述的领域可以通过作者的隐身叙述来完成（比如对他人心理活动的描写就是如此），这样就使小说的时空结构得以拓展和深化，四是作者参与叙述，产生了某种间离效果（比如傻子用“土司”“土司太太”来称呼父母就是如此），提醒人们麦其家族的命运始终是和土司制度联系在一起的。《尘埃落定》对傻子叙事手法的独特运用，对当时和此后的小说创作均产生了极大的影响，贾平凹的《秦腔》就是在此基础上加以创造性运用的一个典型文本。

在新时期文坛上，最富有理想主义激情的小说家，恐怕非张承志莫属，同时，他也是一位最富有先锋探索意识的小说家，1991 年发表的《心灵史》再次显示了他在文体创新方面超越于他人的前沿风范。史传写作与诗性语言的相得益彰，是这部小说所体现的鲜明特征。作为历史专业科班出身的张承志，总喜欢在创作中糅进或多或少的历史因素；不过，和他前期创作的《金牧场》相比，历史不再只是他表现精神激流的载体那么简单，而是巧妙地将历史物化为小说的写作形式，与他惯用的诗体语言结合起来，从而在宗教历史的解读中，安放他那颗漂泊的灵魂。如果将作品中的抒情文字去除，《心灵史》更像是一部严谨的史学著作，通篇都是对哲合忍耶教派历史的考证与辨析，大量引证了哲合忍耶回民保存下来的内部著作（比如关里爷的《热什哈尔》《曼纳给布》）、民间传说以及当时的史料记载（如《钦定兰州纪略》《哲罕耶道统史传》），而且，作者还在小说中不断地强调，关于哲合忍耶教徒的故事都来自于书面记载或民间口述，并非虚构。这种治史的学术写作方式，是对以叙事为主要文体特征的长篇小说形式的彻底解构，也引起了评论界对是否可以将其看作小说的质疑。不过《心灵史》的创新之处也正在于此。在作品中，“我”对哲合忍耶教派历史的整理和考证过程本身，就是对“哲合忍耶”这种信仰或心灵历程的叙述。与此同时，在这样的叙述过程中，又将“我”的情感和态度融入其中，那些激情飞扬的文字就是最好的证明。这说明，在回民的精神深处潜藏的那种“牺牲”情结已经积淀为“我”心灵的永久思索，从这个意义上说“心灵史”就不仅是大西北贫瘠土地上回民信仰成长的历史，同时也是“我”的心灵成长史。

莫言继 80 年代的《红高粱家族》蜚声文坛之后，90 年代又推出了长篇力作《丰乳肥臀》。这部小说除了延续其对“高密东北乡”这片土地激情而又不乏沉痛的体验之外，在文体上的探索也不容忽视，尤其是逆时序的结构方式更是给人以耳目一新之感。小说开篇从上官金童的出生起始，按照时间顺序，分别叙述了从抗日战争一直到改革开放近半个世纪中，“我”（上官金童）的家庭中各个女性成员的苦难遭际。这其中，母亲上官鲁氏处于叙事的中心位置，她是牵系整个情节发展的纽带，而“我”的八个姐姐在不同历史时代的悲惨命运和最终的死亡则是这纽带上旁逸出的若干枝条。到第六章，我背着孱弱的母亲最后一次来到教堂做礼拜为止，小说基本上沿用了传统的线性叙事结构。但是，在第七章中，叙事时间却回溯到了 1900 年，那时，母亲才六个月大，接着又重新以正常的时序，讲述了母亲在屈辱与痛苦中生下“我”的几个姐姐的过程。为了抗争世俗的偏见和家人的折磨，母亲先后将自己的肉体毫不怜惜地奉献给六个男人，换来的却是因生不出男孩被蹂躏被损害的结局。这种逆时序的结构方式不仅为凸显母亲伟大、博爱的人格奠定了坚实的土壤，同时也拓展了文本建构的时空跨度，反映了更为广阔的历史生活画面。为历史舞台上，被命运驱遣的普通人的生命历程增添了新的注脚。

《务虚笔记》是一部哲学性很强的作品，“务虚”既是内容上的，也是形式上的。小说中这样说：“我是我的印象的一部分，而我的全部印象才是我。”“印象里的并不是真确的他们，而是真确的我的种种心绪。”这两句话道出了作者写作的根本目的，即从“印象”的述说中，直抵人类存在的精神性话题。小说的笔记体形式正是表现这种“情绪”（或“心绪”）的载体，不具有丝毫的内容意义。印象的叙述是虚构的，不真实的，在印象的述说中表现出来的“情绪”才是真实的，是作者意图和读者沟通与交流的东西。因此，在小说中用符号所命名的人物以及人物之间发生的小故事都只是表达作者主体“情绪”的象征物，而且作者通过小说中的“我”一再强调他们是虚拟的产物，正是希望读者将注意力放在唯一的真实——“情绪”中来，而不要只停留在故事的层面。在这样的前提下，再去分析小说的文体就不是无的放矢了，无论从结构还是叙述层面来看，“我”都积极地介入到故事当中，使故事自然而然地演变成为小说叙述的形式，这种形式就是情绪或者说是有关生命的思索。我们知道，情绪作为人类潜意识当中的一种复杂的心灵过程，本质上不是个人的，而是人与人之间的隐性交流的方式，呈“互动”的态势，那么这部小说作为“情绪”这种形式的形式，也必然是“互动”的。所以，虽然评论界就这部小说的文体提出了很多富有建树的看法（比如张柠总结的“全息性结构”“一多互摄”“虚实互变”“幻化”等提法就很典型），[①] 但还是没有能够准确地抓住其实质，即“互动”，表现为结构的互动，叙事手法的互动，视角的互动、语言的互动等等。从这一点来看，《务虚笔记》的确呈现出一种极为特殊的文体特征。无怪乎周政保会这样评价《务虚笔记》：“作为长篇小说，《务虚笔记》是史铁生创作史上的第一部，也是中国小说史上的第一部——理由很简单，即我们还没有读到过类于《务虚笔记》这样的长篇小说（或‘笔记’）。”[②]

张炜的《九月寓言》被誉为是“20 世纪中国文学的殿军之作”[③]。“共时性多向结构”是张炜小说创作中又一新的探索成果。正如书名所示，“九月”是叙述得以展开的一个恒定的时间背景，小说中所有的故事都发生在这个时间点，而在空间设置上，作者虽然表面上选取了一个偏僻闭塞的小山村，但是在具体的叙述中又通过对一个个故事的讲述，将视野延伸开来，使

---

① 张柠：《史铁生的文字般若——论〈务虚笔记〉》，《当代作家评论》，1997 年第 3 期。

② 周政保：《〈务虚笔记〉读记》，《当代作家评论》，1997 年第 3 期。

③ 陈思和：《中国当代文学史教程》，复旦大学出版社，2000 年版。

历史和现实的各种文化景观一一呈现在读者的面前。这里既有小村中现实发生的事情，比如“忆苦大会”；也有村民口述的民间传说，比如金祥讲述的“猴精与黑娃”的故事；还有发生在村民自己身上的奇闻逸事，比如独眼义士千里寻妻。如此众多的故事打破了“小村”的地理局限，从而使文本获得了多向度的拓展空间。作者之所以要刻意地将故事发生的时间定格在“九月”而又以颇富传奇性的民间话语结构小说，就表明，在张炜的眼中，小村的历史或者民间的历史自有它自足的精神系统，不会因为时代的变迁以及附着于时代之上的意识形态的影响而发生质的改变。而现代物质文明对小村的冲击，无疑是对民间固有文化精神的最大伤害。这里体现了作者深厚的“民间理想主义”。

总之，20 世纪 90 年代的长篇小说创作和上个时期比较起来，出现了许多可喜的变化：一是长篇小说的数量呈现几何数的增长，越来越多的作家加入到了长篇小说创作的行列中来，尽管这其中也不乏平庸甚至低劣之作，但这一现象至少说明，长篇小说已经从根本上占领了文学写作和阅读的制高点，而且，随着人们审美水平和鉴别能力的不断提高，真正优秀的小说作品必然会为更多的大众所接受和喜爱。二是对长篇小说文体形式的探索达到了新的高度。如果说 80 年代的小说家对文体的探索由于各方面的原因还不够全面和深入的话，那么，在 90 年代，文体的创新已经成为小说家们的普遍共识，尤其是一些比较成熟的小说家更是把文体创新放在了与小说内容同等的位置上，几乎他们的每一部作品都体现出不同的文体特征，这是评论界所始料未及的。三是对西方现代主义手法的借鉴从“形而下”的模仿上升到了“形而上”的创造阶段。小说家们不再盲目地照抄照搬，不再追求对形式的机械性移植，而是有选择地吸收最利于表现其思想情感的艺术手法，更为难能可贵的是，有相当数量的小说作品已然体现出某种文体的超越意识，《务虚笔记》的独特文体创造就是比较典型的例子。四是对民族形式的重新认同和接纳。在 90 年代，有些小说家对异域土壤中生出的诸多文体观念是否一定都适合本土文化和本土文学开始产生怀疑，并将目光重新转向了中国古典文学以及民歌、戏曲等广阔领域，试图从民族形式中寻找到新的创作灵感，虽然这种对民族形式的采用还不具有普遍性，但却在相当程度上，为新世纪的长篇小说创作开辟了一条崭新的道路。

按：硕士毕业时，本篇文章经恩师王春林指导完成。

新世纪长篇小说文体流变（2000—2010）

当新世纪的钟声敲响的时候，中国的小说界也迎来了一个充满机遇和挑战的新阶段。从这一时期的总体创作态势而言，作家们的主要创作精力依然放在了自20世纪90年代以来就已经占据了小说界中心位置的长篇小说创作领域。或许是因为长篇小说一向被理解为厚重的记载时代生活的里程碑的缘故，在作家们潜在的创作心态中，其实一直都把能否写出一部或几部优秀的长篇小说当作自己的一种追求目标。而且，伴随着文学的市场化运作和网络的普及，越来越多的读者开始加入到阅读长篇小说的行列中来，这也在客观上刺激了长篇小说的写作。

这一时期，从事长篇小说创作的作家基本上包括以下几种类型：一是已经在文坛上功成名就的中老年作家，如王蒙、贾平凹、格非、张平、蒋子龙等；二是在1990年代崛起的新生代作家，如林白、李洱、红柯、韩东等；三是所谓的“70后”、“80后”作家，如何世华、饶雪漫、韩寒、郭敬明等；另外，就是一些由其他创作领域转型的作家或新近涉足文坛的作家，如毕飞宇、都梁、许春樵、陈希我、于晓丹等。除此之外，还有一种类型，就是以网络为发表阵地，以服务“快餐式阅读”为特征的网络小说作者。虽然，他们的作品绝大多数还因为作者知识结构和文化素养等方面的欠缺，存在诸多不足之处，但也偶有佳作，署名南派三叔的长篇小说《盗墓笔记》便是其中的佼佼者。在网络化迅猛发展的今天，小说领域出现的这种新的独特现象，理应引起我们相应的重视。总之，如此众多的小说作者构成了一个庞大的长篇小说创作群，每年就有近千部的长篇小说问世，的确在以往是不可想象的。这也从一个侧面折射出文学市场对长篇小说的强劲需求力。

然而，从文体的角度来看，新世纪长篇小说似乎没有能够重现1990年代那样一种充满创造性的多元文体融合的局面，作家们好像不约而同地失去了在长篇小说文体方面进行努力的热情。既没有能够重铸1990年代的辉煌，更谈不上有所“超越”了。尽管在2009—2010年，出现了诸如《大势》《天·藏》这样具有明显现代主义品格的作品，但更像是一种孤立的存在，并未撼动向现实主义“回归”的主流态势。评论家吴义勤在上个世纪末曾经怀着满腔的热望，期许“火中涅槃”① 的盛景至少在新世纪的头十年，还停留在“乌托邦”的幻想阶段。这种不尽如人意的表现，不能不引起文学界的普遍忧虑。

当然，与1990年代相比，新世纪以来的十年中，虽然小说文体上的创新乏善可陈，但这却并不意味着缺少能够称得上“优秀”的小说作品。一个值得注意的问题是，文体的创新与否只是我们考察长篇小说创作的某一个侧面。就新世纪的长篇小说创作而言，文体的创新精神不足与小说精品的并不匮乏，似乎构成了一个充满悖论的现象。这或许是在经历了1990年代的文体创造期之后，一个自然的创作调整期的出现。事实上，即使是在文体的创新方面，也并不是说这一时期的小说家们就没有做出相应的努力。客观公允地说，在小说的文体上，我们还是能够看到一些明显变化的。这其中一个最为鲜明的特征就是，许多作家又重新从五四文学尤其是古典文学中汲取有益的精神养料，在既往长篇小说创作的艺术经验积累的基础上，希图探寻更适合于本土文学发展的文体形式。可以说，这一创作的良好初衷，在这样一个文化“全球化”的时代，还是值得鼓励和肯定的。问题的关键在于，除了少量作品之外，大多数小说却没有取得预期的效果，即使有稍许亮色，也被文本整体性的止步不前而掩盖。甚至有一些作品，在文体的创新上存在着明显的倒退趋势，即倒退到十七年文学或者五四文学的窠臼中而不自知。一个重要的现象表征就是，秉承现实主义创作原则的作品在这个时期有了明显的增加。因此，我们在对新世纪长篇小说的文体进行描述与分析时，就只能以点带面，以其中较为优秀的几部小说为主要对象，兼及其他作品，陈其利

---

① 吴义勤：《新潮小说与二十一世纪中国文学的未来》，《时代文学》，1997年第1期。

弊得失，使我们对这一时期长篇小说的文体状况有一个概观的把握。

需要特别强调的是，以下对新世纪头十年长篇小说作品的分类，是依据其文体创作的审美取向进行的。坦白地讲，并不十分严格，事实上也无法严格地做出分类。比如韩东的《知青变形记》，通篇采用的是严格的“写实手法”，但主人公由“知青”而“农民”的“变形”之旅，又让小说附着了一层浓厚的表现主义色彩。于晓丹的《一九八零的情人》等作品也存在类似的情况。所以这里只是为了论述的方便而进行着的一种尝试，应该还有较大的商榷空间。

“现实主义”文体的本土化进程

早在20世纪90年代，一些小说家对纯西方的现代主义乃至后现代主义的文学观念和创作方法是否一定都适合本土文化和本土文学便开始产生质疑，并将目光重新转向了中国古典文学以及民歌、戏曲等广阔领域，试图从民族形式中寻找到新的创作灵感，到了新世纪，这种对民族形式的采用愈发演变为一股不可遏止的潮流。作家们在小说文体的探索实践中，普遍自觉地将民族形式作为一种可以用来平衡“先锋叙事”某些极端化倾向的手段，力求植根于本土文学的深厚土壤，创造出更适合本民族语境的文体形式。

与此相适应，现实主义文体在经过1990年代的短暂沉寂之后，又重新获得了大多数小说家的青睐，他们希望能够在这种最能代表民族文学实绩的小说样式中，开拓新的艺术疆土。因此，这一时期以现实主义为主要价值取向的作品简直是汗牛充栋，不可胜数。新时期以来出现的各种现实主义文体都有所涉及。

（一）史诗型。主要作品有：成一的《白银谷》《茶道青红》，铁凝的《笨花》，宗璞的《东藏记》，迟子建的《额尔古纳河右岸》，阿来的《空山》，徐贵祥的《历史的天空》，都梁的《亮剑》，毕飞宇的《平原》，贾平凹的《秦腔》，刘醒龙的《圣天门口》，蒋子龙的《农民帝国》，张翎的《金山》，张炜的《你在高原》等。

在新世纪文坛上，对现实主义文体的民族形式改造主要是与对史诗品格的追求联系在一起的。中国小说的史传传统由来已久，明清时期又是中国古典小说发展的鼎盛阶段，尤其是《红楼梦》这部集中国古典艺术精粹于一身的旷世名作的出现，更是为我国小说的发展积累了许多宝贵的传统艺术经验。自“五四”以来，伴随十九、二十世纪西方自然主义，俄国批判现实主义，拉美魔幻现实主义等现实主义文体的介绍和引进，以及西方各种现代主义文学观念的影响，现代乃至当代文学史中虽然始终不缺少史诗类型的长篇小说文本，但是回顾新时期以来二十多年的长篇小说发展史，我们却又不得不承认，这一时期的史诗型作品似乎与“古典”，与“传统”愈行愈远，到20世纪90年代末，更是走向了断裂的边缘。正是本着对这种不正常发展趋势的深切忧患意识，许多小说家力图重新恢复史诗型小说与古典传统之间的天然联系，以便于找到更加适合本民族文学发展的正确方向。

成一在新世纪相继推出了两部书写晋商历史的长篇小说，一是《白银谷》，一是《茶道青红》。在《白银谷》在后记中，作者曾明确表示自己的创作初衷，乃是“想努力写一部好看的小说”。[①] 具体说来，《白银谷》的“好看”主要表现在：更多地让人物的性格在自我的言行中做自我呈现；结构上的草蛇灰线却又自然得不着痕迹，类似于章回小说式的情节的起承转合；以及叙述语言的娴熟自如、不温不火，既通俗而又别有一种古白话小说的韵致，等等。以上种种，都可以明显看出中国传统叙事资源与《白银谷》叙事艺术之间的内在联系。与《白银谷》相比，成一相隔近十年之后创作的《茶道青红》，在借鉴古典小说叙事传统方面更为纯熟。这主要体现在小说的结构上，开篇即以一首辛弃疾的词作《贺新郎·别茂嘉十二弟》暗示出故事情节的总体走向，有点类似于古典小说的“楔子”，在起到一种预叙功能的同时，也发挥了极强的象征隐喻作用。此外，在对章回体小说的运用方面，作者也力求有所突破，有时前后两章是承启关系，有时又跳脱出这种固定模式，转入另外事件的讲述中，以便于更好地展开小说的故事情节。

铁凝的《笨花》亦是如此，对日常生活场景的展示和细部描绘使这部小说更多地带有古典美学的风韵，历史大事件不再是小说叙述的重心，乡村中的“凡人凡事”取得了绝对的统领地位，“结实、简朴、准确、温润”[②] 的叙事风格，是《笨花》和铁凝以往心理写实类小说的最大区别所在。

毕飞宇在新时期文坛上一直以中短篇小说创作为人所知，2005年他推

---

① 成一：《白银谷》，作家出版社，2001年版。

② 铁凝：《〈笨花〉与我》，《人民日报》，2006年2月16日。

出了长篇小说新作《平原》，《平原》在一定程度上代表了他此前一再声称的“最朴素”① 的现实主义风格的实绩。线性的时空架构，绵密的日常生活描写，舒缓的叙事节奏，冷静内敛的情感书写，简练、纯净的语言形态，使这部小说在文体上表现出向传统现实主义靠拢的趋向，可见毕飞宇所谓的“朴素现实主义”并非只是就形式而言的，或者说作家更注重小说思想层面的变革。

《额尔古纳河右岸》和《空山》都以“宏大叙事”的方式分别讲述了鄂温克族和藏族的一段悲壮历史，具有散文诗般美丽的语言，为小说蒙上了一层淡淡的悠远情思。同为“宏大叙事”，身处不同国度的两位作家——张翎与蒋子龙似乎达成了某种默契，“创业”成为牵系着《金山》与《农民帝国》的关键，无论是《金山》中海外华人的百年血泪史，还是《农民帝国》中郭存先三十年的人生轨迹，无论是方氏家族在“金山”的成功，还是郭存先最终身陷囹圄，都让我们从历史的深处看到了一个个丰满鲜活的人性个体。因此，就文体而言，两部小说最大的特点便是典型环境下典型人物的塑造，而对“最笨拙的”② 传统写实手法的固守，似乎已成为这两部小说得以取得成功的必备条件。

新世纪的头十年，有三部我们无法绕过去的史诗佳作，那就是《圣天门口》《秦腔》和《你在高原》，它们分别从不同向度上实践着本土文学与传统叙事资源的有机融合。

刘醒龙长达一百万字的长篇小说《圣天门口》是一部涵纳融汇了“革命历史小说”和“新历史小说”的艺术优势，同时又具有一定创造性的历史小说的集大成之作。

“非暴力美学”视角的采用是《圣天门口》超越于以往历史小说的首要特征。和“革命历史小说”的“官方视角”以及“新历史小说”的“民间视角”不同的是，刘醒龙的叙事立场其实站在了以梅花婆、雪柠为代表的带有仁慈、宽恕与博爱特征的基督文化这一边，而基督文化中最为重要的就是对人类生命的尊重，无论冠以何种名义的暴力行为都是与基督文化水火不容的。从这种超越于党派和民间叙事立场的视角出发，刘醒龙笔下的历史自然

---

① 毕飞宇：《答贾梦玮先生问》，《沿途的秘密》，昆仑出版社，2002 年版。

② 《张翎：〈金山〉是一次笨拙的书写》，《中华读书报》，2009 年 8 月 26 日。

呈现出一种新的面目。20世纪的历史成为一部党派利益的纷争史、杀戮史，一部由种种杀戮与争斗的暴力行为所必然导致的广大民众的受难史。正如古人所言，“兴，百姓苦，亡，百姓苦。”这里，作者以自己独有的方式对20世纪的中国历史进行了重新解读，从而更加逼近了历史的本来面目。

对传统（或经典）现实主义“宏大叙事”方式的严格遵循和全方位应用是《圣天门口》的基本文体特征。其一，时空跨度巨大宏阔，主体叙事时间从20世纪初一直延伸到20世纪60年代，对于汉族创世史诗《黑暗传》的完整穿插更明显拉长了小说的时间维度。在空间上，虽然将视点集中于天门口小镇，借小镇浓缩凝聚20世纪中国的历史风云，但作者的叙述还是经常游离于小镇之外的世界，且不断辐射至武汉、香港、甚至东京、巴黎等地。此外小说众多的人物和纷繁复杂的情节线索也是构成小说宏阔规模的重要因素。其二，重大历史事件充分介入文本。在长达六十多年的时间跨度内，我们所熟知的诸如土地革命、白色恐怖、肃反、中日战争、解放战争、国共的合作与分裂、土地革命乃至大跃进、文革武斗这样一些发生于20世纪中国的重要历史事件，均在小说中得到了深入的艺术表现。与某些凌空蹈虚的“新历史小说”形成鲜明对照的是，小说中的傅朗西、杭九枫等人物都有真实的人物原型。其三，以传统白描手法作为主要的表现方式。小说中人物的语言和动作描写准确到位，充分体现了人物的性格特征。比如，惨遭日军兽行蹂躏之后的梅外婆曾说过这样的一段话：

> 很多时候，宽容对别人的征服要远远大于惩罚，哪怕只是一点点的体现，也能改变大局，使我们越走越远，越站越高。惩罚正好使人相反，只能使人的心眼一天天地变小，变成鼠目寸光。

从中可以明显见出梅外婆那宽容、仁慈的悲悯之心。

贾平凹的《秦腔》是他个人的创作历程中，同时也更是中国当代文学史上又一部高峰之作。“生活流”式的叙事策略，独特的叙述视角和多种表现手法的娴熟应用使贾平凹“决心以这本书为故乡树起一块牌子”① 的想法成为现实。

① 贾平凹：《秦腔》，作家出版社，2005年版。

小说后记中写道："我的故乡是棣花街，我的故事是清风街，棣花街是月，清风街是水中月，棣花街是花，清风街是镜里花。但水中的月镜里的花依然是那些生老病离死，吃喝拉撒睡，这种密实的流年式的叙写……只因我写的是一堆鸡零狗碎的泼烦日子，它只能是这一种写法……"① 平庸、琐碎、七零八落的日常生活构成了整个清风街的风景，作者的叙述极度忠实于生活的本来面貌，几乎是将它原原本本地呈现在读者的面前，夏天义家请客，庆玉盖房拉砖，村委会商量办贸易市场，夏天智听收音机里播秦腔……这些东家长、西家短的生活片段在小说中比比皆是，没有跌宕起伏的情节，甚至连一条比较清晰的线索都没有，就这样像流水账一样写出了清风街上的许多人，许多事。乡村的日常生活杂乱无章，在作者的笔下也同样是杂乱无章的，然而，也正是在对这种生活的"原生态"摹写中，我们才真正看到了当下农村社会令人触目惊心的悲惨现状。而这，也正是作者极力渲染清风街日复一日的庸常生活的真正目的所在。直到小说结尾，夏天义这位一辈子坚信土地才是农民根本的老人溘然长逝时，才将这种始终笼罩在清风街上的衰颓气象推到了极致。这有点像古典小说中的"抖包袱"，只不过，贾平凹的包袱抖得更晚，更自然，也更凄凉。这种"生活流"式的叙事策略并非从贾平凹始，但贾平凹却是运用得最纯熟，最贴切的一个。

"我唯一表现我的，是我在哪儿不经意地进入，如何地变换角色和控制节奏。"② "法自然"叙事手法③的应用只是《秦腔》得以成功的一方面因素，对叙述视角的精心选择和灵活变换是《秦腔》另一个重要的文体特征。"疯子"引生（"我"）是贯穿小说始终的叙述人，同时他又是故事中的一个主要人物，清风街上发生的事情大多是从引生的口中说出的，属于第一人称内视角，或者引生通过转述等形式讲述的，属于第一人称外视角，当然这只是一种表面现象，文本中还潜藏着一个重要的叙述人，即作者。对于作为第一人称叙述者的引生不可能通过任何方式确知的事情，必须由作者亲自来叙述，之所以我们感觉不到他的存在，是因为作者已经"不经意地进入"到了故事的叙述当中，"我"和作者之间的叙述角色悄然地发生了转换。这样，文本中就出现了两个叙述人，或者准确地说是三个叙述人，即"我"

---

① 贾平凹：《秦腔》，作家出版社，2005 年版。

② 贾平凹：《秦腔》，作家出版社，2005 年版。

③ 陈思和：《新世纪以来长篇小说创作的两种现实主义趋向》，《渤海大学学报》，2007 年第 3 期。

（第一人称内视角）、“我”（第一人称外视角）、作者（第三人称外视角）。这种以疯子或者傻子作为主要叙述人，兼用三重视角的切入方式与阿来在1990年代创作的小说《尘埃落定》极为相似，从中可以看到二者之间的渊源关系。不过，贾平凹并非是简单的模仿，在“拿来”的同时，还进行了创造性地运用，这主要体现在叙事角度的切换上。在小说中，作者采用了多种复杂多变的切换方式，有时插入“事后我听说”“事后是XX告诉我的”等衔接性话语，以表示引生在转述别人看到的场景，有时又用“还是再说……”“现在我给你说”“是我在……”说明引生开始承担叙述者的角色，有时没有任何表示转换的暗示性信息，自然而然地过渡到另一角色的叙述当中等等。而且，很多时候，在视角转移的前后，究竟是谁在叙述，我们也不一定能分得十分清楚。比如，引生用剃头刀阉割了自己以后，有一段对清风街干旱天气的描述，然后说，“当然，这些我不管了，我躺在县医院的病床上治伤。医生说X拿来的时候已经颜色变黑……”这样看来，好像之前的叙述应该也是出自于引生之口，可是躺在县医院病床上的引生又怎么会看到清风街上的伏旱情景呢？这明显是作者使用的“障眼法”，他在无声无息中潜入了文本的叙述过程，从而获得了全知全能的叙述视野。

魔幻、象征、荒诞、意识流等现代派技巧与中国传统白描手法的有机结合，也是《秦腔》的突出特征之一。贾平凹具有中国古典文学的深厚底蕴，在《秦腔》中他充分汲取传统白描手法的优长，力图通过对清风街上各种人事精细入微的描绘，展现当代农村无以言说的凋敝和苍凉。在此基础上，贾平凹还借鉴了许多现代主义的表现技巧，比如，白雪生下的孩子没屁眼，引生一会儿变成蜘蛛，一会儿又变成老鼠去探听别人的事情，比如引生自我阉割的怪诞举动，等等。大量西方现代派技巧的融入不仅增强了小说的艺术表现力，而且也为故乡的凋敝苍凉添加了“无边的恐怖”① 色彩。

张炜积二十二年之力完成的百科全书式巨著《你在高原》于2010年初面世，这部长篇系列共分十个单元、三十九卷，是迄今为止中外文学史上篇幅最长的小说，有人认为其堪比普鲁斯特的《追忆似水年华》和巴尔扎克的《人间喜剧》，“可谓长河小说集大成者”②。其中除《家族》等两个单元

① 陈思和：《新世纪以来长篇小说创作的两种现实主义趋向》，《渤海大学学报》，2007年第3期。

② 李亦：《长歌行：你在高原》，《文学界（专辑版）》，2011年第1期。

经过修改和重写外，其余都是首次出版。作为一部对20世纪50年代生人记忆回溯和灵魂追索的百年沉思之作，《你在高原》的容量之巨大和意蕴之深广的确令人叹为观止。在小说的文体上也充分地体现了这一特征，它“集中了十九世纪至今中外主要的文学试验和探索成果，第一次囊括了西方十九世纪现实主义和现代主义运动以来的技法，更深得中国古典文学的气韵，其大开大合气势磅礴的构筑，每每令人惊叹。全书至少包含了几百个精妙的细节、几十个性格迥异的人物，无数的重大场景和历史传奇，这种交织演绎的难度可想而知。那旷阔的格局与缜密严谨的细部，几近两极状态，却能够形成深层的和谐与完美。语言之精致细腻，运思之绵密邈远，都是作家以往创作所未能抵达的。”① 《你在高原》的终审编辑杨德华的判断不一定完全准确，但至少道出了小说在艺术审美向度上的基本面貌。当然，一个无法回避的事实是，《你在高原》对各种已有文体的借鉴与探索，都是建立在传统写实手法的基础之上的，也就是说，当张炜踌躇满志地意图在这部厚重的作品中抵达文体之巅时，他并没有忘记脚下肥沃的现实主义土壤，本土经验依旧是其在繁花锦簇的表象中苦苦寻觅的皈依之所。在一次访谈中，张炜也坦言：“要把……内在的、源于生命的真实的感触，和对事物的现代表达融合起来。”② 不过，四百五十万字的长度，确实给阅读带来了巨大的挑战，这也是《你在高原》为人所诟病的最重要的原因。

（二）社会写实型

社会写实型文体是伴随着改革开放的不断深入应运而生的。这种类型的小说样式，在真实再现和揭示改革过程中出现的现象和问题，反映时代变化在普通人内心中激起的波澜的同时，也逐步探索和形成了适应于其表现内容的文体形式规范。那便是：继承传统现实主义的创作手法，借鉴五四以来“问题小说”的艺术经验，以改革开放以来出现的众多现实问题为切入点，力求通过平实客观的语言形态截取生活的某一个侧面铺展开来。不再以追求“史诗性”作为小说艺术探索的最高目标，而是以审美的眼光深入生活的本质，去探求城市和乡村在改革大潮冲击下的思想异动和心理变迁。这种共同的文体倾向当然不是一成不变的，由于不同作家的艺术气质、文化底蕴、审

---

① 杨德华：《张炜〈你在高原〉审稿六记》，《齐鲁晚报》，2010年3月20日。

② 《文学要避免线性思维——张炜访谈》，《河北作家》，2011年第3期。

美追求千差万别，创作中形成的文体特征也不尽相同。

1990年代，社会写实型小说一度在“文体革命”的喧嚣、悸动氛围中遭到冷落，到了新世纪，由于先锋实验所导致的一系列极端化写作弊病的逐渐显露，“写什么”的问题被小说家们重新提到创作日程上来。另外，文学界曾经一度地对当下现实社会的长期冷漠态度，也是许多作家趋向于创作社会政治题材作品的动因所在。因此，书写改革时期广阔复杂的社会生活，关注政治、经济、文化各领域所出现的诸多矛盾隐忧以及时代风云中社会各个阶层的心理情感动向就成了许多小说家的共同创作取向。阎真的《沧浪之水》，陆天明的《高纬度战栗》《省委书记》，张平的《国家干部》，王蒙的《青狐》，柳建伟的《英雄时代》等，是其中的代表作品。总体上看，这一时期的社会写实型作品，主要在题材内容方面有所深化，而文体的变化不大，基本上还是延续着传统现实主义的创作笔法，围绕当下生活时代的某一侧面展开线性叙事，注重小说情节的营构和典型环境中典型人物的塑造。虽然不同的作品因创作主体的审美情感和艺术水平的区别而显现出一定的差异性，但整体上还是形成了较为一致的创作模式。事实上，除了《青狐》在结构上双重线索的设置还有一些新意之外，其他作品的文体创新意识普遍不足。这里不再一一论述。

（三）生存写实型

80年代中后期，“新写实小说”创作曾经盛行一时，但大多都集中在中短篇小说领域，进入90年代以后，刘恒、刘震云、苏童等“新写实”小说家开始转入长篇小说创作，可是从他们作品的价值取向来看，以“新历史小说”（“新写实小说”的一个变体）居多，而真正承接“新写实小说”创作余绪并在此基础上推陈出新的，却是一批以传统的写实手法著称的小说家，比如王安忆、贾平凹、王小波等。他们的作品体现了“新写实”文体在长篇小说创作中的实绩，又由于它们在文体上有新的吸收和创造：淡化文本叙述的政治、时代背景；关注人类普遍存在的生存困境和尴尬状态；多种叙事技巧的共同介入和互动；叙述人的情感在文本中“消失”；语言的平面化、零碎化和日常化；逼真的画面感被感觉和本能欲望取代……因此，我们把这种文体称之为“生存写实型”。

新世纪头十年，随着一批新进作家开始加入生存写实型的大军，这一阵营可谓蔚为大观，但与社会写实型作品相似，本时期的生存写实型也热衷于向传统写实手法靠拢，小说文本的文体创造性呈现出明显弱化的趋势。本时期此类小说的代表作品有：何世华的《陈大毛偷了一支笔》，李师江的《福寿春》，贾平凹的《高兴》，张炜的《丑行或浪漫》，李伯勇的《恍惚远行》，孙惠芬的《吉宽的马车》，许春樵的《男人立正》，红柯的《乌尔禾》，董立勃的《白豆》，余华的《兄弟》，林白的《妇女闲聊录》，方方的《水在时间之下》，刘震云的《一句顶一万句》，刘醒龙的《天行者》，王十月的《无碑》等。

张炜的《丑行或浪漫》发表于2003年，虽然在思想艺术上均无法与后来出版的《你在高原》同日而语；但从中我们也能够看到张炜小说创作的某种延续性和创造精神，对于张炜来说，《你在高原》正是这种延续性和创造精神的结晶。《丑行或浪漫》将自己的关注视野投向了“文革”时代的中国农村。无论从内容或形式上而言，它都有《古船》和《九月寓言》的影子。在表现农村现实中严酷的矛盾冲突方面，《丑行或浪漫》上承《古船》，其中的三个主要人物刘密蜡、伍爷与小油矬可以说是从《古船》中的隋含章、赵柄与赵多多脱胎而来；从对民间视角的采用和对民间文化的还原表现来看，《丑行或浪漫》又的确可以被看作是《九月寓言》的姊妹篇，作者在其中对于自然和大地充满深情的悉心抚摸和精妙表现，同样给读者留下了深刻印象。不过，《丑行或浪漫》并非《古船》与《九月寓言》简单拼贴而成，小说存在着两条结构线索，一条是对“文革”期间农村严酷的生存现实的展示，另一条则是刘密蜡不断追寻奔跑与书写的行为过程。刘密蜡的追寻奔跑既是农村严酷的生存现实使然，也是对这种不合理的生存境遇的有力反抗。就这一点来说，《丑行或浪漫》乃是一部充溢着氤氲混沌之气的，具有自身完整结构的长篇小说。另外，这部小说艺术上的成功，与作家对于极富地域色彩的登州方言出神入化的巧妙运用也是分不开的。

继《秦腔》取得成功后，2007年贾平凹又创作了反映农民进城打工生活的长篇小说《高兴》，小说更多地采用了类似于流浪汉小说的单线结构，其视野始终集中在刘高兴与五富身上。用作者自己的话来说，就是“只盖一座小塔只栽一朵月季，让砖头按顺序垒上去让花瓣层层绽开。”① 整部小说几乎都是围绕二人从乡村到城市打工谋生的命运遭际展开的。简单、别致的

---

① 贾平凹《高兴》，作家出版社，2007年版。

结构，质朴、洁净的语言，舒缓的叙事节奏使我们看到了贾平凹小说的另一种风采。

林白是一位小说文体意识特别强烈的作家。新世纪伊始，以《万物花开》为标志，林白开始将艺术关注视野从女性自身转向了身外的广大世界，开始集中表现底层百姓的日常生活，这种努力在2004年的《妇女闲聊录》中达到了极致。这部长篇小说自始至终都是一位名叫木珍的来自湖北王榨的乡村女性，以第一人称的口气讲述自己与家人乃至于整个王榨村民们的日常生活故事，通篇皆是湖北乡村的农民们带有明显地域色彩的方言口语，而且还显得格外的繁杂与啰嗦，给读者造成了一种特别逼真的乡村生活实录的艺术幻觉。

作为"70后"的代表性作家，李师江的《福寿春》是一部向中国本土小说传统诚挚致意的作品。从始至终，作者都保持了一种不缓不急，不温不火，既内在深入同时却又格外从容淡定的叙事态度，用白描的手法营构琐碎的日常生活，既内敛、蕴藉又充满灵动和智慧。"却说""这日""且不絮叨""当下""一夜无话"这样一些颇得中国传统小说神韵的叙事语词，通篇对于说书人口吻的形象模仿，很少静止而冗长的心理描写，甚至于连主观性的语词都极少使用，而只是注重于日常生活内容平淡自然的铺叙中人物性格特征的自我呈现，等等，以上这些均极鲜明地体现着中国本土小说传统对于李师江的滋养与影响。打工作家王十月的《无碑》与其类似，密实、紧凑，但又不失温文尔雅的古典白话小说的表述方式，让他在疼痛和反思的双重张力下，为"隐入时代深处的无名者树碑立传"[①] 成为现实。

《天行者》是刘醒龙继《圣天门口》后的又一力作，这部在他中篇小说《凤凰琴》基础上再创作的长篇小说，共分为三部分，即"凤凰琴""雪笛"和"天行者"。小说在写作风格上，虽没有《圣天门口》般大气磅礴、寥廓致远，但其深入到民办教师艰难生存现状及心路历程时，所展现的厚重与沉实，痛楚与忧伤，的确让这部小说拥有了一种动人心魂的力量。由于是改写和扩充，所以与中篇小说《凤凰琴》中围绕张英才"转正"问题的单一线索及视角相比，《天行者》在文体上的突出之处，则是叙事线索的增多和人物视角的适时切换。从第二部"雪笛"开始，由于原有的视角性人物张英

① 陈福民：《无言的历史与伟大的见证》，《长篇小说选刊》，2009年第6期。

才转正后离开界岭小学，叙述视角自然转移到了另一人物形象余校长身上，叙事线索也随着视角的转换得到了延伸和扩展，虽然还是以“转正”作为叙事的主线，但其他几条副线的展开无疑为小说赋予了更为深广的时空感。此外，小说中对三次转正的描述颇富戏剧性意味，如果说第一次，张英才的转正尚且算作一场正剧，那么，“雪笛”中蓝飞的转正，就已经明显是一场闹剧了，而到了“天行者”中，余校长、邓有米、孙四海因交不起一万元左右的“工龄购买费”望“转正”而心叹的结局，则将《天行者》推向了悲剧的制高点。

刘震云自转入长篇小说创作以来，佳作迭出，20 世纪 90 年代精心打造了“新历史主义”代表作“故乡系列”（《故乡天下黄花》《故乡相处流传》《故乡面和花朵》），到新世纪又出现了像当初“新写实”风格回归的迹象。而且，刘震云对“话语”本身的兴趣越来越浓，这一点，在他之前创作的几部小说，比如《一腔废话》《手机》中，已初现端倪，《一句顶一万句》应该是在以往写作基础上更为全面深入的实践。

在这部小说中，“话语”已不单单作为形式载体存在，“话语”本身便是内容，从这个意义上来说，刘震云正是在“话语”的分离和重合过程中，完成其对“话语”的思考与表述的。这其中，形式“话语”主要包括叙事语言和人物对话，内容“话语”主要包括“说得来”和“说不来”。先来说“形式”话语，作者的叙事话语简洁、洗练，又具有一种天生的美感和韵律，深得古代笔记体小说的精髓，人物对话则尽量做到日常化、通俗化、口语化，简单化。应该说，这种极具中国传统农业文明特点的“话语”表述方式，对小说整体的艺术建构起到了不可估量的作用。其一，符合杨百顺、牛爱国等人的底层百姓身份，使小说对乡村日常生活的摹写更为贴切和逼真。其二，只有在这种“洗尽铅华呈素姿”的原初“话语”状态之中，我们才会真正地明白，人与人为什么能“说得来”，为什么又“说不来”。其三，从另一个层面诠释了刘震云不惜用近三十万字处心积虑的演绎结果，那就是“一句顶一万句”。原来杨百顺“出延津”也好，牛爱国“回延津”也罢，他们苦苦寻找的其实只是这句话，“说得来”，一句顶得上一万句，“说不来”，一万句顶不上一句。而“人和人的关系是非常危险的，人和神的关系是非常保险的"[①] 原因也正在于此。由此，我们可以看到，上述形式"话语"在对内容"话语"发生作用时，也同时承受了内容"话语"的反作用力，二者最终重合到了一起。所以再来理解小说中设置的两个极为相似甚至有重复嫌疑的故事时，我们不难发现，表面上看它们似乎是循环往复的，实则在这种循环中，刘震云揭示了一个普遍的真理，就是杨百顺、牛爱国与他们各自的妻子，以及他们各自妻子的情夫，还有我们所有人的行为都可以归结为"说得来"与"说不来"这样一个简单的问题，但人类的悲剧正在于不知道或不愿承认这种最简单的道理，宁愿在残忍的循环漩涡中老去。

（四）心理写实型

心理描写是小说创作中普遍应用的艺术表现手法。但是文坛上真正将心理描写重视起来，并把它作为一种主要文体形式参与到支撑长篇小说的创作过程中，还应该是20世纪80年代以后的事情。这时期的不少作家已经开始厌倦从外部宏观视角对现实人生进行客观理性观照的单一创作模式，而是有意识地从叙述者自身或者书中主人公的心理感觉出发，以他们具有独特心理特质的个人化视角来看待发生在他们周围的人事变迁。文本中的人物仿佛是自己在叙述自己，不再任由作者驱遣，他们的语言行动及其心理变化更多的是遵循自我的意识和感觉，尽管还有作为叙述者的"他者"（即作者）的存在，但在文本中潜隐得较深，有的甚至可以忽略不计。这种叙述方式，一方面打破了长篇小说一贯的重语言行动，轻感觉心理的传统模式，将对于人物的心理开掘和主观表现置于前所未有的重要地位，另一方面也对丰富长篇小说的写作思路做出了相应的探索与实践。不过，20世纪80年代的心理写实型长篇小说整体上还处于初步的探索阶段，直到20世纪90年代，以林白、陈染为代表的"私人化写作"风潮席卷文坛，才使这一写作风格引起人们广泛的注意。

新世纪初，心理写实型作品虽然在"日常情节叙事"大行其道的情况下数量不多，但在文体上表现出来的创新力度却是不容忽视的。王蒙的《尴尬风流》、林白的《致一九七五》、毕飞宇的《推拿》和虹影的《好儿女花》是这一时期心理写实型小说的重要作品。

王蒙是一个具有浓厚传统文人情怀的作家，《尴尬风流》正像一位洞察

① 《话找话，比人找人还困难——专访刘震云》，《南方周末》，2009年6月10日。

世事的智者老人的言说。小说叙述了关于“老王”的三百多个小故事，每一个故事看起来都像一篇潇洒风流、充满闲情逸趣的抒情散文。情节的曲折、线索的分明在这里已经找不到任何踪影，只是一些胜似闲庭信步的片段连缀，可是这些零散的片段中却分明见出世道人心的真实镜像。王蒙特有的抒情议论式话语也不再像他以前小说中那样汪洋恣肆、不加节制，而是在不经意间就融入了小说的叙事当中，圆融和谐、轻盈飘逸。这种极具“文章”意味的叙事策略，是与中国古典小说当中的文章传统一脉相承的，显示了王蒙的大家气象。有论者称之为“文章小说”①，为新世纪长篇小说的发展提供了一种独特的思路。

林白的《致一九七五》可以看作是她的一本回忆录小说，小说中的“我”即李飘扬很显然就是林白自己。借用第一人称的叙述方式，作者真切地回忆了自己的一段亲身经历。日常生活的细节描写，内心独白、自由联想的大量运用和林白特有的诗性语言等结合在一起，全面实践了林白此前创作中几乎所有的艺术经验，因此，这部小说也可以看作是林白一部总结性的作品。

《推拿》是毕飞宇继《平原》之后创作的第二部长篇小说，虽没有《平原》的宏阔结构和视野，但其对盲人心灵世界的准确把握与精细描摹，使这部小说在心理叙事方面，达到了一个新的高度。

首先，在叙述结构上，与《水浒传》颇为类似，前几章先分别交代几个主要人物，后几章则将叙述重点转移到不同人物之间错综复杂的关系上来，从中引出了推拿中心发生的诸多变故，直到“尾声”，所有人物悉数登场。值得注意的是，在这一显性结构之下，还有一个更为深层的隐性结构，即以“沙宗琪盲人推拿中心”为中心场所的几位盲人推拿师的心理变化。在这里，前者呼应和服务于后者。由每一个人物的心灵展示，到众多盲人的心灵汇聚，互帮互助、生死同依的汩汩暖意缓缓流淌。

其次，叙述节奏与心理节奏同构。由于盲人自身生理结构的特殊性，所以，与语言、动作相比，趋向心灵内部的“想”在他们日常生活中占有的比重相对较大，而且这种生活状态极难捉摸，为此，毕飞宇采用了一种渐进式加快的叙事策略，事实证明，非常成功。不过小说整体的叙事速度还是相

---

① 谢有顺：《对人心世界的警觉——〈尴尬风流〉及其叙事伦理》，《小说评论》，2006 年第 3 期。

当缓慢的，这和盲人内心世界的缓慢相一致。

其三，语言动作描写服务于心理描写。在对生活细节进行刻画时，有意调整心理描写和语言动作描写的比例，意图通过人物的语言动作更加完美地表现人物的心理变化，再加上恰到好处的心理独白，以及作者有意识地站在全知全能的角度上对人物进行的心理刻画，从而使语言、动作、心理达到了高度的契合，相得益彰。这一点与林白、陈染等作家，用大段大段的心理独白来表现人物内心世界有很大的差异。

此外，性心理描写的日常化在《推拿》中表现得更为纯熟。将人物当时的真实心理情感作为性描写的首要因素，性事过程成为表现人物心理的手段，性事的疾徐缓促完全取决于人物现时态的心理变化，而且，在进行描写时，时常要对人物的心理做一番探究，暗示人物心理某种微妙的起伏变动。这样一来，读者的关注重点不可避免地要发生转移，由性及人，及人物的心理，甚至是一些与性完全无关的东西。这种极富艺术分寸感的性描写自然更纯净。以上种种，的确“呈现出卡尔维诺所推崇备至的那种‘以轻取重’的叙事智慧”①。

平稳前行——“新历史主义”文体继续发展

美国的“新历史主义”理论在1980年代后期开始传入中国，随后，文学界兴起了一场“重述历史”的热潮，90年代正是“新历史小说”创作的鼎盛时期。不过，我国的“新历史小说”创作却要早于其理论的引进，莫言在80年代中期发表的“红高粱”系列（当时是以若干中篇形式发表的，后来经过作者的艺术加工，于1987年又结缀成一个长篇，即《红高粱家族》）被普遍认为是这一创作潮流的滥觞。90年代中期，伴随着“新历史小说”创作的逐步成熟，这种文学样式也相应形成了某些固定的文体规范，引起了评论界的广泛注意，这里姑且称之为“新历史主义”文体。

“新历史小说”的出现其实源自于80年代反响较大的“新写实小说”，当时许多新写实小说家，开始将目光从书写底层现实转移到历史领域的创作，刘恒、刘震云、叶兆言、苏童等就是其中的代表，另外，一些在80年

---

① 洪志刚：《谈毕飞宇的小说》，《南方文坛》，2004年第4期。

代以“先锋写作”成名的作家以及部分延续写实传统的小说家也加入了这一阵营，形成了一个蔚为壮观的创作群体。由于这一群体的大部分成员曾经热衷于“新写实”写作，所以他们在某些技巧和形式的运用上还明显留有“新写实主义”创作手法的痕迹，其他作家虽然在转型前期渊源流派各不相同，但也在不同程度上受其创作思想的影响，而且，正因为这一差异性的存在，使得他们在创作过程中，自觉地吸取各家之所长，为“新历史小说”文体的成长和发展做出了更为有益的探索。故而，单从长篇小说来看，1990年代的“新历史小说”就明显呈现出一种“整合”的趋势，在新写实主义的基础上、现代主义、现实主义等手法均在文本中有所反映，这也从侧面折射出90年代“文体整合”的大趋势。

与大多数小说家纷纷转入现实主义创作形成鲜明对照的是，新世纪文坛上，仍旧有一批小说家执着于从历史的时空中表现普通人的悲欢离合，剥开历史的表象，潜入历史的纵深，在虚构的文本语境中索解人生的意义。

这一时期具有代表性的新历史小说作品主要有：李洱的《花腔》，叶广芩的《青木川》，韩东的《扎根》《小城好汉之英特迈往》《知青变形记》，范小青的《赤脚医生万泉和》，东西的《后悔录》，莫言的《蛙》，于晓丹的《一九八零的情人》等。与上一时期相比，这些作品在文体上不仅遗留着新历史小说的共同特征，而且呈现出越来越强烈的个性化倾向，有力地拓展了新历史小说的艺术表现空间。

李洱是具有代表性的新生代作家，他的长篇小说《花腔》“是一部完美地体现了新潮小说解构叙事成就的小说”①。《花腔》的成功主要在于小说文本叙述方式的设定上。小说中出现了三种不同层次的叙述声音，第一个层次是“我”，“我”是冰莹之女蚕豆的女儿，蚕豆的生父虽然是宗布，但她精神上的父亲却是葛任。这样“我”其实也可视作是葛任的后人，而“我”的确也是以葛任的后人自居的：“作为葛任的后人，我在看到白圣韬的自述前，也认同这个常识，即葛任死于1942年的二里岗。在常识面前，我们似乎只有默认，服从，或无动于衷”。然而，常识往往又是不可靠的，因此，“我”开始了自己探寻历史真实的历程。探寻的结果首先便是白圣韬、赵耀庆和范继槐这三位当事人的自述的产生，这样，白圣韬、赵耀庆和范继槐便

① 吴义勤：《论新生代长篇小说的叙事风格》，《天津师范大学学报》，2005年第1期。

构成了第二个层次的叙述者。他们站在各自的立场上以知情者的身份讲出自己对葛任的理解和认识。可是，在整理这三个人自述文字的过程中，“我”却发现其中存在着明显的错讹、遗漏或谬误之处，于是就不时地要通过对其他史料的引证加以纠正、补充和梳理。而这些史料却也同样来源于其他的历史知情人，即或多或少对葛任有所了解的当事人，比如黄炎、田汗、川田、安东尼·斯威特、孔繁泰、毕尔牧师、埃里特牧师等。他们属于第三层次的叙述者。如此一来，小说中以第一人称“我”出现的各个层次的叙述者就有近二十人之多。我们所聆听到的正是这些复杂的且不时发生矛盾冲突的叙述声音，或者说是“历史的回声”。小说题目“花腔”所指的其实也正是这众多叙述声音的喧嚣与骚动，通过这样一种多音交响的叙述方式，李洱成功地将自己对知识分子与中国现代革命之间那种剪不断理还乱的复杂关系表现得淋漓尽致。

韩东的《扎根》堪称与《花腔》相媲美，也是新生代长篇小说的代表作品。在这部具有自传色彩的小说后记中，韩东曾说：“《扎根》说到底是一部以虚构为其方式的小说，只是我所理解的‘虚构’略有不同，不是‘将假的写真’，写得像那么回事，而是‘把真的写假’，写飘起来，落实到‘假’。”[①] 此处之“真”是指韩东自己那一段真实的生活经历，此处之“假”是指韩东在写作过程中并未完全拘囿于“个人的自传和身世材料”，而是对于更广大的被放逐到乡村世界中的所有“扎根”者们进行全方位描写与艺术表现的野心。这正是韩东所谓“将真的写假”的真实含意所在。

因此，《扎根》在具体的叙述方式上呈现出明显的二元分裂状态，一方面文本中时常出现自称为“我”的叙述人，另一方面，从其主体的叙事形态来看，《扎根》所采用的却是一种全知全能的叙述方式。就叙事常规而言，全知的叙述形态中不可能出现第一人称的叙述者“我”，而以“我”为叙述者的文本中也不可能采用全知的叙述方式，那么韩东为什么要设计这样一种处于分裂悖谬状态中的叙事样式呢？原因有二：首先，第一人称“我”与老陶的儿子小陶有很多相似之处，如果采用严格的第一人称叙事，“我”就只能以小陶的立场与视角进行叙述，而小陶的所见所闻又是受到限制的，其视角是狭窄的，这是对《扎根》丰富性的巨大伤害。其次，小说之所以

① 韩东：《〈扎根〉及我的写作》，《作家》，2003年第8期。

要设立叙述者“我”，是因为，韩东要竭力在文本中凸显一种带有明显主观色彩的个人化叙事立场。在小说中他也明确指出“在老陶的笔记中，没有丝毫的个人感受，既无情绪宣泄，也无冷静的思考。总之，没有一点一滴的‘主观’色彩。老陶一家在三余的生活竟也没有一点踪迹。因此，翻看这些笔记，对我目前写作的这本《扎根》是没有什么帮助的……”也就是说，对于父辈作家被沉重异常的客观现实完全抑制了主体性张扬的写作方式，作者并不认同，他希望“真实地尽量真实地贴近自己”①。这种个人化叙事立场的确定，一方面可以被视作对老陶那种只是关注作为一个群体存在的广大人民，只是关注激烈动荡的外在革命斗争的写作方式的强有力的反驳，一方面更加凸显了文学自身应该具备的独立的审美功能。

此外，小说末尾附加的《〈扎根〉小词典》也颇有意味，小说中有这样一段话：“一个奇特的谜一样的世界（或时代）往往被奇特的谜一样的词语所笼罩、包围或装饰，或者就是这个世界的特征、本质或值得一提之处。另外一点，世界（或时代）越是奇特、扭曲或贫乏，其词语的发明和生长就越是旺盛。‘十年文革’（又是一个词）期间便是如此。……本书描绘的正是这样的一个奇特扭曲又灿烂光辉（词语学上）的世界（或时代）。”的确，要想客观真实地重现那个疯狂迷乱的“文革”时代，就根本离不开诸如“右派”“知识青年”“下放干部”等一系列早已退出当下时代日常生活的带有明显时代特征的固定语汇。韩东此处体现了一种异常显豁的“词源考古学”意味，对于一个业已消逝的年代，只有通过这样耐心必要的词源考古工作，才有望真正最终完成对它的艺术表现。

莫言的《蛙》在文体上的成功之处，主要在于语言形式的创造性运用。小说采用第一人称书信体的形式，以“我”（即蝌蚪》写给日本作家杉谷义人先生的六封长信构成。整体看来，就像作为剧作家的蝌蚪，面对作家同道杉谷义人先生所做的巨型内心独白。这种形式，不仅有利于小说中主要人物罪感意识的激发，对于作者自我精神世界的批判和反思也起到了重要的作用。其次是“元叙事”手法的运用。前五封信，是蝌蚪在向杉谷义人先生介绍与姑姑以及与计划生育问题有关的人与事；最后一封信，则是蝌蚪创作完成之后的话剧剧本本身。这样设计的根本意图，正是为了帮助读者拉开与

---

① 韩东：《〈扎根〉及我的写作》，《作家》，2003 年第 8 期。

历史的距离，进而同作者本人一起以更加冷静客观的姿态认识思考历史。还有就是“套娃”式的文本结构，书信体中，插入话剧《蛙》的写作，话剧写作的过程中，再插入电视戏曲片《高梦九》的拍摄过程。这种复杂的结构形式，如寓言一般体现了历史本身的复杂性，且巧妙地解决了一些叙事的难题。比如，之所以插入《高梦九》，正是要借助接受巨额贿赂之后的高梦九之手，来最终宣判被侮辱被损害者陈眉的败诉。以此来完成莫言对后三十年中国历史所做出的最为沉痛的批判，从而有效地实现了莫言预先设定的某种叙事效果。不过，莫言的《蛙》虽然有其在文体上的创新之处，但并不足以改变小说鲜明的写实本色。

整合与创新——“现代主义”文体走向成熟

新世纪具有现代主义价值取向的长篇小说总体上并不多，这种现象与大多数小说家创作理念的转型有关。在经历了 20 世纪 90 年代“唯文体论”的叙述革命之后，活跃于文坛上的众多小说家对小说形式的兴趣开始弱化甚至丧失，中规中矩的传统写实手法在他们笔下又获得了新的生机。尽管在这些以“日常叙事”为主要审美向度的长篇小说中，依然有某些作品存在一定的形式探索意味，但却无法掩盖长篇小说领域整体上单调、乏味的文体现状。

幸运的是，在新世纪文坛上，还是有少数作家并未随潮流而动，仍旧守护着这块好不容易建立起来的文学新地，让灵魂在叙述和语言的天空中，自由驰骋。莫言的《生死疲劳》《檀香刑》，格非的《人面桃花》，阎连科的《受活》《风雅颂》，李锐、蒋韵的《人间》，陈希我的《大势》，宁肯的《天·藏》便是这文学新地中开出的奇异花朵。这些小说不仅承续了 20 世纪八九十年代先锋实验中已经较为成熟的艺术经验，而且在很大程度上呈现了积极整合的趋势。当然，这种整合既不是盲目的拼凑，也不是被动地依附于内容，而是积极地与内容相互粘连，在此基础上形成对艺术表现力的新的创造与深化。事实证明，作家们的这种努力取得了不容置疑的成绩。

首先，繁复多变的叙述方式和多重交叉视角的相互糅合是新世纪现代主义长篇小说的共同追求。

新时期对于长篇小说叙事艺术的探求，虽然取得了不俗的成绩，有多种突破传统线性叙述方式和单一全知全能叙述角度的作品相继问世，但比较而言，新世纪现代主义小说对于结构和视角的运用却更为复杂、灵活。通过多重视角的交叉叙述将文本结构重新整合，是其鲜明的艺术特征。

《人间》是一部重述神话“白蛇传”的长篇小说，文本中出现的叙述者共有五个，即第三人称叙述者——作者，第一人称叙述者——秋白，第一人称叙述者——粉孩儿（即言仕麟），第一人称叙述者——言亘（即许宣），第一人称叙述者——法海，他们在文本中承担着各自不同的叙事功能，作者作为全知全能的叙述者负责交代白蛇的传奇经历；秋白被设定为是白蛇转世的化身，同时又是现实社会的一个普通文学研究者，他对“文革”时期被亲人出卖的痛苦回忆正影射了白蛇不被人类接纳反遭毒手的凄惨人生；粉孩儿是许宣与白素贞的儿子，他的无法控制自己的一系列怪异行为以及被别人孤立的情感述说迫使他向父亲追问自己的身世成为可能；许宣则充当了告知儿子真相的角色；而法海的叙述来自于秋白发现的一本《法海手札》，他在“除妖”历程中表现出来的困惑自责、矛盾扭结，一方面是对自我的反省，另一方面也反映了作者的情感态度，同时还具有补充文本主体叙事的功能。这些不同的叙述人在小说中的反复出现，割裂了小说的时空顺序，使文本呈现出复调叙事的特征。

莫言的小说《生死疲劳》和《檀香刑》中，设置的叙述者更多，《生死疲劳》中既有叙述人西门闹和西门闹转世而成的蓝千岁的叙述视角，又有西门闹转世而成的驴、牛、猪、狗、猴等各种动物的经验视角。依托两种视角的相互转换达到小说的叙事目的。而《檀香刑》除了第三人称全知全能的叙述者之外，文本中还有五个主要人物参与到叙述中，分别是，狗肉西施孙眉娘、刽子手赵甲、屠夫赵小甲、知县钱丁、好汉孙柄。这些以第一人称“我”的视角出现的叙述人之间的关系又是错综复杂的，孙眉娘是赵小甲名义上的妻子，孙柄的女儿，又是钱丁的情人，而赵甲是赵小甲的父亲。也就是说，他们同属于“一家人”（钱丁似乎应该排除在外，不过，在孙眉娘眼里，他其实就是孙眉娘的丈夫）。这样，小说中就出现了两个系列的叙述声音，一为作者的全知叙述，一为文本中五个主要人物构成的限知叙述。小说的结构形式正是围绕这些叙述人的视角分别展开的。前四章（凤头部）与后五章（豹尾部）是五个限知叙述人站在各自立场上的叙述，他们的叙述相互叠合，补充。中间九章（猪肚部），则是全知叙述者的插叙，二者共同完成文本的叙述任务。而整部小说又采用了后撤式的结构方式，小说开篇眉娘就说出自己“手持利刃杀了公爹（赵甲）”，然后一步步回到赵甲被杀死之前的故事当中，最后又以钱丁的口吻叙述赵甲被杀死的情景。读者在这种回环往复的叙述文本中获得了一种全新的阅读体验。

《受活》中正文和絮言交替并置的叙述结构也可以看作是两种叙事声音的结合，前者讲述的是“政治狂人”柳县长为了筹集巨额款项去俄罗斯购买列宁遗体，组织受活庄人去外地演出而最终失败的故事，属于文本正在叙述的主体事件，后者则以插叙或回叙的方式回望过去历次重大运动中，受活庄人所遭受的损害与侮辱，属于已经发生的事件。如果说柳县长筹集购列款与受活庄人组织“绝术团”这一主体故事是交响乐中的主旋律的话，那么“絮言”部分中对于诸如“铁灾”“大劫年”“黑灾、红难、黑罪、红罪”这样一些既往故事的频频回顾便是伴奏曲。它们结合在一起，以一种回旋反复的节奏完成了对受活庄人苦难命运的述说。

宁肯的《天·藏》在叙事上的复杂性和创造性则达到了某种极致。叙事层面上，有正文和注释两种结构或两种声音，但与《受活》不同，这两种叙事声音并不是并列或从属的关系，而是相互交叉，共同推动故事情节的发展。注释部分已经远远超越了补充说明的价值层面，有机地参与到了小说的整体叙事过程之中。同时，在正文的情节层面上，也有两种叙事话语在起作用，一为感性话语，一为智性话语。感性话语对应人物故事部分，智性话语则对应以哲学、文化等为主要谈论内容的理论叙事部分。而且这两种话语呈现出水乳交融的状态，智性话语不是漂浮在人物故事之上，而是有机彻底地沁入其中。如此一来，小说中就出现了四种叙事声音，它们互为“中心和边缘”，形成了一个“复杂而深奥的意象”格局或艺术空间。

其次，艺术表现手法的中西结合也是这一时期现代主义长篇小说的可贵尝试。

前一时期对西方现代派表现技巧的“一边倒”态势得到了有效遏制，小说家们试图在古典形式当中寻找到新的可用元素，使本土与现代技巧在文本中共同发挥其艺术价值。

格非的《人面桃花》是作家沉潜多年之后奉献给文坛的一部颇具经典意味的优秀长篇小说。古典小说的写作手法和现代派艺术技巧的交相辉映是这部小说突出的文体特征。一方面作者借用荒诞、反讽、幻觉、变形、延宕等西方现代主义表现手法对历史进行解构颠覆。比如小说中的张季元，很显然应该是一位反抗清统治的革命斗士。但在《人面桃花》中，他却是一个举止猥琐的偷情者，他不仅与陆秀米的母亲芸儿有私情，而且对陆秀米本人也充满了强烈的占有欲。这样一种占有欲居然强烈到“没有你，革命何用”的地步。从这句出自张季元日记的表白中，我们可以看到格非对历史明确的反讽与消解意向。另一方面，作者又大量运用中国古典小说的传统笔法，将诗、词、歌、赋、铭、记等文体形式有机地切入到文本中，使小说呈现出中国古典美学的含蓄意蕴。比如秀米赠给宝琛一方丝质白帕，上书小诗两句：“未谙梦里风吹灯，可忍醒时雨打窗。”比如秀米出狱后回忆起儿时母亲唱起的歌谣：出了东厢门，就是西厢门。前溪村、后溪村，中间隔着八里坟……真切地反映了主人公当时的感受。

《风雅颂》是一部对当下知识分子精神世界进行严肃思考和无情批判的长篇小说。《风雅颂》这个题目本身便是取自于中国第一部诗歌总结《诗经》；小说各卷的标题则以“风”“雅”“颂”，或“风雅之颂”命名；除卷一、卷四、卷八、卷十二，只有总卷名“风雅之颂”外，其余卷次中的若干故事都被作者依据情节内容有选择性地配上了相应的标题，而且，这些标题均是《诗经》中该卷的部分篇名。如卷一总标题为“风”，四个故事情节的题名就都出自于《诗经》中的“风”，依次为“关雎”“汉广”“终风”“萚兮”，其他各卷的命名方式也是如此。因此，从小说的外在形式来看，俨然就是一部《诗经》，但小说所讲述的内容却是对《诗经》的巨大颠覆与反讽。主人公杨科一生研究《诗经》，沉迷于《诗经》，但其所遭遇的一系列离奇荒诞的经历，又分明告诉我们，《诗经》所代表的民族文化精神及传统文人情怀在当下无可挽回的消亡，这正是阎连科在文体上之所以如此设置的隐喻性内涵。

此外，《生死疲劳》中象征、反讽、荒诞手法和明清章回体小说形式的联袂出演；《檀香刑》中赵小甲把爹看成黑豹子，把老婆看成大白蛇等情节描写明显地采用了魔幻手法，而各章都以一段“猫腔·檀香刑”为卷首语，在叙述中又穿插了许多“猫腔”戏文则是对民族形式的有效运用；《受活》不时闪现的寓言色彩和民间耙耧调唱词的采用等等，都是现代主义和古典形式结合的有益探索。

最后，本土化语言叙事策略得到成功运用。

单纯的现代书面语写作已经不能满足现代派小说家的审美欲求，而民族的，本土的语言形态恰恰为他们提供了丰厚的语言资源。

在《受活》中，不仅大量使用方言口语，诸如“受活”“热雪”“处地儿”“儒妮子”“圆全人”“死冷”“满全脸”“脚地”“顶儿”“撒耍娇娇子”等，均是带有明显河南、耙耧地域色彩的方言词语，《人面桃花》的叙述语言则深受古典诗词的影响，具有散文诗般的气韵，古典白话语句的适当插入也为小说增色不少。《生死疲劳》和《檀香刑》依然延续着莫言小说特有的语言狂欢特性，富有胶东地方特色的日常口语和具有极大增值空间的书面语结合，使莫言的小说看起来就像一场语言的盛宴。而且这些小说中表现出来堪以凝重称之的语言精神也在很大程度上渗透到了小说的整体叙述流程当中。

总之，新世纪的长篇小说在文体上的创新意识普遍不足，大多数小说家沉湎于“日常叙事”的创作范式当中，希图用这种最传统但却曾经被人们一度搁置的写作方式，产生所谓的“陌生化效应”，对于这一点，文学界的普遍共识是，由于“写什么”已被搁置过久，而“怎样写”却又走向了非理性的极端状态，所以对现实主义的重新认识和采用自然是小说家们走向理性和成熟的重要标志。这样的解释当然不是没有合理性，新时期以来，人们在对小说文体的实验过程中，的确有意无意地忽视了现实内容的表达，这不能不说是一种明显的缺憾。因此，重新将创作视野投入到现实当中来，本无可厚非。可问题是，表达对当下现实的理解，却并不就代表着只能以现实主义文体来构建小说文本。内容和表现内容的文体形式其实是两回事，一种内容可以采用多种形式，一种形式也可以表达多方面的内容，从这一点来看，“写什么”和“怎样写”并不矛盾。所以，以上的“共识”就未免牵强了。由此，我们不禁怀疑，如此众多的小说家之所以后撤到现实主义文体当中，是否是因为他们在文体探索的道路上感到江郎才尽、力不从心了呢？这是值得我们思考并为之揪心的一个问题。因此，能否有效地重新召唤作家们在小说文体创新方面的满腔热情，事实上，已经明显地成为影响长篇小说发展的一个重要命题。我们真诚地希望，能够有作家能够从我们对这一时期长篇小说文体整体状况的描述与分析中，得到一些有益的启示，进而尽早寻找到可以摆脱现有写作困境的合理途径。

按：本篇文章与王春林先生合作完成，不敢擅专。

站在山西“80后”小说家身后

我承认我不是一个称职的文学评论家，所以，每次因虚荣心驱使，想给自己贴一个什么标签时，我还是无法掩盖自己底虚的内心，只敢唯唯诺诺曰：文学评论人。尽管被人一眼就能看穿，你这是装蒜，是矫情，是巴不得大家说你好，说你是“家”，而不是“人”。有时想想，又何必呢？这就涉及我的另一层本质了，底线，我得有自己的底线。本来如此嘛，既想让大家承认自己是文学圈儿里少不得的一分子，又深知自己还够不上这个“格”，结果就在“家”和“人”的边缘处踯躅不定。到现在，原来还看得清的边缘都没了，整个人似乎都模糊在一片犹疑中。没有定位，只有定不成位的尴尬和无奈。

若说对山西“80后”小说家的定位，我想也是如此，这倒不是因为他们对自己没有定位，或在某些评论家的笔下没有定位，而是在我这个没有定位的评论者的眼里没有定位，或者也可以说我正在揣摩寻找，但对他们还没有准确的判断。幸而，文盛兄也没有苛求，以“谈你视野之内的，无须全面，谈人或文本均可，汇总你平时阅读加以提炼就行”云云，让我卸下了重负。轻装上阵，自然舒服了许多，但也会生出副产品，就是会说得浅薄一些。所以，我要有自知之明，我只能如题目所言来展开此文：站在山西“80后”小说家身后。

因为年龄相仿的缘故，山西的“80后”小说家我还是关注了一些，有些是早有交往，有些是只读过他们的作品，却至今未见真身。就我有限的视野（这里既包括阅读视野，也包括认知视野），从地域上大抵分为两类，一类是北京派，一类是本土派。北京派主要指的是笛安和吕魁，他们生在山西，现在北京。本土派主要指的是手指、陈克海、孙频和邓瑞芳。他们大多生在山西，现在山西，也有不是生在山西的，如陈克海。从性别上大抵也可以分为两类，一类是男性，一类是女性。呵呵，这样的划分其实不成体统，但总归是对他们的创作会产生一些影响。生活地域不同，所闻所见所识所想所写自然会沾染上那个地方的气味；性别不同，其心理或创作的审美向度也会有所差异。这是明摆着的，无人可以否认。但除此之外，我还真的没有像样的高度概括的词语去形容山西的“80后”作家。如果非要假惺惺的总结，用“个性”可不可以？就是说他们的创作正应了“80后”群体的整体特征，追求个性，喜欢旁逸斜出，崇尚“我就是我”，爱谁谁。由此出发，再来打量他们和他们的创作，我想更能够表达我的一些不甚成熟的看法。

一

先说说身居北京的笛安和吕魁吧。

笛安不认识我，我也只是认识她的父亲李锐和母亲蒋韵，我们的交集总共也就两次，一次是《名作欣赏》杂志发了笛安一篇稿子，当时我任这本杂志的编辑，曾电话询问过她现今的地址，以便寄样刊和稿费。另一次是某杂志向我约稿，我正好在读笛安的《告别天堂》和《西决》，因为这两部小说，我喜欢《告别天堂》更多一些，所以就写了篇评论发过去。为什么更喜欢《告别天堂》呢？除了故事的讲述精彩之外，也与我的文学观念有关，我一直认为从一个作家的处女作兼代表作中，最能看清这个作家的创作风格。

《告别天堂》讲述的是一个青春怀旧的故事。故事的发生地在作者的出生地太原，故事的发生时间在作者上中学时期。当然，作为一篇小说，它是虚构的，但情感的流淌却是真实的。作者为我们呈现了镌刻在她心灵深处的一种“80后”青春记忆，这里面主要是懵懂而又凄婉的爱情记忆。

其实最初读这篇小说的时候，我抱持的是一种“侧目”的心态。因为同属于“80后”，我的中学记忆中几乎没有小说中所写的丁点的影子，这不由得让我怀疑起作者究竟写的是不是那个时代，但后来我被“剧情”吸引，暂时就忘了去深究此事。待读完后再细想，隐约觉得有没有这事儿不重要，重要的是曾经有这样一些人，这样一种生活状态。

打个不恰当的比方，穷人在为吃食劳碌时，怎么会知道富人在做什么，想什么呢？对他们来说，基本上属于另一个未知世界。（这只是一个比方，请不要对号入座，我只是想说明人与人之间会有各种差距，包括经济上的差距会带来生活圈子的不同，或许用贫寒和优裕作比，更恰当）我那时虽也在太原的一所重点中学读书，但窘迫的家境和从小生于矿区的自卑感，让我在交友时，也局限于选择和自己家境相仿、经历相似的同学。圈子和认知的范围自然就小很多。所以当社会上一个劲儿为“80后”是小公主或小皇帝，被娇惯和溺爱得不成样子而叹息乃至愤怒时，我总是感到不可理解，没有呀，我记忆中怎么尽是父亲的巴掌和叱骂，还有一周27块钱的生活费。直到后来，韩寒、郭敬明出现后，我才发现，这是“80后”的另一个世界，它不属于我，但应该属于笛安，包括韩寒、郭敬明、张悦然等等，因为他们是城市“80后”主流人群的代表。

所以，《告别天堂》让我在惊异于还有这样的生活外，也看到了笛安小说反映的一个基本面，那就是讲述都市年轻的主流人群或与年轻的主流人群相关的生活状态。而作家父母的熏陶、国外留学的经历和女性天生的细腻相糅合，使她的小说在向故事本身找寻深度的同时，也将人物内心微妙情感把握得淋漓尽致，一种大家气象油然而生。这恰恰是很多专注于青春文学创作的作家所缺失的。

相比于笛安，吕魁的作品有一种随意性。我想这和他的性格有关，我们在一次文学活动中相识，记得当时他刚从运城老家赶来，上车后为了能够和我近距离交谈（由于我是活动的组织人，所以坐在大巴的第一排），索性就坐在我对面没有靠背的座椅上，他讲话干脆利索，清晰朗亮，语速极快，时不时还带一点肢体语言，仿佛我们早就相熟。在他的小说中，我也看到了这种随意和利落。中篇小说《莫塔》便是如此。起初“我”与莫塔在校内网上相识，光是当时的聊天记录就是一种原生态的呈现，长是长了些，但那种京味儿的调侃和贫嘴让人读来丝毫不觉烦闷，接下来是莫塔和“我”离离合合的故事，准确地说是莫塔的北漂生活史，“我”在她生命中只是一个可以招之即来、挥之即去的工具而已。这样说可能太残忍，对“我”也并不公平，但从文本的叙述来看，“我”的出现与否其实作用并不大，无论怎样，莫塔仍要继续她认为的生活。她一次次离开“我”去寻找所谓的金钱和爱情，一次次碰壁后又龟缩到“我”的视野之中。正是在这种循环往复中，我们逐渐看到了北漂一族的生活轨迹和情感纠结。不过，这所有的一切，由吕魁讲出来，却是那样自然而随意，也许还有随性吧，就好像生活的画面一篇篇翻过去，任它自生自灭，不露雕琢的痕迹。可为什么读到最后往往会黯然神伤溺或充满小小的希望和暖意呢？那正是他的过人之处，看似长流水，其实这水越积越多，越积越有了分量，等到盛满你的心之后，不经意间就溢出来一滴或几滴，发出盈盈的光泽。回过头再看开篇和结尾，一字不差，却字字有它的分量：

> 那晚，我在校内网见到一个姑娘，至少从照片上看算是漂亮。我在她页面留言，赞叹她的美，索要联系方式。她很快回复：呵呵，我认识你，你是马山吧。常听莫塔说你，果然是“校内”之狼。

原来随意和利落只是一种自然生活状态的叙述方式，就像这前后照应的极致结构一样，从一开始就在作者的构思中形成了，余下的事情也就是将构思付诸纸面上，呈现给读者。从这一点上说，我很羡慕吕魁的写作状态，在我想象中，他写小说应该是一件十分轻松的事情，出色的语言表述能力让他不必担心一个普通的故事不会生出思想性和艺术性。

所以，用印象式的语言说，笛安是从内敛的叙述中慢慢走出来，而吕魁则是给花以辛勤的培育，待它长得足够大，足够鲜艳时，又将其迅速地收拢，呈现出花簇的新美。

二

再说说本土派的，姑且先说男后说女吧。

男有手指、陈克海，他俩都是我的好哥们儿，我也曾信誓旦旦地跟他们保证过，至少给他们分别写一篇评论。现在看来，大话说得太早，手指倒还能交差，但对克海还是有愧疚，至今没写出哪怕是只言片语。趁这个机会做些补救，也算是稍稍对克海兄有所交代。

克海最近出了个小说集，里面的每一篇我都一一拜读了。整体来说，克海的小说波澜不惊，既没有大起大落的故事，也没有那种造作精致的情景描述和情感铺排，结构上也并不复杂，属于朴实纯洁的那种。正如其人，虽然偶有狡黠贫嘴之处，但那也是一汪清水漾起的涟漪，很快又会恢复到原来的状态。就小说而言，克海走的是正步，不偏不倚，不追求新奇的效果，但能守得住老婆孩子热炕头的人间烟火。

如果展开，我还有一大堆话要讲，这里就不费口舌了。

有关手指，自认为交情还是很深的，比较近似的生活经历和情感状态也让我对他的小说有所偏爱。

手指的创作，我曾经形容为："我他妈的"在焦虑。虽然有些不雅，但我觉得还是能清晰地表明手指小说的几个元素，首先是"我"的文本进入。"我"加引号，是因为"我"有时候是作者，有时候又不是：建新、老虎、爷爷、李东、东方、八叔，包括群像式人物"我们"，都可以被看作是对"我"的命名，这些个"我"的经历与作者本人的经历或相似关联，或远隔千里，但均属于"我的经验"的书写，作者手指曾有类似的说法，即"我经验"："我小说中的'我'其实就是我，故事不是我，但是他对世界的看法，他所遭受的这个世界的压力，都是我自己的。"手指这种具有强烈个性化的"我经验"的小说，在"80后"作家中属于一种较为普遍化的叙述方式，应该说，这是时代社会的整体语境使然。其次，手指在"我经验"的世界中要表达什么样的"经验"呢？那就是"他妈的"，我在这里用这个语词，其实是想形象化地解释另一个更理性化的词——"焦虑"。作为深受中国社会转型之苦的"80后"，其所承受的压力与其他年龄阶段的人比较起来在当下相对要突出很多，手指也试图在他的小说中表达"对这个极度复杂的世界的看法"。"他妈的"以及类似的粗口在手指小说中反复地出现，说明这种代表"80后"大多数人的情绪，已经被这一群体驱离了理性的言说轨道，而走向了感性的可标榜多层意指的暧昧状态，表面上虽暧昧，但内里却是明确的，心照不宣的。这是"80后"向现有话语主体挑战的特有方式，也是"我"所发泄的"出口"所在。所以，就手指的小说创作而言，"他妈的"一词，至少包括了两个部分，一是，他小说的内容，即"经验"，二是，他表达内容的方式，即"出口"。另外，题目中的"在"是这种焦虑情绪或者叫时代情绪的呈现状态：无止境，无希望，以致无所谓。

最后，再来说本土派中的两位女性作家，一是孙频，一是邓瑞芳。

孙频这两年在文坛很活跃，她发展得这么快，是我始料未及的。但她的小说确乎是有一种魔力，能够以极哀伤、极缱绻、极女性化的温婉表达，让读者进入故事中去，关键的还不是进入故事，而是进入作者所营造的那种故事氛围中去。故事好写，氛围难造，孙频恰恰在这氛围上下了大功夫。应该说，这和她的女性身份无关。有些作家就是这样，要叙述的故事很简单，发生发展结局，一两句话就能说清楚。如果按时间顺序，可能就那么几天，或那么几个小时。但一经她的手，环境的精雕细琢、人物的心理脉动、气氛的层叠渲染，再加上故事节奏的徐徐舒张，整个叙述就缓慢地鼓胀起来，丰润起来。你由关注故事本身，发展到被人物命运和人物命运所折射的某种深刻情感所包围，所震撼，所撞击时，这篇小说的使命其实就完成了。

我周围有很多朋友，说孙频有张爱玲的气质，也有很多评论将她的小说比之于张爱玲的小说。我想这不无道理，又并非全对。说她的气质似张爱玲，我从与她的交往中能看出些影子，但真要评说如何如何，又觉得没有资格。因为我既没有机会见到张爱玲，对孙频的了解也尚有限。但论起她的小说，倒自认为还有些发言权。说她的小说像张爱玲，我想更多的是从情调上来讲，苍凉、哀婉、幽深、凄绝、伤感、细腻，这是她们小说一个共同的特征。所以假以时日，我想孙频的创作成就会更大。不过，细腻是足够了，可能由于孙频阅历尚浅的缘故，其小说还有展不开的感觉，深度上也有力不能逮之处，这里我指的是她的长篇小说创作，比如《绣楼里的女人》。就中短篇小说而言，孙频做得已经足够好。最近进入中国小说排行榜的中篇小说《月煞》就是典型的例子。

一开头就是："刘水莲一直记得那个深夜的月光。"直接把读者带入的不是故事，而是情境，是那个满月的夜晚，和那个如鬼魅般的母亲的影子。而更加鬼魅的是，第二天早晨母亲死在了井里，这才揭开了刘水莲的身世之谜，和洞悉身世后对母亲悲惨命运的理解，对自己是个"野种"的痛，对婆婆无法原谅的恨。这其中，一个女人感情的微妙起伏，竟写得是那样纤毫毕现，那样不可卒读。我以为，这样的效果并非得益于大量心理描写，而主要是肃杀氛围的营造。包括刘水莲后来对婆婆的谅解，乃至临走时对曾经强奸过她的疯母亲的那些男人的某种不易被察觉的宽恕，都是这"月煞"氛围所形成的独特效果。小说从头到尾无不有月光——

月光像大片大片月的雪花落在她身上。

她忽然被钉在青色的月光里。

寂静的月光像蛇一样缠着她的喉咙。

街上满是月光，无孔不入的月光。

月光像洪水一样洁净地冲洗着整个小镇，所有的角落里弥漫的都是这种月光的冷腥，像一场盛大的灾难即将燃烧。

小说从头到尾也无不有月光专投射到三个女人身上的“煞气”——

她动不了，她被月光钉在了那里。

影子落在月光里，又停在了两个人的影子中间，看上去像一幅边缘清晰的剪影。

她突然想起了昨晚的月光，怎么就亮成那样呢，亮得都有些邪气了，像是白天的倒影一般，落在水里的清凉的逼真的倒影。

满月里那种神秘的磁场突然把一个疯子从时光深处残忍地唤醒了。

她们像两个月光下的罗刹忽然神秘地降临到了这镇子里。

夜更深了，月亮更亮了，它散发着一种比白天更惨烈的光芒，在这种惨烈的明亮里却又四处飞翔着黑暗诡异的影子。

她只是想笑，没有缘由地，想在这月光下凄厉地大笑。

这种残月的光还是青色的，青色中带着一点苍黄，使月光下的一切看起来就像在一幅老照片中似的，蹉跎而柔软。

三个人站在院子里，在锋利的月光里默默对峙着。

已经是很深很深的夜里了，月光愈加凛冽，愈加清醒，就像端午节里的雄黄酒。

她站在那里看到了石阶上那个薄薄的小小的影子，纹丝不动地贴在夜色里，月光下，像一尊小小的被风干的木雕。

我几乎是一口气将小说中所有涉及“月光”的句子找了出来。我不知道孙频这篇小说写了多长时间，但能够将小说写成这样，应是极致了。在她的其他小说中，我同样也看到了类似浓重氛围的一再出现。不能不说，孙频是个有心人，是个追求极限完美的小说家。她的创作成就越来越得到大家的认同，便是很好的证明。

邓瑞芳是我不熟悉的作家，写稿之前，文盛兄发来她的作品让我看看，我就抽了一篇《茱萸》。读是读了，其实印象也说不上深，这倒不是说她写得不好。那是什么？我也说不清，总觉得缺少一些什么。再想想，似乎有一些眉目了。放在这里，仅供大家参考，说得不对的话，也请大家见谅。

从好的方面来说，邓瑞芳的小说结构能力和语言能力还是不错的。讲述挺全，女性心理的刻画和描摹也很到位，语言属于那种纯净的书面语。从不好的方面来讲，主要是觉得皮实了一些，娓娓道来了，却好像魂魄还没有凸显出来。比如尹茱萸，从少女到女人再到有了儿孙，从嫁至沈家到丈夫离世再到老来伤怀，家长里短，悲欢离合，普通人的人生际遇似乎都有了，但正是因为普通，没有一点点陌生感，反而觉得索然无味。恕我直言，小说作为一种艺术，还是要在艺术性上下功夫，当然，思想情感的深度也少不了。这和题材无关，其实无论是什么样的题材，都能够写出彩来。而单就《茱萸》来说，我并没有感受到这些。的确，尹茱萸成为老太太后自由她伤怀的权利和自由，毕竟她在世上走了一遭，经见了一回。但就整部小说而言，不仅叙述上感觉主人公的生活平淡得像白开水，而且在人物塑造上也感觉没有力度，前后似乎不搭调。怎么说呢，小说在讲述尹茱萸的一生时，其实是突出了它那种市侩和刻薄，这应该是她性格的主要方面。正如小说中所言：

> 她这一辈子，凡事都争强好胜，爱面子，虚荣，小心眼，爱猜忌，善妒，跟婆婆斗，跟小姑子斗，跟妯娌斗，老了又跟自己儿女斗，跟侄女斗，跟媳妇斗。她的一生都在斗……

即便是她与人和好了，也仅仅是因为对方给了她某种物质上的好处或帮助，一旦有丁点儿不满意，她的猜忌心便会迅速升腾起来。可就是这样的一个女人，作者却对她做了如下一番评价：

> 然而她的一生又何尝不是都献给了沈家……她什么没有经历过，可是她不后悔。她不过是个普通的女人，她只想把自己的日子过好，让她的家人过好。她从来不认为自己有什么错，假如生命可以重来一次，也许她还会继续当初的每一个选择。

不能不说她对沈家没有贡献，但若因“为了沈家”而以算计身边的所有人为荣，且作者仍抱着一种理解和同情，就未免有些牵强了，这只能说作者对生活还没有更深刻的感受，对笔下人物的发掘和思考还不成熟。

另外就是语言的运用，纯净是纯净了，但也要看在什么情况下。尹茱萸的父亲是个没读过书的木工，从他嘴里怎么能蹦出“不免”这个词？还有尹茱萸只上到小学三年级，还没有来到城市之前就会用“弱女子”这样酸溜溜的词，恐怕不妥吧。

当然，阎晶明先生在为《茱萸》这本集子写的序中评价得更为准确：

> 邓瑞芳显然还是文学创作路途上的初跑者，但其奋力前行的决心和奔跑的速率足以证明她有足够的后劲。轻曼的文笔、从容的叙述、执意的表达、现实的感知，特别是她努力要为世人理解女性心理和情感世界尽力的固执，都是她在创作上继续前行的基础前提和动力保证。

我对阎晶明先生的上述看法深表赞同。

好了，到此为止吧。其实，写完此文后，我着实是战战兢兢，就怕没一个人读，也怕有人读了以后拍我板砖。我这人胆小，虽然没说假话，但说得不全面，不透彻确是肯定的。所以，如果有机会我还会就此问题重新来写。您要拍板砖的话也可以，但请允许我先站到您的身后。

按：当时受闫文盛之邀，为《都市》杂志撰稿，其中尚有许多不够严谨处，庶几读之。

文学批评离“真正”还有多远？
——从习近平《讲话》看文学批评现状

《讲话》的全称是《在文艺工作座谈会上的讲话》。既是讲“文艺”，自然也包括“文艺批评”，再往小的作为受者的我的一己的方面说，那就应该是“文学批评”了。因为从事的是什么，才好讲哪方面的体会，没有从事，或一知半解、不甚了了，或也了解一些，但谈不上多深入，于我，就只能默而观之，缄口不言。不过想来，文艺是统称，文学批评是具象，区别也只在于概念和范畴的差异，其实质大略应是相同的。而且就自己读《讲话》得出的印象，也可与上面的判断相映照，凡是涉及文艺处，文学批评同样不能，也没有理由置身其外，甚或是在文学批评领域表现得更为明显。所以我在习总书记的《讲话》中读到的是文艺，想到的却是文学批评。而草撰此文，却有一点反着来的意思，即写到的是文学批评，但无意中兼及的可能就不止于文学批评了。毕竟，文学批评，批评的对象，还是文艺的那个居于前首的“文”字，那个绕不开的分支——“文学”。

从行文上讲，《讲话》述及“文艺批评”的地方，似只有末尾处的两段，但依我看，却用短短六百余字，高度概括了前文几乎所有对文艺工作现状的分析和意见。具体如何，我没有细究，否则就有点“机械化”学习的嫌疑了，还是从精神领会的角度，在自己有限的视野内，谈谈对当下文学批评的一些看法实在些。

立身之本与精益求精

“作品是自己的立身之本”，文学批评者亦然。这里的“立身”立的并非是生存之身，或主要不是生存之身。当然，不排除以文学批评作为生计的批评者，但就现状讲，靠文学批评吃饭，恐怕仅能果腹，想要生活质量高一些几无可能。故“立身”应是从身份而言，从他人的认同度而言，你说你是搞文学批评的，但你连像样的批评文章都没有拿出来过，那你这个身份就是存疑的，就不会令人信服。

曾见某君在一次聚会上，向在座所有人递上名片，名片右下角赫然罗列有大小头衔十数个，席间又高谈阔论良久，让我这个初出茅庐者不禁油然生景仰之情。后赧颜向邻座打听，此君何方神圣，定有好文章吧。不想，邻座没好气地回答说：“什么神圣，至今未见其著一字，不过是混吃混喝的外围客罢了。”闻此，竟不愿与此君多言一语。又曾见某君名片，白纸片上除姓名电话外，再无一字，然单单是这姓名，就如雷贯耳，莫非是自己搞错了？同名同姓者也是有的。——待到他人证实确是批评界某大腕时，方如梦初醒。瞧瞧，这就是差别所在，我倒不怪前者炫耀多少头衔，但惊的是这头衔下全是“空”，空得人心肝都要颤出来。

自然，有了作品，担的是“作者”的名头，却还担不起“家”。在我看来，冠以“家”，应是极严肃也极庄重的事，称“家”那必然是有好的作品喽。所以，“优秀作品”应是“家”的应有之义。“优秀作品”若层出不穷，那就大抵离“大家”不远了。话说回来，不是人人都可成“家”，且从事文学批评也不是非要成名成家，“静下心来，精益求精”其实是码字前和码字过程中的必须状态，有了这样的状态，才会有好的文字流于笔端，才会“更鲜明、更独特、更透彻地说人说事说理”，才会对得起自己的初衷。你写出来不是让别人看的吗？不是让大家接受你的观点吗？你自己都不愿看，或你自己都无法说服自己，又怎能说服别人？总之，“精益求精”讲的其实是一个普遍性的真理，文学批评，不是写出来就完事，也有在内容上，在形式上，在表达方式和语言上的“臻于至美”的潜力与可能性。

中国作风和中国气派

“中国作风和中国气派”是毛泽东在1938年中共六届六中全会上所作政治报告《论新阶段》中的提法，习总书记的《讲话》中虽没有这样说，但意思未出其右。所谓“当代中国价值理念”“中华文化精神”“中国人审美追求”“中华文化立场”“中华文化基因”“中华审美风范”，均是如此。而与“中国作风和中国气派”相对应的，便是“外国作风和外国气派”了。可能是现代意义上的文学理论研究在我国起步较晚的缘故，目前来看，我们的文学理论借鉴西方的多，自我创新的少，这本是可以理解的，但延及到文学批评领域的一些现象就有些让人汗颜了。

首当其冲的便是对西方理论的套用。用别人的鞋子来套自己的脚，漫说脚的尺码可能不一样，即便一样，还存在脚型的差别呢，遑论这鞋还是欧美人的鞋，款式、色调、风格等等在人家眼里舒服，但未必在国人眼里也舒服。这就涉及一个词儿，审美。中国红之所以叫“中国红”，那是中国人独有的一种审美反映，放到别处，就会生出另一番意义。所以，量体裁衣很重要，也就是说，你的批评文章应该符合中国人的口味，“反映中国人的审美追求”，除非你是写给外国人看的。

什么样的批评文章是中国人爱看的，一句两句还真捋不清，但基本的标准还是有的。比如说中国人传统的语言习惯，尚短句，讲究言简意赅，含蓄蕴藉，“微言大义”是也。虽然近现代以来经白话文的洗礼，文言文早已式微，但对语言的审美基因还是有所传承的。如果往语言习惯的腠理处深入，就会发现，其来有自。是什么呢，是文化传统，是思维习惯，也是看不见摸不着的那根线。线在，线上牵系的种种便有了线的温度和姿态。现在的问题是，线还在，但很多人已经感受不到这根线的存在，或感受到了，却偏偏要拿别的线来替换，那就是蚍蜉撼树，不自量力了。到头来，结果只有一个，就是被线甩得远远的——没人搭你的茬儿。现如今，许多登在报刊上的批评文章，除作者本人外，问津者寥寥，便是明证。而更有一些文章，出了娘胎，便立马夭折——没人愿意登啊，想登也可以，拿钱来。所以“版面费”这个怪胎，能在中国大地上如此吃香，也是自有其哭笑不得的“撒手锏”的。

能怎么样呢，还是老老实实作文为好。为文者，第一要义便是要明确为谁而作，为中国人而作，自然不能忘了我们老祖宗留下的文化传统、理论见解和思维语言习惯。西方的理论固然有许多好的方面，值得我们学习和借鉴的也不少，“洋为中用”也不是现在才提出，我们尽可大胆地去研究，去探索，去发掘，去拿来分析我们中国人写的作品，但前提是，你得消化了它，让它转化为你自己的营养。此外，你还得对摆在面前的作品负责，动辄高头讲章式地拿西方的理论框框去套作品，用俗话讲，那叫“生搬硬套”。不仅被评论作品的作者不买账，读你批评文章的读者也不会买账。何况有些个文学批评者颇以认识了几个诸如“解构”“后现代”“元叙事”等高大上的词为荣，张口闭口不离左右；还动不动搬出德里达、维特根斯坦、本雅明、兰色姆等人的话来断章取义一番，吓唬吓唬“文学爱好者”；正常的话也不会说了，非得将每句话写得长而又长，“但但但”个没完，考验一下读者断句的本领究竟达及格线否。

以上种种，不是“剪裁中国人的审美”，又是何物？

如此一来，上不了“中国作风和中国气派”的道不说，恐怕也没人将其当作“外国作风和外国气派”，顶多是夹生饭，看起来色香味俱全，一吃起来就硌得人难以下咽。

创新与生活底蕴

“原创”这个词肇于何时，已记不清了。总归，以前是没有的，以前文艺界只有“创作”“创新”等等。之所以在“创”的前面加个“原”字，大概是要突出和强调“创”的源头吧，这样一来，它直接的指向当然是标题下署名的那位。不过，“顾名思义”一不留神就会沦为“望文生义”，由作者本人创作、独立完成，是现在通行的解释，这样的解释其实是将“原创”简单化了，有意无意遮蔽了某种投机心理。因为作品本来就应该由作者本人独立完成，这是常识，是底线。“原创”最根本处也不在此，而在创作灵感是否源于作者的内心，在作品有否新奇独到之处。将“原创”“泛神”化，其实质与“无神”无异，“原创”也就失去了其造词者的初衷本意。

从这个层面讲，文学批评“批评”的是作品，行之于文字，也还是作品。既然都是作品，就不能厚此薄彼，要求和标准也应统一，即“原创”。

达到这个标准难吗？难！但尚有章法可循。首先是要有原创的意愿。想去做了，想把它做好，就会琢磨怎么下功夫，在哪里下功夫，学识不够补学识，审美不够补审美，语言不行补语言。补到什么程度，各有殊异，但态度起码是有了，有了态度，便有了动力。其次是要有原创的能力。动力并非一定转化为能力，能行行，实在不行就改弦更张，不写了，做别的事去，大可不必勉强为之。但怕的是你明知自己写不好，还硬写，还想赚个“文学评论家”的名头，这就有些不厚道了。不厚道的初级阶段是文章写出来了无人喝彩，渐渐被大家所遗忘，这还说得过去；说不过去的是不择手段，生出许多恶劣的伎俩来，诸如“抄袭模仿，千篇一律，机械化生产”，便是当下一些文学评论者屡试不爽的“劣招”。所以，“文艺创作中出现一些问题，同创新能力不足很有关系”这话我是认同的。

再次呢，就是原创意愿、动力和能力的出发点是什么。于文学批评者而言，向内，约略与思维、审美、学养，乃至天赋等有关；向外，则无外乎生活、视野、阅历等，（其他文艺门类大抵相似），如此种种加之于作者，写出来的文章方有风格之别，高下之分。而能称得上“好”的批评文章，定是因作者某一方面或某些方面的优长得以发挥出来。那么，好之上的更好呢，特别好呢，文质兼美、几乎好的不能再好的呢，如何才能达到？一句话，内外皆修呗。所谓“吃透生活底蕴”，“生活”形于表，“底蕴”藏于里，由表及里，凭的就是这内外兼修的本事，“吃透”了，下笔如有神不远矣。

心入，情入与浮躁之蛊

生活底蕴吃透了，下笔也有神了，那就万事俱备了吧？非也！这只能说成功了一半，充其量也就是“身入”，另一半呢，就是全身心的投入，或曰“心入”而至“情入”。心是最不好把握的，作品有心，作者有心，文学批评自然也要有心，批评者的心入不到作品作者的心里去，写就的批评文章就缺了精气神儿，就会损伤文章的深度和力度。

至于“情入”，那是更高的要求。写批评文章多了，就会发现，情感的投入远没有开始从事文学批评时那般热烈和浓厚，究其因，就是见怪不怪，越来越理性，而感性的观照，几被磨蚀殆尽。现今许多批评文章理论阐述洋洋洒洒，理性分析头头是道，性灵之气、灵动之美却少得可怜，枯燥乏味不说，还绕来绕去，堆砌大段大段的理论文字以作旁证，让人实在不忍卒读。普通读者看不懂，专业读者又不屑于看，两头不讨好。看来，文学批评除了在理性分析上下足功夫，在感性的理解和表述上，也应该变变样了。照我看，学术性的评论文章或囿于学术规范可中规一些，纯粹的文学批评还是不要一个劲儿往上凑好。说到底，文学批评本身也是一种文学作品，一种基于批评对象的独立创作，又何必搞得那么“学术化”，作者累，读者也累。

再说浮躁，《讲话》中也说，这是文艺界的普遍情况。浮躁一出，上述的种种问题便有了可以因循的“为什么”，前因后果一目了然。一味地追求物质，功利性太甚，必然会利令智昏、得过且过，懒于思考、惰于进益。管他呢，混呗。于是，略过独立判断和思考的环节，直接将现成的理论一一套上，就算万事大吉。这样的情况多吗？多。这样的文章是垃圾吗？是。那为什么还要制造垃圾？因为垃圾也有“使用价值”呀，可以评职称，可以戴头衔，可以赚稿费，可以上蹿下跳，博取好处呗。其实，可怕的不是有这种现象，而是这种现象比比皆是，你是这样，我也是这样，那就谁也别笑话谁，大家心知肚明，垃圾继续生产得了。

曾有一文学刊物编辑与我闲聊时谈到，编辑部收到的稿件中，最常见的批评文章开头便是：某某说，某某认为，西方某理论认为。他的处理方式是，一看这样的开头，无须再读，立马毙掉。这样处理或有武断之嫌，但据我的经验，十有八九是不能刊发的。因为你评论的是作品，还未分析作品，就先亮出别人的理论观点，“理论先行”不说，先行的还不是自己的东西，这只能说明你根本未做独立的分析和思考，或至少没有深入地思考。这样的文章不入编辑的法眼，也就很正常了。而此类文章“最常见”，听来虽刺耳些，却是事实。可见，浮躁之风，在文学批评界有多严重。当然，浮躁的表现不仅止于此，逞“花拳绣腿”者有之，冀“投机取巧”者有之，不惜重金“自我炒作”者亦有之。

为一时之利行井蛙之道，或可侥幸逃生，甚而名利双收，但于文学批评而言，却是贻害无穷。故不受浮躁所蛊惑，“笃定恒心，倾注心血”，厚积而薄发，方为堂堂正正的大道。

敢说话、说真话与讲道理

遇大家名家，因慑其地位和影响力而不敢批评；遇好友故旧，因私人感情而不愿批评；遇领导前辈因赖其提携而吹捧备至；遇请托送礼因受人恩惠而报之以李……这些现象，早已是司空见惯。敢说话、说真话者不是没有，但往往是私下议论、酒后吐真，一旦要行诸文字，便思前顾后、虚与委蛇，不是只字不提，就是泛泛而谈，总之，不往点儿上说。不往点儿上说也就罢了，更有甚者，所评述的作品本就平平，却硬是要从犄角旮旯里觅出若干“闪光点”来，再大肆渲染，比埒古今，畅谈中外，仿佛此作有多了不得，庶几要冠以“经典”之谓了。极不堪者也是有的，其“化腐朽为神奇”的功夫简直让我辈“惊为天人”！明明是劣处，经他巧言婉转、故作款曲一番，竟成了作品大大的亮点。这样的方法，无良商家最喜用，将残次品重新施以精美的包装就是。读者若被此类文章糊弄，真是冤到家了。

在敢说话、说真话方面，有一人我是着实佩服的，即被视为“叛逆先锋”的韩寒。其人其品其作，我们可先放下不论，单单是他敢说话的勇气便令人肃然。譬如某次访谈中，他称“茅盾和巴金的文笔极差”。用词确是过了点，但细细想来，这两位文坛泰斗之文笔的确有些差强人意。相信凡接触过二人作品者，大多会有此印象，只不过仰于高名，未能如韩寒般发作罢了。关于此，反驳者料会拿出许多证据来，但有人赞成的事实，至少说明韩寒并非是无中生有，更不是无理取闹了。

先是敢于说，其后是说真话，这是次序的问题，不敢说，就没有说真话的可能，那就只有不说话，说套话，乃至说假话了。所以，敢于说，其实是在为说真话创造生成的语境，说出来的对，或错，倒在其次，真与假才是关键之所在。

这就涉及理解“真”，一定是正确的，对的吗？当然不是。好比两个人谈了场恋爱，终是分手了。你可以说他们真心相爱过，但这样的爱不一定就是“正确的爱”。如张爱玲《色·戒》中的佳芝和易先生，他们之间的爱，任谁，都不会以为“正确”。现实生活中因相爱者个人或世俗公序等不可抗力而有缘无分者亦不在少数。不然怎么会有“在错误的时间，错误的地点，谈了一场错误的恋爱”的感慨呢？

追求文学评论的“真”，道理同上。一切均取决于评论者是否发乎于真情，来自于真心，得自于真感受，说得对不对，可以再讨论，再争辩，但若失了“真”，就是文品的问题了。

然，有些人自以为得了“真”，就霸道起来。说得过别人还好，说不过别人就骂娘，不是专注于道理文理上的缜密信服，而是视不同看法者如仇雠，以势压人，行意气之争。意气之争仍行不通，就干脆拿出最为人所不齿的利器，人身攻击。其结果不谈也罢，心中反倒生出一层疑惑，两千年前孔夫子之言，尚在耳否？“君子和而不同，小人同而不和。”

以上所论，全由自己主观感受得之，尚有很多没说明白，也说不明白。大道理谁都会讲，做起来却还是要从最小处着眼，根基正，方有前行的可能，否则，修出来的也是歪瓜裂枣。记得《讲话》中有一言曰：“有筋骨，有道德，有温度。”恰可用来回答本文标题所问。

当下的文学批评离“真正”还有多远？缺筋骨，欠道德，少温度也。

按：平生无谓之作亦有之，但此篇实不是。

第二辑

作家与作品

阎连科：荒诞，灵魂深度的真实

阎连科1979年开始发表作品，迄今已有三十余年。至20世纪90年代中期，他的创作主要集中在三个领域：以童年及青少年乡村经验为依托的“瑶沟系列”，民俗气息和传奇色彩甚浓的“东京九流人物系列”，表现和平时期普通军人在日常生活中人性人情的“和平军人系列”。这三类小说大多是中短篇，与当时的主流写作较为接近，个体经验性叙事特征明显，写作风格也并不突出。1995年之后，阎连科开始转向，“耙耧山脉”成为他经受生活和写作的初期历练之后的回归，也是起点。与“瑶沟系列”不同，以《黄金洞》《年月日》等作品为起始的“耙耧系列”，是一种更加阔大的存在，这不仅表现在作者个人的经验让位于生命内在的体验，还表现在创作观与创作手法的逐渐清晰和定型。

量变到质变发生在1998年。这一年，花城出版社推出了阎连科的长篇新作《日光流年》，由此，阎连科始以“超现实主义”为文坛瞩目。现在看来《日光流年》的问世，应该是阎连科成功转型的标志。这部集作家独异审美追求于一身的小说，具有整合与奠基的作用。虽然，在这之前，他的作品已经多多少少表露出“超现实”的特征——比如《年月日》《耙耧天歌》中的极致叙事——但《日光流年》无疑是最全，也是运用的最好，最充分的。耙耧山脉、苦难、寓言体、极致叙事、荒诞、绝望、意识流……这些元素在《日光流年》之后的小说中，庶几全矣。所以，观其在新世纪十年的小说创作，我们就有了一个基本的坐标。

乡村与苦难

在阎连科的小说中，这是一对共生体。谈到苦难，阎连科说："我看到的只有苦难……苦难、疼痛是我能够触及和把握的。"谈到乡村，阎连科说："离开乡土，我无法写作，我对土地的认识和关注，是永远不会改变的。"①阎连科的执拗源于他自出生便遭遇的家庭苦难：大姐常年卧病在床；父母为养活他们兄妹四人，虽日夜劳作却家境窘迫；升高中时，家里已不能同时负担两姐弟的学费，二姐被迫辍学；后因家中实在难以为继，刚上高二就辍学去做搬运工；父亲积劳成疾，五十八岁撒手人寰。推及整个家族，亦是如此，大伯、四叔等父辈的境况也好不到哪里去，甚至要更差些。而对于城市，阎连科的心情则极为矛盾："那种与生俱来的城乡差别，其实正是一种我永远想要逃离土地的开始和永远无法超越了的那一分的人生差距。"② 差别与生俱来，差距自然永远无法超越，这是作为农民的儿子的阎连科对自己的属性的定位，也是对其创作的定位。所以要写乡村，必然是乡村里满目的苦难。

《受活》中的苦难是大苦难，受活庄人没有因身体残缺或自然灾害倒下，却倒在了"圆全人"的"社"里。受活人不想入社的时候，茅枝婆非要带领大家入社；受活人不想退社了，茅枝婆又拼命让受活人退社。想法不同，目标却是一致的——受活。阎连科在小说"絮言"中对"受活"的解释是："北方方言，豫西人、耙耧人最常使用，意即享乐、享受、快活、痛快淋漓；在耙耧山脉，也暗含有苦中之乐、苦中作乐之意。"中国的农民，南方的，北方的，过去的，现在的，一以贯之，都是为"受活"，现时的受苦是为将来的受活，所以苦难必是其中应有之义，不唯受活庄人所独有。如果从这层考虑，时代的因素之于受活庄人，实在还没有那些圆全人的遭遇更为惨痛。小说中，三年自然灾害时期，庄外已是饿殍遍野，庄内依旧丰衣足食，便是明证。这还不包括小说之外，无关受活人，却关乎圆全人的历次"革命运动"给圆全人带来的苦难。这些都是受活庄人所没有经见的，这说明，比起

① 李春阳：《阎连科：离开乡土我无法写作》，《传记文学》，2004 年第 6 期。

② 阎连科：《我与父辈》，云南人民出版社，2009 年版。

圆全人的世界，受活庄仍然是一个相对封闭的存在，入社所带来的苦难有限，但在这有限中的苦难竟已如此深重，如此触目惊心，更何况受活庄之外。显然，这篇小说的重心不在于控诉，尽管时代的因素不可避免，但它只是充当了必要的道具角色。

小说中讲到铁灾、大劫年、黑灾、红祸、黑罪、红罪，这些刻烙在受活人心中的永远的痛，但如若将这些"受活庄的历史用语"剖开看，又与我们的历史经验出入极大。其中除"铁灾"（大跃进时期炼钢炼铁的灾难）一项有似曾相识的感觉外，其他的，无一不经历了受活庄人集体无意识的再创造。比如大劫年，对圆全人是"自然灾害"（尚存争议，姑且称之），对受活人却十足是人祸，不是产不下粮食，而是粮食多的被人觊觎并抢掠一空。黑灾、红祸等，也与此类似。受活人在舔舐他们独有的苦难。而正文中柳县长的到来，无疑是在受活人的苦难历程上又加了一根足以毁灭他们的稻草。原来，是集体无意识的肉体折磨，现在，是集体无意识的尊严受辱，罪魁祸首好像是入社，但事实上却是身份的二元对立。

这样，就突出了阎连科苦难叙事的特点，对城市和乡村高低贵贱的被迫承认，和由此推之的多重无限延伸的对立，市民和农民，当政者和老百姓，富有和贫穷，社里和社外，圆全人和残疾人……。而对于受活庄人，想入社，却永远无法同圆全人一样，获得入社的身份认同，便是他们苦难的根由。如果我们把上述所有谈到的对立，套进这个矛盾的模子，我们就会发现其惊人的相似性。阎连科笔下的苦难之大，之普适性，可见一斑。

发表于20世纪90年代末的中篇小说《耙耧天歌》，可以被看作是阎连科创作《受活》之前的一次练笔。尤四婆生养了四个孩子，全是痴傻，将他们养育成人后，婚配便成为头等大事，故事也由此展开。从给三妞寻"全人"女婿，到挖丈夫的遗骸给二妞治病，再到奉上自己的命，线索简单明了，就是想让他们像"全人"样活着。在找寻做全人/圆全人的尊严的过程中，尤四婆选择的方式看起来更为惨烈，但小说最后的"大团圆"恰恰昭示了更加绵延无尽头的苦难："这疯病遗传，你们都知道将来咋治你们孩娃的疯病吧?"疯病遗传，一代代的自我牺牲自当永远接续。这么说，从《耙耧天歌》到《受活》，也存在着这种接续，不仅是由一家到一村的残疾痴傻，还有从四面八方奔袭而来的苦难以及这苦难的永无尽头。

与长篇相比，这一时期，阎连科在短篇小说中所表现的乡村苦难要温和、平静许多，比如《去赶集的妮子》，比如《奴儿》。妮子和奴儿心灵的洁净和质朴如一汪清水，冲淡了贫穷带来的阴影。她们的愿望极小，妮子多买几绾线，是盼奶奶长寿；奴儿多割菊干草，是盼着存够了草钱，把舅家那头叫“金黄”的牛牵回家过殷实日子，可是，当他们满以为光明即在目前时，收获的却是致命的打击。阎连科在温情的铺陈后，突然以迅雷不及掩耳之势，阻滞了我们继续憧憬的渴望，等我们回味过来，之前的温情就含有无边的苦难意味了。

在作家有关乡村题材的作品中，也有一类，虽将故事的背景设在乡村，但与苦难无关，比如《桃园春醒》和《柳乡长》。《柳乡长》发表于2004年，小说的主体故事情节取自前一年创作的长篇小说《受活》，思路上也是延续《受活》中柳乡长荒诞却不无现实基础的“狂人”姿态。《桃园春醒》创作的源起则应追溯到王安忆的小说《我爱比尔》，阎连科曾在《神实主义小说的当代创作》一文中对其赞誉有加，他说：“小说中有个情节使人久久想念，称颂不已。她写一群女罪犯在监狱里边，因为春天到了，百草皆绿，万物花开，一切植物都从冬眠中苏醒过来。而这些女罪犯也因为春天的到来而性情复苏，她们莫名地烦躁和激情。于是，开始了彼此之间对对方人格和肉体的辱骂和打闹。”① 《桃园春醒》中，四个“结义”兄弟决意回家“把老婆猛揍一顿”，也同样是因为春天的到来，这种看似无来由的因果，在阎连科，却是极为推崇的，他将其称为“内真实和内因果”，“一下子让读者……走进了日常间我们无法看到，也无法体会的人物内在之逻辑。”② 所以，《桃园春醒》可以被看作是阎连科文学观念趋于成形后，首部全面实践其文学理论的实验性作品。

乌托邦魔咒

2000年，阎连科发表了长篇小说《坚硬如水》，备受争议，九年之后的《风雅颂》，亦遭到了同样的命运。内容上，两篇小说的可比性并不强，一为返归历史的“革命＋爱情”式风暴，一为观照现在的“古诗城”苦旅。

---

① 阎连科：《神实主义小说的当代创作》，《中华读书报》，2011年5月18日。
② 阎连科：《神实主义小说的当代创作》，《中华读书报》，2011年5月18日。

这里要谈的是二者的深层话语，即乌托邦。如果祛除背景因素，始终推动主人公前进的便是对“乌托邦”至死不渝的痴狂信念。高爱军笃信乡村革命论，试图凭借一己之力，完成他的革命伟业；杨科离开京城，回到耙耧山脉，期望找寻到《诗经》的本源之地。当阎连科以第一人称“我”的叙述视角，铺展开他们各自的征程时，其失败的命运即已蕴在路上的风景里。前者被权力和欲望俘虏，后者怯懦而猥琐；前者处于疯狂的“革命夺权”的政治混乱中，后者处于物欲至上的畸形社会里。他们无论是攫取权力，或被权力所逼使，无论是掌控权力，还是远离权力，都将成为权力的祭品，无一幸免。在被权力蛊惑、倾轧的过程中，爱情的最后一丝高尚的色彩也被抽离殆尽。高爱军和夏红梅的结合，是在“革命”忠诚的旗帜下，权与欲的结合，发泄兽欲成为他们取得“革命”成功必不可少的催化剂；杨科遭妻子背叛之后，对初恋情人的忏悔怎么看都像是一种卑劣的施舍，与玲珍重逢，非但没有重续前缘，反而让玲珍的精神支柱彻底塌陷。他对玲珍的再度遗弃，也宣告了爱情的死亡。

文化层面的解读，可能是这两篇小说带给人们更多思考与震撼的钥匙。中国文化历来都是在破坏与重建的交替中前行，挣挣扎扎几千年，才遗存下一点骨血。本可以在现代文明的理性观照下，舒展经脉，发挥它充足的后劲。但如高爱军之类的疯狂“革命者”却将它视为最佳的革命对象，不仅要在肉体上摧毁它（炸掉“两程故里”——程庙），还要在人们的灵魂深处铲除它（阻止人们拜谒程庙，并以非革命的“革命信条”洗涤他们的头脑），让它失去存在的最基本依凭。这样的行径，比起当年焚书坑儒的秦王嬴政、大兴文字狱的清朝统治者，有过之而无不及。几十年之后，当文化的荒冢上连一根毛草都长不出来，满世界尽是原欲和罪孽时，杨科之类的寻根之旅，就有点闹剧的性质了。事实上，杨科也是在被迫逃离的最后一站发现诗经古城的，而这座被深埋在地下的古城，一旦见到阳光，就被氧化得一塌糊涂。它立即成为失意教授和妓女的向往之地，成为他们的销魂窟，原有的光彩支离破碎，荡然无存。

文化断裂了，消失了，它即便被重新缝合，重新发掘，其价值又有几许？其意义又有多大？恐怕是水土不服，物非人非。曾经的盛景和辉煌，在现代人手里竟变成永不可抵及的“乌托邦”，这悲剧，可谓大矣，惨矣，痛矣。而此文化“乌托邦”，却是在彼革命“乌托邦”声势浩大、欲置之于死地而后快的讨伐号角中，造就并成形的。这种前不见古人、后不见来者的“革命浪漫主义”所引发的精神沦丧和文化荒漠化将到何时能休，对我们，依然是个未知数，包括阎连科本人，都依然没有索解到问题的答案。其实，在他 1990 年发表的小说《走出蓝村》中，我们已经可以清晰地感受到作家的惶恐与茫然。祖先们走了六十、六百年，终是走出蓝村了；蓝二伯走得长一些，但也是找到了村口的；到蓝大奶奶，就没有走出去了，而“她”也梦想走出蓝村，可最终却回到了原处。这就像一个魔咒，越到近前，越到现在，我们似乎越走不出这个魔咒，乌托邦的蜃景，则越来越大。幸运的是，阎连科也并不希求他能走出，他做的只是呈现，对于一个作家，呈现远比解答更重要。

脱下军装

题材分类并不能说明问题的全部。譬如阎连科，他在新世纪创作的几部中短篇小说，如果非要以何种“系列”归类，就显得生硬和有悖实情了。《为人民服务》《黑猪毛，白猪毛》《司令员家的花工》《地雷》《三棒槌》，这些小说，在题材的选择上，大致可以分为两类，一类为乡村，一类为军营。这也是出生乡村、工作在军队的阎连科比较熟悉的两个领域。不过，在这一时期，题材对阎连科已经不再那么泾渭分明。立足于笔下人物灵魂世界的挖掘，捕捉人物微妙的心理变化，反映普通人在生存困境中难以言表的悲凉和无奈，以此洞观偶然事件中的历史必然性，成为他显在的审美追求。

《黑猪毛，白猪毛》是符合这一创作特征的典型作品。故事很简单，镇长开车撞死人后，想找人顶包坐牢，根宝和其他几个同村人都要争抢这个名额，最后根宝费了九牛二虎之力终于胜出，当他在村人的簇拥下，满怀喜悦地去做“镇长的恩人”时，却得到了镇长“不用人去替他顶罪了”的消息。这个故事有很多吊诡之处，主要有以下几层，一是，镇长只是个基层干部，他撞死了人，竟可以不坐牢，而是找人替；二是，村里有那么多人以替镇长坐牢为荣，并争得不可开交。三是，镇长不再需要人顶罪的理由，是只要镇长答应将死者的弟弟认作干儿，死者的父母就不再追究。所有这些看似违背常理，却又完全符合内在的人物关系逻辑，因为人们的眼睛只盯着一处，就是镇长手中的权力。在权力的诱逼下，不合理瞬间转化为合理，黑与白也即刻颠倒过来。李屠户讲的话很有代表性，“可镇长是镇长，谁能让镇长负责哦”，而全村人欢送根宝去蹲监的场景，则让我们看到了，当谬误被当作真理深植于人们集体无意识当中后，人性异化的可怕后果。在镇长和镇长所代表的权力面前，人们心甘情愿地放弃最起码的人格尊严，放弃得那么彻底，那么纯粹，何其可悲。就这篇小说而言，“黑猪毛，白猪毛”的故事可能只是一个偶然事件，但它所映射的却是国人传统观念中权力崇拜的历史发展向度以及现实权力对社会生态的辐射影响。

这一点，《三棒槌》中也表现得十分明显。李蟒发家致富后与权力的联姻，其实也是权力衍生和扩张的现实表现，而当权力与顺民之间达成的默契失掉原有的平衡之后，就需要一种新的平衡来取代，或者顺民继续妥协，或者像石根子一样由顺民而为“刁民”，但无论从出发点还是结果来看，石根子这种行为的意义尚待商榷，因为整个事件本身能够证明的只是“石根子像个男人”，也就是说，石根子向权力代理人发出的挑战，指向依然是人，却丝毫于权力无碍，新的平衡并未建立，石根子行为的悲剧性也正在这里。而且，某种意义上，“男人”也是权力的表现形式，它从另一个层面证明了权力场的强大。《为人民服务》更是如此，它从面世以来的遭遇，正像小说开头所言：“发生了一件事情，是小说中的事情，也是生活中的事情。或者说，是生活重演了《为人民服务》那部小说中的一个事件。”

谈到心理挖掘，《司令员家的花工》和《地雷》应该得到一定的重视。花工小义是一个普通的士兵，《地雷》中的连长则是一个下级军官，在军队里，他们的地位都不高，发生在他们身上的故事，也并不鲜见，无非是一些在旁人看来的小事情。阎连科做的，是将人物在这些小事情中所产生的心理波澜放大，凸显被生活掩盖的平凡愿望经受压抑和夭折的过程。在这些小说中，普通人的愿望极其卑微，但即便是如此卑微的愿望都被生活本身的价值流无声地淹没。由此，小人物在寻求尊严的路上所处的困境，便因其普适性，更具有生活的真实感。前面谈到的《去赶集的妮子》和《奴儿》，也是如此，所以，阎连科笔下的小人物，无论是否穿着军装，他们的精神指向是一致的。

由“神”到“实”

自20世纪90年代中期阎连科创作转型之后，对其小说，尤其是中长篇小说的争议始终没有中断。这种争议主要集中在两个方面，一是内容上与日常生活逻辑疏离，不符合人们惯常的生活经验。二是文体取向上往往带有某种极端化的特征，以至于很难用某一特定的概念或模式来描述。在阎连科新世纪创作的几部中长篇小说中，表现得更为明显。所以，前文所言“超现实”也多少有些牵强，实是批评界无法做出准确判断后的权宜之举。不过，阎连科在写作的同时，对文学及小说创作的思考，还是为我们更清晰地理解他的作品，提供了某种思路。

在《发现小说》（南开大学出版社，2011 年版）一书中，阎连科相对系统地讲述了他心目中理想的小说形态。在他看来，“灵魂深度真实”是现实主义应达到的最高真实，而在当下中国的语境下，要想抵达灵魂的真实，面临历史的和现实的、内在的和外在的重重障碍，单靠描摹现实，已经很难奏效。所以，中国文学需要一条适合本民族、适合时代特征的新路，阎连科称之为“神实主义”。即“在创作中摒弃固有真实生活的表面逻辑关系，去探求一种‘不存在’的真实，看不见的真实，被真实掩盖的真实……它与现实的联系不是生活的直接因果，而更多的是仰仗于人的灵魂、精神（现实的精神和实物内部关系与人的联系）和创作者在现实基础上的特殊臆想。有一说一，不是它抵达真实和现实的桥梁。在日常生活与社会现实土壤上的想象、寓言、神话、传说、梦境、幻想、魔变、移植等，都是神实主义通向真实和现实的手法与渠道……它在故事上与其他各种写作方式的区别，就在于它寻求内真实，仰仗内因果，以此抵达人、社会和世界的内部去书写真实、创造真实”①。一句话，“神”是手段，“实”是目的。我们以此再回头来看阎连科的几部代表性作品，譬如《受活》《坚硬如水》《风雅颂》等，便对其中难以尽数、手法多样的文体形态，有了更深入、明晰的认识，而内容上之所以与日常经验迥异，也便有了注脚和佐证。

不能说阎连科的创作理论就一定正确，或者他的创作实践已经达至灵魂深度的真实，但他至少为当下的文学创作摸索出一条可行的途径。

按：阎连科的贡献，不仅仅在小说，其“神实”确是当今语境下无奈却可发挥光明者。

---

① 阎连科：《发现小说》，南开大学出版社，2011 年版。

走在抵达大众内心的路上
——借《暗算》和麦家论文学

《暗算》能够获得第七届茅盾文学奖，是我始料未及的。在莫名的惊诧之余，我又捧起这本书从头到尾地读了一遍。说实话，早在 2003 年这部小说刚刚面世时，我便曾经拜读过，而且读得格外入迷。当时，只是把它作为一般的通俗小说来读的，因为其中的某些神秘离奇的故事，尤其是那些鲜为人知的涉及无线电侦听和密码破译的奇人异事，的确让我有耳目一新之感，读完之后，给我印象最深的就是作者讲故事的功力十分高明，知道怎么去吸引读者的眼球。至于有多少文学性，我却没怎么在意。而《暗算》的获奖却让我对以往的阅读印象产生了怀疑，毕竟，茅盾文学奖是国内文坛最权威的奖项，虽然我也一度质疑过它的公正性，但在内心深处仍然是以一种极其虔诚的心态来看待它的。想想看，那么多很有名气的评论家都对《暗算》不吝溢美之词，看来它必定有过人之处，而我可能是在阅读中忽视了某些东西，抑或我的审美水平太低，无法穿透表层进入文本的内里。正因为有上次阅读的“教训”，在重新翻阅这部小说时，我变得格外谨慎和专注，并且查阅了相关的评论文章和麦家本人的言语论述。但结果却令我大失所望，我非但没有在阅读过程中找到想要的东西，而且还越来越深切地意识到：无论是麦家的文学观念还是他的创作实践（这里主要指《暗算》），都存在着诸多严重的问题，另外，二者之间的抵牾和矛盾之处也随处可见。这同样也是我始料未及的。

麦家说：中国小说，在20世纪80年代前是很注重故事的，之后由于现代派的引进，就以不讲故事为荣，觉得讲故事太通俗了。……其实，我认为文学性的很重要一个内容就是怎么讲好故事，同样的故事讲出一种异常，一种陌生感，那就是新潮、先锋。①

诚然，“讲故事”是中国古典小说的传统，开端、发展、高潮、结局，面面俱到，有头有尾，这是在古典小说中尤其是明清小说中已经发展成熟的较为固定的写作模式。但是，仅凭这一点就断言，20世纪80年代之前的中国小说“很注重故事”，就未免牵强了。如果不是因为麦家刻意对肇始于20世纪初的“五四文学”采取漠视的态度，那便是他的无知所致了。众所周知，在现代文学史上，以鲁迅为首的一大批先驱者在欧美文学的影响下，积极借鉴吸纳西方文学的有益元素，对传统小说进行了大刀阔斧的改造和革新，创造了真正意义上的现代小说体式。其中，最重要的变革之一就是打破了中国古典小说侧重于“讲故事”的传统，着力于对人性人情以及社会现实的关注。小说的故事性明显地减弱，而小说的思想性却得到了空前的加强。尽管在同一时期也出现了相当一批以讲故事为主的通俗小说，但并非文坛的主流。直到1941年毛泽东在“讲话”中号召文学应该向古典和民间学习之后，文学界才开始出现向“讲故事”微转的倾向，这种状况一直持续到第一次文代会之前，随后，在整个十七年文学发展过程中，达到了顶峰。可见，单单从现代文学三十年的发展历程来看，“讲故事”就曾一度处于弱势，又怎么能笼统地说20世纪80年代之前是很注重讲故事的呢？再则，20世纪80年代之后，虽然有一部分“先锋小说”专注于文体的“革命”，并形成一股声势浩大的潮流，但纵观整个新时期的文学，现实主义小说依然占有无可撼动的优势地位，《平凡的世界》《浮躁》《穆斯林的葬礼》《白鹿原》《秦腔》，等等，这些人们耳熟能详的小说作品，哪一部没有注重小说的可读性和故事性呢？如果非要说它们缺乏故事性的话，只能说这些作品更侧重于“写”故事，而不是“编”故事，我想，麦家在这里所谈到的“讲故事”大概指的就是这个意思吧。

既然要“编”，当然要好好地编，要“编”出“一种异常，一种陌生

---

① 麦家，刘玮：《中国小说沉迷于凡俗人生　我是要另立山头》，《新京报》，2008年11月13日。

感”，最好是读者闻所未闻，见所未见，这样一来，大众更容易为其吸引，为其感动，这本来无可厚非。但是这种异常和陌生感就是新潮，就是先锋吗？我看不见得。新潮和先锋这样的概念，并不是简单地用异常和陌生感就能准确概括的。比如某男的穿着与众不同，大家都没见过，但这不一定就是新潮的，也许他正穿着一条苏格兰长裙招摇过市呢，人们就只觉得此人古怪，却丝毫没有感觉到有什么新潮的地方，为什么呢？因为这条裙子穿在他身上并不具有特殊的魅力，甚至会起到相反的作用，更不用说被大众所接受了。文学也是如此，故事的陌生感固然重要，但故事的深度更重要，故事再曲折离奇，它也必须最终归结到所反映的思想内涵的深度上来，紧张刺激的故事谁都会“编”，而且不乏高手，但真正将故事编得圆融，编得让人回味无穷，却不是一般人可以做到的。倘若卡夫卡只是讲一个小职员怎么在一夜之间变成了大甲虫，他的故事也顶多能够成为哄孩子入睡的儿童读物罢了。而事实上，卡夫卡要表现的却是儿童读不懂但更为深广的内容。因此，在这儿，麦家似乎低估了人们的智商。当然，我也可能误解了麦家的意思，因为，他说“文学性的很重要一个内容就是怎么讲好故事”，“好”字或许蕴藏着更多的意味，这里我们暂且认为他所谓的“好”就是我上面所说的“思想内涵的深度”。那么，在具体的创作中，他又是怎样“讲好故事”的呢？《暗算》中共讲了五个相对独立的故事，照麦家的意思，瞎子阿炳的故事是“小说中塑造的重点”[①]。阿炳是一个眼睛看不到却有着“惊人听力和记忆力的奇才”，当他被安院长带到701后，以完美的表现通过了侦听测试，并迅速地投入到了侦察敌台的工作中，结果同样是大获全胜。在取得光辉成绩的同时，阿炳也收获了爱情。通过组织的帮助，他和护士林小芳喜结连理，至此，阿炳可谓是事业爱情双丰收。他本应尽情地享受婚后的幸福生活，然而命运偏偏与他为敌，由于阿炳没有性能力，妻子瞒着他怀上了别人的孩子，当他听出孩子不是自己的，而是“百爹种”后，便以触电的方式结束了自己的生命。应该说，这个故事还是相当离奇生动的，而且在叙述的过程中，麦家安排了许多具有巧合性的戏剧性场景来增强故事的神秘性与可读性，有效地借鉴了中国古典小说“无巧不成书”的写作传统，使读者在不经意间就跟随着作者的叙述走入了故事所设置的“陷阱”当中。不过，

---

① 胡新亮，刘雅兰：《文人麦家　拿“天才”说事儿》，《三月风》，2006年第11期。

客观地来讲，这个故事，包括其他四个故事充其量也就是几个好听的故事而已，它们迎合了读者的猎奇心态，却并没有从更深层次上真正打动读者的内心。尽管麦家一再声称，写《暗算》的意图是为了重新唤起现代人的理想和信念，启示人们“如何让自己的人生有理想，有承担”①。可是，就实际效果来讲，却并不尽如人意。小说中的五个故事大致可以分为两类，第一类是阿炳、黄依依和韦夫的故事。在这三个故事中，作者刻意制造的陌生和神秘的效应却在无形中增大了这些故事与普通人生活之间的距离，人们看到的是拥有特殊禀赋的人所做出的常人难以做到的事情，他们永远生活在远离大众的另一个世界，大众因为对他们世界的无知而好奇，甚至而歆羡，但理智却又时时提醒着大众，这样的故事其实是不存在的，即便存在，也与树立正确的人生观、价值观和理想观没有多大关联。阿炳从进入 701 一直到自杀都不知道自己为什么要侦听，为谁去侦听，他只是亦步亦趋地照别人的吩咐做事；而黄依依之所以愿意来到 701 工作仅仅是因为她喜欢上了钱院长，她后来也是怀着搭救情人的目的，才在短时期内破译“乌字一号密码”的；韦夫参军的动机，连他自己也说不上来，他的躯体也是在毫无意识的“死亡”状态中被借用来给美军送假情报的。可见，他们客观上虽然为国家为民族做出了不朽的贡献，主观上却并没有什么崇高的理想和目标，他们的情感意愿始终是非常世俗化的。根本就无法上升到理想和责任感的层面。比较起来，第二类故事，也就是陈二胡和鸽子的故事倒有点为祖国为人民不惜抛头颅洒热血的意思，但从陈二胡退休以后的痴傻行为来看，他更像一个破译密码的工作狂，剩下的就只有鸽子了，鸽子是小说中唯一一个真正将国家民族利益放在首位的革命烈士。但也正是这“唯一一个”，使她的故事无法颠覆整部作品理想责任的贫乏状态，而且作者刻意为之的戏剧化场面也在一定程度上削弱了小说的思想性。读者仅仅是在紧张神秘的故事氛围中来回穿梭，却不知道作者真正想要表达一种什么样的人文情怀。须知，伟大的文学作品必然是揭示人类世界中那种存在与大众的，与人生息息相关的命题，疏离它或者漠视它，作品本身的文学性也必然会大打折扣。从这个意义上来讲，《暗算》顶多能够称得上是一部写得较好的通俗小说而已。因此，评论家朱大可的意见可谓切中肯綮：“麦家的作品类似八十年代的‘迷宫小说’，用奇怪

① 麦家，刘玮：《中国小说沉迷于凡俗人生　我是要另立山头》，《新京报》，2008 年 11 月 13 日。

的体裁去讲述与国家主义的体验。破译本身有吸引力，但麦家要解什么密？为什么要解密？到底解了没有？叙事的结果充满着暧昧性，在迷宫叙事上有很大缺陷，谜团勾勒清晰，掺杂矛盾的东西、市场的诉求，与大众化的叙事很激烈，两边都讨好，结果没能将文章引入深处。”①

麦家说：如果读者在我的小说里看到了和他身边的生活一模一样的东西，那他读小说的意义就消失掉了……我不想让读者在我的小说中看到琐碎的生活，庸常的生活，一个小说中的人物和我们在生活中看到的完全一样，在生活的重压之下，他们生活得非常庸常，我觉得，让读者看这样的小说是对他们的不尊重。②

为什么黄依依这个形象受欢迎？因为高大全的形象走下了神坛，他们也有普通人的爱恨和缺点，这个形象如果放在那个崇尚高大全的年代里，就会变得很荒唐——你怎么能让一个女英雄的生活作风有问题呢？人们也不会接受。③

文学不解释世界，也无须承担宣传任务，文学要“负责”的也就是反映人心和世界的多样性、复杂性。④

通过书写日常化的生活，展现普通人的生存状态和命运变迁，是近年来很多小说家比较青睐的创作题材，麦家对这种题材持坚决反对的态度未尝不可，因为不同的小说家都有自由选择小说题材内容的权利，只要你能够找到最适合自己的创作题材，并通过艺术化的展示达到自己的创作目的即可。你可以不喜欢小说中琐碎庸常的平凡生活，但你却不能因此而诋毁和诬蔑它的文学价值。从20世纪80年代以来的新写实主义，到新世纪各种以表现日常生活为重点的现实主义取向的回归，都不是偶然的现象，它们的出现和发展壮大，是顺应时代，顺应文学发展规律的必然结果，具有深厚的文化土壤和庞大的阅读群体。事实证明，最受读者欢迎的恰恰是这些和老百姓的生活贴

---

① 胡劲华：《特情小说渐成文学热点　30名专家学者“解密”》，《北京娱乐信报》，2004年3月1日。

② 李落：《解密麦家并不秘密的生活》，《军营文化·天地》，2007年第2期。

③ 麦家，刘玮：《中国小说沉迷于凡俗人生　我是要另立山头》，《新京报》，2008年11月13日。

④ 麦家，刘玮：《中国小说沉迷于凡俗人生　我是要另立山头》，《新京报》，2008年11月13日。

合得最为紧密的小说作品。所以麦家所谓的“让读者看这样的小说是对他们的不尊重”不仅没有任何事实根据，而且有否认整个新时期小说成绩的嫌疑。恐怕没有几个人能接受他如此“不负责任”的看法。

至于说黄依依这个人物，在麦家看来，这个形象之所以受到读者的欢迎得益于作者将她请下了神坛，赋予了更多“普通人的爱恨和缺点”，使她的性格更为丰富复杂。也就是说，麦家对自己塑造人物的能力还是十分满意的。在这里，我不得不分析一下麦家笔下的人物形象。就拿黄依依来说，这是一个集泛滥的情欲和高超的破译天赋于一身的风情万种的女人。一方面她的数学才能和对密码的独特悟性无人能及，另一方面，她却沉溺于男欢女爱的欲望鸿沟中难以自拔。无论是她顺利破译“乌字一号密码”，还是她被张国庆的老婆杀害，都源于她放荡淫乱的生活作风。因此，当她与王主任的私情败露后，为了搭救王主任，她在短时期之内便创造了破译“乌字一号密码”的神话，但是当钱之江准备兑现诺言，给王主任“翻案”时，她却不急于搭救王主任了，她又有了新的目标，那就是张国庆。她要求钱之江以组织的名义“拆散”张国庆的婚姻，并同意她和张国庆结婚。而钱之江竟然还是以“国家利益”为重，亲自解决了这件事情，最终，黄依依如愿以偿，成为了张国庆的新任妻子。这就是麦家苦心塑造的黄依依，他作品中所谓的受读者欢迎的“女英雄”形象。黄依依的一切行为似乎都与“情”字有莫大的瓜葛，而这种“情”看起来又是那样的疯狂，那样的蛮不讲理。尤其是在张国庆事件中，她扮演的角色其实就是一个第三者，而且她为了达到自己的个人目的，竟不惜利用组织对她的需要，以如此阴暗卑鄙的手段破坏他人的婚姻。而组织和她之间事实上已经演变成了一种利益的交换关系，只要她能够破掉一部又一部密码，她就可以为所欲为，组织就会对她言听计从。这里我们先不论组织上的这种行为是否有欠妥之处，单就黄依依的道德行为品质来讲，她就不能算得上是一个英雄。的确，英雄并不是完人，英雄也有缺点和不足，但是凡事都有个界限的问题，英雄更多的是一种精神性的存在。最起码，在国家利益与个人利益发生不可避免的冲突时，她应该以服从国家利益作为最高的准则。而黄依依这样一个处处以自我为中心，将国家利益等同于儿戏，将国家安全作为满足一己私欲的交换筹码，又如此丧心病狂的女人又怎么能够戴得上神圣的“英雄”桂冠呢？即便她破译密码做出了一定的成绩，甚至是经天纬地的，充其量也只能是一个破译高手而已，她离英雄的称号还很远。

再说，如果要成功地刻画某人，就必须将这个人物丰富的性格侧面通过各种手法展现出来，也就是说，人物的情感和思维并不是一成不变的，而是伴随具体环境和具体场景的转移产生相应的变化，她的行为本身不能给人以单调贫乏之感，她的行为所折射出来的人物心理也应该是复杂的，多样的。对于这一点，麦家也是持认同态度的。“文学要‘负责’的也就是反映人心和世界的多样性、复杂性”。这句话已经十分明确地表明了麦家本人的看法。然而，在《暗算》中，他的主观创作意图却并没有在文本中达到应有的效果，反而给人以南辕北辙之感。人物不仅谈不上性格丰富，反而更多地显现出扁平和单一的性格特征。黄依依便是这样，任何环境、任何事件、任何人似乎都与她无关，她唯一关注的就是男人，就是怎样将她“喜欢”的男人勾引到手，无论是在数学研究所，还是来到701，始终都是如此。除了黄依依之外，再来看陈二胡这个人物。陈二胡是一个将心思都放在701的“红墙”之内，对“红墙”之外的世界不闻不问的“工作狂”，妻子身患绝症，很大一部分责任应该归咎于他，正是他对妻子的漠不关心，才使妻子过早地离开了人世。他退休之后的种种怪异举动和表现出来的围棋天赋也都源于他离开自己工作岗位后无所适从、孤寂落寞的心态，一旦王局长准许他重新破译密码，他之前的全部症状便突然间消失了，好像焕发了新的生命力。从这两个人物身上，我们可以看到，他们的性格始终站在一个原点上，几乎没有任何变化，更不用说有什么丰富复杂性了，这不能不说是《暗算》这部小说的败笔之处。而人物塑造恰恰是衡量现实主义小说优劣的最重要因素，如果一部小说中的人物都没有塑造成功，又怎么可能是优秀之作呢？又怎么能说是对读者“负责”了呢？

麦家说：我的小说的写法外界有人说是通俗小说，但我怎么可能写通俗小说，我的作品绝对是研究出来的，纯文学抵达大众内心的一种文本。小说就有这样一种文本，在中国基本是灭绝的，它既有文学性又可读。[①]

文学发展到今天，通俗文学和纯文学的融合趋势越来越强，通俗文学可

---

① 麦家，刘玮：《中国小说沉迷于凡俗人生　我是要另立山头》，《新京报》，2008年11月13日。

以吸取纯文学的创作因素，纯文学也可以借鉴通俗文学的某些优点，所以二者之间的界限其实是相当模糊的。而麦家想走的正是一条中间路线，既注重通俗文学“讲故事”的特征，使小说具有可读性，又注重小说的文学性，使小说具有某种生命情怀。读者从不同角度来解读作品，将其看作通俗小说或者纯小说都是有一定道理的，而且，把《暗算》作为一部通俗小说作品来看待，并不一定就意味着在贬低小说的文学性。金庸的武侠小说早已被文学界定位为通俗小说作品，但是他的作品的文学性丝毫也不比所谓的纯小说差，甚至更高一筹。因此，麦家大可不必较真，这只能说明他对通俗小说还存在一种根深蒂固的歧视和矮化心态。

麦家说，他希望自己的作品“既具有文学性又可读”，这一点我表示尊重和赞同，但是他说自己的作品“绝对是……纯文学抵达大众内心的文本”，我就感到困惑了，我不知道他这儿所谓的“抵达大众的内心”究竟是“抵达”到一个什么程度，如果是指激发了大众的阅读兴趣，让大众觉得新奇、动人、特别之类的话，还可以接受；但是，倘若麦家指的是深入大众的灵魂深处，让大众受到心灵的撞击，从而引起大众内心的思考和难以释怀的情感纠结的话，恐怕就有点名不副实了。通常来讲，一部作品要想“抵达大众的内心”起码应该具备两个条件：一是作品叙述的故事必须符合事实或情感的逻辑，至少不能离常人的思维太远，这样才能让读者感觉是“可信的”；二是作品所表达的思想或情感，必须在一定程度上与大众普遍的深层的情感经验相契合，让读者在阅读中得到心灵的陶冶和洗涤。当然，这是相对的而非绝对的，还有一个在创作中怎样把握的“度”的问题，没有达到这个度或超过这个度都有可能导致创作的失败。而在《暗算》中，我们看到的更多的却是“失度”的现象，也就是说作者刻意地在文本中渲染故事的巧合性、神秘性，却相对忽视了文本的逻辑性和情感性，阿炳的故事中，当林小芳跪在安院长面前声泪俱下地解释，之所以怀上别人的孩子完全是为了阿炳，为了701时，即便是一个铁石心肠的人也会对这个可怜的女人生发出稍许的怜悯和同情之心，而安院长却丝毫没有被打动，“哪怕是一点恻隐之心都没有”。安院长的这种心理行为与他之前表现出来的正直善良的本性是相违背的，根本不符合一般的情感逻辑。在黄依依的故事中，黄依依风流成性、蛮横霸道，仅仅因为能够破译高级密码，人们就异口同声地称她为“天使”，根本不去理会她的作风问题。而且钱之江对她的所作所为还听之任之，甚至为虎作伥、助纣为虐，亲手拆散了张国庆的婚姻，当黄依依被张国庆前妻杀害后，他在“惋惜”之余，还不忘极其刻毒地咒骂张国庆的前妻，恨不得亲手杀了这个“泼妇”，而他所做的一切似乎是顺理成章的，好像因为得到了所有人的支持而具有不容置疑的正当性。从这个意义上来说，701 所有的人，当然包括安院长在内都更像是一群杀人于无形的刽子手。这种明显背离人之常情的做法，怎么能够让读者相信呢？韦夫的故事破绽就更明显了，美军竟然从一个北越“海军军官”的身上搜到了一张银行催款的欠款单，试想，在 1973 年的越南战争时期，而且是在实行社会主义制度的北越，银行怎么可能会开展个人贷款业务呢？这简直是天方夜谭。如此众多写作中的硬伤已经破坏了文本的可信度，更不用说进入读者的内心，拷问灵魂世界了。可见，《暗算》不仅不能使文本内容真正“抵达大众的内心”，反而因逻辑性和情感性的缺乏大大降低了小说的艺术水准。

总之，虽然《暗算》欲图在纯文学领域开辟新的江山，但作者的写作功底还有相当的欠缺，却是不容否认的事实。应该说麦家的主观意图是好的，他希望增强故事的可读性，希望塑造的人物更为丰满，希望自己的作品能够抵达大众的内心深处；但事实上，《暗算》却仅仅迎合了大众的猎奇心理，与“文革”后期的地下文学作品《一只绣花鞋》《绿色尸体》等较为类似，更不可与丹·布朗的《达·芬奇密码》同日而语。与其说人们喜欢看《暗算》小说版，还不如说人们喜欢的是《暗算》电视剧版。从这个意义上来说，麦家仍旧徘徊于“抵达大众内心”的路上。

按：这是第七届茅盾文学奖始揭晓时的一篇旧作。现在看来，我仍对《暗算》不怎么感冒。倒是麦家之后的作品在力避这些问题，愈显成熟。

他们，她们

——在《静乐阳光》下

写下这个题目时，我内心无比的沉重。我仿佛看到了一只只拙朴而又满含期待的眼睛，那是属于他们，还有她们的，没有怨恨，没有悲伤，因为怨恨与悲伤早已被苦难融化。就像村头那条泥泞的山路，走得多了，就以为自己本该走这样的路。有时也在疑惑，为什么别人走在宽阔平坦的柏油路面上呢？但旋即便醒悟了，那是另一个世界，一个山村里的孩子要走几年，几十年，甚至大半辈子才有可能踏足的世界。而读书，这条祖辈人口耳相传留下的遗训，则是通向入口的唯一捷径。还有什么比读书更重要呢？还有什么比读书能更快地改变自己的生活呢？对于他们或她们，这恐怕是“我要上学”的第一个理由，也是最大的理由。有谁不想过上好日子呢？有谁不想逃离那孔家徒四壁的窑洞，那种整日价面朝黄土背朝天却收入寒碜的生存状态呢？可即便是上学、读书，这种对于一个孩子来说最起码的要求，在他们或她们都可能是一种奢望，甚或虚妄。静乐县的许多农村是如此，如静乐县的中国其他贫困地区亦是如此。成千上万的孩子想读书而读不起书，读了书又被迫放下书，这一在社会主义的中国本不应该发生的一幕，却在这片土地上接二连三地上演，怎能不让人揪心，不让人落泪呢？

到静乐去走走，看看，去实地查看一番这个位于晋西北的偏远小县里普通农家的生活状况，尤其是那些因贫困而上不起学或挣扎在辍学边缘的孩子们，更是黄风始终在关注的群体，他们怎样了，现在的家庭情况如何，是否还在因上学犯愁，他们都想些什么，社会又为他们做了什么……事无巨细，只要是涉及孩子们的，黄风都想了解的一清二楚，与其说这是作为一个编辑的敏感，倒不如说是知识分子的良知使然。或许，“一个鸡蛋工程”是他此行的动因所在，但当他真正地走入大山深处，跨进一户户贫困农家的门槛时，他的内心还是被深深地震撼了。他不能只写“一颗鸡蛋”，他也没打算只写“一颗鸡蛋”，在“一颗鸡蛋”惠及静乐县成千上万学生娃的同时，也叩开了潜藏在他内心深处的那份责任和使命。他要把他看到的、听到的、想到的，都写出来，用手中的笔记录下那真实而依然残酷的现状。这需要多大的毅力和勇气，恐怕连他自己也说不清。

“不能就‘鸡蛋’写鸡蛋。确实不了解静乐的历史，不了解静乐的现实，很难明白一颗鸡蛋对山里娃……有多重要……”这是发自作者肺腑的声音，也是《静乐阳光》十几万字，能让我一气读完的灵魂支点。印象中，还有一部报告文学作品给过我极为相似的感受，那就是张平的《孤儿泪》，主要讲述的是20世纪八九十年代，发生在山西省大同市福利院内众多孤儿身上的感人故事，一个是写孤儿，一个是写贫困学生，都是孩子，都是这个国家的希望和未来，却都经历了或正在经历着苦难命运的无情摧残。他们的出路在何方？他们的将来会怎样？两位山西作家，两个经历迥异，年龄相差悬殊的文化人，却在不同的时空中寻到了内在情感的契合点，原因除了孩子，还是孩子。

曾经的梦

孩子们太苦了，我默默地念叨着，眼角的泪花随黄风的文字而飘散向远方，远方是什么呢？是一座裸露着枯黄的大山，几块儿巴掌大的梯田，数眼破败清冷的窑洞，抑或是高高的山梁上，放羊人那声苍劲的嘶吼。它们无须述说，一切即径自明了。这里的贫穷是触目惊心的。触目惊心得让人都不忍多瞅一眼。这就是许多静乐孩子从小便熟稔的土地。他们既要在这片土地上成长，又必须背负这片土地给他们带来的苦难，刻骨铭心，挥之不去。然而生命却并不会因贫穷而止步，反而让他们过早地明白了奋斗的价值和意义。因此，一代一代的静乐孩子怀揣着美好的梦想，拿起书本，不断谱写着“知识改变命运”的传奇。高君宇便是他们当中的佼佼者。然而，又是一个然而，还是有很多孩子因为穷而与读书无缘，他们只能痴痴地做着一个永远与自己无关的梦，然后随着这个梦长大、艰难地度日，继之慢慢地老去。日复一日，年复一年，不知有多少人的读书梦湮没在抔抔黄土中。他们带着遗憾，带着忧伤，带着一声声悲切的哀叹告别了尘世，唯有寄希望于自己的子嗣，为他们完成未竟的夙愿。

这就是静乐的过去，千百年来任凭无数天灾人祸的肆虐，却始终无法阻断的一支精神流脉。因此，当我们在扼腕唏嘘之余，又分明看到了这样一群身影，他们奔走呼号、泣血陈书，他们变卖家财、筹措资金，他们扎根乡村、鞠躬尽瘁……他们的目的只有一个，就是让千千万万静乐的孩子们不再为读书无门而哭泣，不再经受岁月蹉跎的磨蚀。他们太清楚静乐最需要的是什么了，是知识和拥有知识的人才。

在《静乐阳光》中，李肇基这个名字久久萦绕在我的心头。一个土生土长的静乐人，曾是岑山书院的最后一批生员，在自己学有所成之后，并未忘记养育自己的故乡，大学一毕业，便投身到“教育救国”的实际行动中。为了创办静汾中学，李肇基可谓不遗余力，几乎倾尽自己的所有，从开始筹划，到四处募捐，大到学校的整体规划，小到校舍的砖瓦椽檩，无不浸透着这个文弱书生的涔涔汗水。更为令人肃然起敬的是，在那个战乱频仍、风雨飘摇的年代，他不仅建成了静乐历史上的第一所初级中学，还为贫家儿女上学开辟了专门的“绿色通道”。

一、家庭特别困难的学生，可以免交学费；

二、家庭贫寒的学生，可以免交一部分学费；

三、家庭不很富裕的学生，可以缓交学费；

四、经济困难的学生，可以补贴助学金和供应学习用具；

五、经济极端困难的学生，还可以发给制服单衣一套。

五条规定，五句再简单不过的大白话，无任何雕饰冗余、慷慨激昂之处，却字字有如千钧之力，撞击着多少贫家儿女的心扉。黄风说，这五条规定几乎等同于2005年国家对农村中小学开始实行的“两免一补”（免课本费，免杂费，补助贫困学生生活费），在我看来，有过之而无不及。

可令人遗憾的是，李肇基一手创办的静汾中学，仅仅撑持了四年，便草草停办了。虽然，作者并没有在《静乐阳光》中交代更多类似李肇基的故事，但可以想象的是，在那个国弱民贫的年代，要想发展静乐的教育谈何容易。

> 1950年全县663个自然村，仅有165所小学，有55%的儿童上不了学。在广大农村，像流失的水土一样，一抓一大把瞎汉。据1942年晋西北行署《工作通讯》记载，当时静乐有24名村长，初小、高小文化程度的各1人，加起来占8.33%；粗通文字的14人，占58.33%；文盲的8人，占33.33%。

这份新中国刚刚建立后的统计资料无可辩驳地说明了：虽然经过几代人的努力，虽然静乐也有李肇基这样的有识之士，但静乐的教育依旧极端落后，孩子们的读书梦依旧是挂在墙上的画饼。

油灯和阳光

58盏油灯，是黄风的朋友籍满田搜集的，当时，他正担任静乐供电支公司的经理。在静乐的“户户通电”工程结束之后，他特意走访了受益于通电工程的村庄，并从每个村搜集了一盏油灯，58个村，正好58盏。一天晚上，他将58盏饱经沧桑的油灯一起点燃时，那油灯射出的光芒，竟将整个房间照得像白昼一般亮堂。油灯？这个我初读时并未在意，甚至以为是作者败笔之处的字眼，却在全书即将结尾时，闪现出它真正的光辉。当我将这58盏油灯与从“四面八方汇聚而来”的“静乐阳光”相联系时，我不禁愕然了。油灯和阳光，两种看起来并无关联的事物，却在此刻拥有了一个共同的名字，那就是——“光”。

由原先一家一户中微弱的亮点，化作如今普照于静乐上空的阳光。表面上看起来只有三年（即“户户通电”工程开始在静乐实施的2006年到黄风采访时的2009年），但又何止三年，从静乐县因连年战祸及各种天灾而致贫的那一刻起，重视并支持教育便成为静乐人心头始终念念不忘的事，只不过在新中国成立之前，由于各种因素所限，真正采取实际行动的还属凤毛麟角。然而，正是这星星点点的灯火，通过一代代人的接续传承，才会有现在的燎原之势。尤其是改革开放以来，希望工程、扶贫接力计划、助学工程、一颗鸡蛋工程……一项又一项由政府或民间发起，温暖静乐孩子心窝的实事好事，极大地推动了静乐县教育事业的发展。而那些心系静乐教育的普通人也怀着满腔的热情加入到了救助贫困学生的行列中：李应奎，第一个为“一颗鸡蛋工程”捐款的企业家，并出资包下一所学校84名住校生一年吃的鸡蛋；刘涌，将儿女们的祝寿钱和自己的积蓄共一万元捐献给静乐县的希望工程；刘丙元，从未走出过大山的老羊倌，在1984年村里集资办学时，把多年省吃俭用积攒下的一千块钱全部捐给学校……除此之外，还有那些老红军、老干部、老教师、老工人、老知识分子，等等，他们都在用各自不同的方式为静乐的教育事业贡献着自己的力量。更遑论如赵明厚、杜厚则、白春燕、付银萍、邱利芳这些已经或正准备以毕生的精力抛洒在这方教育热土上的人民教师呢？试问，有这么多人都在以实际行动支持着静乐的教育事业，静乐的教育能不昌乎？静乐的孩子能书无读乎？

“众人拾柴火焰高”，单单凭一个人的力量，即便是搭上自己的身家性命也只能绽放出瞬间的光芒，而当千千万万的人齐心协力，众志成城，即便是高山峻岭也会被轻易夷平。发生在静乐县的这些感人的故事便是这句谚语的最好注解。感谢他们，感谢这些善良的人，他们为之贡献的不仅仅是静乐的教育，更是静乐的未来。

接下来怎么办？

歌功颂德、粉饰太平本就不是真正的文学家所为，描述真实的生活，用文学的语言穿越历史和现实的纵深，客观而又不乏情感地表现世间的美丑善恶、人情冷暖，才是报告文学作品始终应该恪守的准则。从书中可以看到，在静乐采访的几天里，黄风接触到了方方面面的人，搜寻了能够找到的所有资料，但仅凭这些，还远远不够，还不足以支撑起这部报告文学作品的全部。若想真正地书写静乐，掌握静乐教育的全貌，就不能停留在政府或学校的方寸之地，以及书面资料的狭小空间内，毕竟，只有对贫困学生及其家庭进行实地走访，亲身感受他们的苦与乐，倾听来自他们的心声，才能够最终确立《静乐阳光》的真实性。为此，黄风不辞劳苦，在有限的时间内，尽自己所能，选取了数家他认为最能反映贫困学生生活现状的家庭，进行了深入而细致的采访。尽管在采访前，他已做了一定的心理准备，但当他真正面对这些家庭时，还是被眼前的一幕幕凄惨的景象所震撼了。

最让我忘不了的是一块菜板，那菜板是用一块五合板做的，中间烂了一个拳头大的窟窿，转周满是刀痕。但老马的妻子非常珍惜，我们在炕上吃饭的时候，她一直在地上忙乎，把菜板揩来揩去，时不时还用指甲抠抠，然后盖到了水瓮上。看着水瓮上的菜板，我才知道它一顶二用。

大冬天也没生炉子，刚进去还觉得暖和，可坐上一会儿就冷了。一只猫卧在锅台上，一只小山羊立在地下。见一下来了几个人，小山羊表现得非常热情，缠着我们绕来绕去，奶声奶气地叫着。叫得女主人不好意思了，把小山羊撵了出去：

于银亮住着五间平房，破得龇牙咧嘴，后墙上糊满泥巴，其中两间住人，三间做堆房。院墙是用七八根树干围起的一道栅栏，就像牛栏一样。院子里遍地畜粪，有两头晒太阳的驴，一只汪汪叫的狗。站在栅栏前，我怎么也不相信这是住人的地方……在于银亮家的一个多小时中，我注意到他家中像样的东西只有两样，一个是正面摆着的一个旧躺柜，一个是挨炕蹲着的一个铁炉子。再就是大瓮小瓮，挨墙摆了一溜，一个瓮里腌着山野菜，一个大盔子里堆着猪食，散发出满屋的酸味。

然而，更加让黄风难以释怀的恐怕是，这些得到救助的孩子可能再一次面临失学的命运。在于银亮家中，于银亮妻子的一席话，让作者，也让我们为孩子们的将来多了一份隐忧。

刚才他爹不是说了，挨下咋就咋吧，我们俩辛苦点，再问人借上点。能供到哪算哪……

在采访完山西电力公司总经理王抒祥救助的六个孩子和他们的家庭后，黄风曾经在采访笔记中写道：

静乐的冬天异常寒冷，吼叫的西北风能把地冻破，可是除了马玉林家生着炉子，而且烧的是最便宜的煤泥，天一稍好就不生了，其他五个孩子家都没有生炉子。因为炭太贵了，买一吨炭得几亩地的收入，家家都烧不起。全凭老窑洞支撑着，支撑着一双双寒冷的眼睛，透过结满冰花的玻璃，巴望着春天的到来。

一天的走访，让我感慨颇多：改革开放几十年来，我们最应该关注的是什么，而最终忽略了的又是什么？在中国，在山西，在静乐，像六个孩子这样贫困的家庭，像六个孩子这样贫困的山里娃，到底有多少呢？尽管从去年开始，全国农村义务教育阶段的学杂费已免，可上高中、上大学呢，他们又该咋办？

一盏老油灯可以用时间来考量，一个人却无法用时间来考量。如果得不到社会的关爱，如果错失了人生机会，这些孩子的命运就注定轮回：像他们的父母一样，一如既往地生养四五个孩子，一如既往地挣扎在大山里……

扪心自问，我们做得够了吗？我们不禁哑然，继之陷入久久的沉默。黄风再一次用手中的笔拷问着我们的灵魂。

一个切入点，几多关爱情。一颗鸡蛋的故事其实述说的远远超出了一颗鸡蛋本身，它已然将自己的营养渗入了几千、几万，乃至更多孩子的血液中，渗入了所有人的心中。原谅我没有将“一颗鸡蛋”作为本文的叙述重点，原谅我没有从技术层面一一分析这本书的独特之处，因为我真得无法从《静乐阳光》所呈现的感动中跳脱出来，它让我的神经中枢久久地滞留在纸页之中，我相信作者一定也被自己的作品感动得一塌糊涂。写到这里，我竟鬼使神差地认为：艺术、技巧、审美，这类概念性词汇放在这里，竟是如此多余，抑或黄风在写作过程中，就绝少考虑到形式之于“他们，她们”而言有多大的意义。因为，他们和她们并不需要形式，只要活生生的内容。黄风做到了，而且做得很好，我知道，他是在用“心”写作。所以，用“无技巧便是最大的技巧”来形容这本十几万字的《静乐阳光》，再恰当不过。

按：当时为黄风报告文学《静乐阳光》撰此文时，笔触驻停情感稍多。然，尽是肺腑。

“我他妈的”在焦虑
——手指小说述评

这个题目——“我他妈的”——应该能清晰地表明手指小说的几个元素，首先是“我”的文本进入。“我”加引号，是因为“我”有时候是作者，有时候又不是：建新、老虎、爷爷、李东、东方、八叔，包括群像式人物“我们”，都可以被看作是对“我”的命名，这些个“我”的经历与作者本人的经历或相似关联，或远隔千里，但均属于“我的经验”的书写，作者手指曾有类似的说法，即“我经验”：“我小说中的‘我’其实就是我，故事不是我，但是他对世界的看法，他所遭受的这个世界的压力，都是我自己的。”① 手指这种具有强烈个性化的“我经验”的小说，在“80后”作家中属于一种较为普遍化的叙述方式，应该说，这是时代社会的整体语境使然，有关这一点，我们已在许多论述中见到过，这里就不再赘述。其次，手指在“我经验”的世界中要表达什么样的“经验”呢？那就是“他妈的”，我在这里用这个语词，其实是想形象化地解释另一个更理性化的词——“焦虑”。作为深受中国社会转型之苦的“80后”，其所承受的压力与其他年龄阶段的人比较起来在当下相对要突出很多，手指也试图在他的小说中表达“对这个极度复杂的世界的看法”。“他妈的”以及类似的粗口在手指小说中反复地出现，说明这种代表“80后”大多数人的情绪，已经被这一群体驱离了理性的言说轨道，而走向了感性的可标榜多层意指的暧昧状态，表面上

① 《“你们”的世界——青年作家谈话录》，《大家》，2009年第1期。

虽暧昧，但内里却是明确的，心照不宣的。这是“80后”向现有话语主体挑战的特有方式，也是“我”所发泄的“出口”所在。所以，就手指的小说创作而言，“他妈的”一词，至少包括了两个部分，一是，他小说的内容，即“经验”，二是，他表达内容的方式，即“出口”。另外，题目中的“在”是这种焦虑情绪或者叫时代情绪的呈现状态：无止境，无希望，以致无所谓。

以上对本文标题的解释其实是想说明手指小说所呈现的文本特征，但我的目的并不在此，这里想谈的是另外一个问题，即在尊重作家原有选择的前提下来看，作家是否在小说中实现了他“表演的欲望”？实现到了一个什么样的程度？这种欲望表演究竟有多大的合理性？

“我经验”的进入

手指着重强调的“我经验”其实并不是什么新鲜事物，20世纪二三十年代的郁达夫已经开创了这种以“我”为叙述视角的主观化叙事方式，作为积贫积弱时代中国一部分对社会和自我的人生感到渺茫失落的知识分子代表，郁达夫以“零余人”的身份介入了其小说创作，忧郁苦闷的色彩弥漫在几乎他每一部小说中。而当下社会，精神及信仰的缺失所提供的语境尽管与郁达夫所处时代有诸多差异，但它所造成的影响又是相似的。同样是被急剧变动的社会所裹挟，前者来自于外族的入侵和内部的混乱状态，后者来自于物质与精神发展的严重失衡。当然，手指所承受的不仅仅是道德滑坡和物质至上的困扰，还有改革的负面衍生物，即对“80后”群体有意无意地遗忘和遗弃。而“80后”群体在随波逐流的过程中，事实上已经分化出两个互相对立的阶层，一个是利用父辈所占有的社会资源轻易取得相应的地位与金钱的既得利益阶层，所谓“富二代”“权二代”便是非常形象化的标签（为便于下文叙述，姑且称之为“80后”上层）；另一个是因无法得到父辈的荫庇，挣扎流浪于社会底层，却看不到希望前途的“贫二代”（姑且称之为“80后”下层，原因同上）。出身于山西运城一个普通农民家庭的手指，无疑属于后者。时代信仰的整体性失落、作者本身在物质上的捉襟见肘、“贫二代”对于上升阶梯的渴求而不得，如三座大山重重压在如手指一样的众多“80后”身上。所以，一旦得到少许的话语权，手指们便急欲借“我经验”来表达“我眼中的世界是什么样”。其实，手指是将他笔下的“我”看作了新时代的“零余人”形象。在一次访谈中，手指也透露他“完全模仿过郁达夫”[1]，二人因内外交错所造成的苦闷的相似性，让他们在选择叙述视角上趋于一致。

不过，郁达夫的苦闷倾向于用一个人的视角观照主体之外的世界，而手指的苦闷却是多重叠加的状态。也就是说，手指的表达主体“我”，在小说中所呈现的是一个辐射状的“我们”，他既是叙述人“我”，也是“我”所叙述的对象，包括他小说中出场的几乎所有人物，即使这个人仅仅出现在小说人物的转述中，比如老虎曾追求的女孩儿沈雁[2]，比如我、老鸟、李东、赵小西的女朋友[3]。还有一种情况，就是小说中的人物虽然并非“80后”，但他们的所作所为却分明是“我”这种“80后”的行为，比如，建新、“我”的爷爷、八叔等。这样，前文提到的“他所遭受的这个世界的压力，都是我自己的”就有了注脚。也就是说，手指小说中的人物的活动就是手指的经历，在小说中则称为“我经验”。这个“我经验”其实可以放大，即“80后”的经验或经历。在《寻找建新》中，建新由一个具体的可感知的人逐渐成为“我们”心中的想象符号，便充分说明了这一点。

> 你敢说建新不是那个吊在二十层大楼外面情结玻璃的工人？你敢说建新一定不会成为拉着平车收垃圾的男人？你敢说建新的头像不会被贴到商场门口，以提醒人们，当他过去的时候，你就得捂紧自己的钱包？你敢说建新不会是昨天那个被人暴打的穿着劣质西服的出租车司机？你敢说建新不会坐在火车站门外的台阶上抽两块钱一包的香烟？你敢说建新没有一张平常的脸？一张麻木的没有自尊的脸？你敢说建新不会在身后的喇叭尖锐地响起时，吓得茫然失措脸色发白？你敢说建新不会在人才市场里失声痛哭？你敢说建新走过时，不会有漂亮的衣着光鲜的女人厌恶地皱起眉头？你敢说建新不是电视里出现的那张强奸犯的脸、抢劫犯的脸？[4]

---

① 《“你们”的世界——青年作家谈话录》，《大家》，2009 年第 1 期。

② 《你夏天看世界杯吗》，《人民文学》，2010 年第 11 期。

③ 《大家干点什么吧》，《大家》，2008 年第 5 期。

④ 《寻找建新》，《人民文学》2011 年第 9 期。

这种“我经验”的进入，让手指的小说充满强烈的个性化色彩和对社会人生的独特观照，与其他一些青年作家，如韩寒、郭敬明、张悦然相比，手指触及的显然更向下一些（即将观照的点聚焦在了“80后”下层身上），与时代的衔接也更紧密，当时代情绪投射到占据大多数的“80后”下层身上时，其演绎的人生也相对丰富起来。这应该是一个值得我们重视的方面。

手指这一泛众化的叙述视角，在书写“80后”一代人（这里主要指“80后”下层）生存现状的同时，也产生了某种弊端，即人物形象的扁平化和类型化。由于作者急切地希望通过小说中的人物“直截了当地概括出我对世界的看法”，一定程度上，造成了“理念先行”的结果，人物屈从于理念的表达，人物自身的光芒自然被遮盖。所以我实在看不出来建新、老虎、李东，以及东方、老鸟这些人物之间究竟有什么质的区别，他们除过经历不同之外，他们的经历给他们带来的经验及情绪则是千篇一律的，变化极少，如在一个模板里的复制品。这并不是说手指的叙述视角有问题，而是作者个人经验尚较为贫乏或作者根本就不想在小说中书写更多的“经验”，尽管手指称：“其实我是想表达一种认识。而那些‘经验’很多的小说，也不见得就是深刻的小说。”[①] 但小说这种文学形态必然要以丰富的“经验”为依托，却是不争的事实。“经验”很多，不一定是深刻的小说，但“经验”的缺乏则会抵消小说的一部分深刻性。

“他妈的”与焦虑

焦虑是当下的一种时代情绪，典型的就是缺乏安全感和归属感，在“80后”下层青年身上表现尤甚。当手指把自己的“经验”移植到小说中的时候，他终于找到了表达焦虑的“出口”，即“他妈的”。在他的小说中，类似的粗口还有“我操”（《我们干点什么吧》）、“狗日的”（《我们为什么没老婆》）、“鸡巴”（《在大街上狂奔而过》）等等，这些以原生态方式呈现的词语以及与此相关的话语表达频繁出现在小说的叙述和对话当中，与小说的情节发展共同构成了焦虑的表征。情节所表现出来的焦虑在手指小说中随处可见。比如《齐声大喝》中“我”的爷爷是个“有钱人”，却爱干偷窃的勾

---

① 《“你们”的世界——青年作家谈话录》，《大家》，2009年第1期。

当，而且以偷窃为乐趣，偷了东西，还要再悄悄地给人送回去。他的焦虑来自于不被别人注意。比如《去张城》中“我”本来是要去张城看一个叫“小艳”的女人，结果张城的必经之地王城，有一个朋友的朋友王爱国邀请我去他那儿做客，我去了王城之后百无聊赖，寡淡索然的王爱国本来就让我厌烦到极点，竟还要和我一块儿去张城，在得知我不去张城后，他又拉我回王城再住几天。“我”和王爱国的焦虑来自于极度的孤独感。比如《我们干点什么吧》，“我”、老鸟、李东和赵小西每天就知道闲逛，女朋友也一个个离他们而去。他们的焦虑来自于无所事事。正如前文所言，这些焦虑的状态有其一致性，就是“在”，无止境，无希望，以致无所谓。这不能不说是一种无奈的选择，蔓延在“80后”下层群体中的这种无奈情绪，被同是“80后”，同样被时代情绪所浸染的手指敏锐地捕捉到，并将其放大、扩散在文本中。

面对现实的残酷，除了无奈的焦虑之外，抵抗不失为一种方式。但在手指的小说中，这种方式也无一例外地呈现“消极”状态。《我们为什么没老婆》中“我”即便想娶“眼睛有点问题”的豆芽，都被一口回绝了，结果参加完胖子的婚礼后，还和同伴一起大骂胖子对我们冷淡；《吃火锅》中，“我”希望挽留自己的女友，可又觉得是徒劳的，只能靠“吃火锅”来麻痹自己；《在大街上狂奔而过》中的东方满满一屋子的藏书全是《青年文摘》和《读者》这类充斥青春幻想和成功寓言的杂志，“我”和东方在工资不发，又被抢劫之后，身无分文，他还鼓励“我”“好好干，不停地朝自己的目标前进”，而后来证明“我们”的目标竟然是去偷窃。

> 事实上生活中也有人有“反抗”精神的，可惜的是，我目前看到的都是“消极”抵抗，结果是被社会边缘化，失去自己的位置，甚至失去了一种“尊严”。①

就手指个人的经验所及，他这样说是不无道理的。而且在我们的周围，“80后”下层群体通过“抵抗”方式能够有所成就者虽不乏其人，但在手指的眼中可能看到的大多是如“我”和东方的可能性选择之一：通过不正当

---

① 《“你们”的世界——青年作家谈话录》，《大家》，2009年第1期。

的或某种钻营的方式满足自己的欲望。在手指看来，这样的从下层群体中突围的方式显然是他所不齿的。而像螺丝钉一样“规规矩矩地照章办事”（《在大街上狂奔而过》）似乎又行不通。因此，为“80后”下层代言的手指，也只能是望洋兴叹，意图用一种人们都听得懂的，又包含心照不宣的群体性话语方式，来做粗声却无奈的抗议：“他妈的”。这也证明了“阿Q”从来就没有死，产生“阿Q”的土壤依然肥沃。

问题是，在我们肯定手指表达他所体会到的焦虑情绪的合理性的同时，也应该意识到，在表象的合理性之下，其实还潜藏着一种不合理性。就是焦虑性情绪的确普遍存在，但处于这种焦虑性情绪漩涡中的“80后”下层群体，其抵抗究竟多大程度上是积极，多大程度上是消极的，他们所采取的抵抗方式是不是大多都如手指小说中所呈现的，还有待商榷。这看起来是个社会学问题，但置于小说写作当中却并非如此，它关系到小说内在逻辑的合理性和小说意蕴的深刻程度。

或许在手指目之所及的范围内，“消极”抵抗几乎占据了他的视听，但视听上的“消极”并不一定就是实质上的“消极”，人的复杂性正在于此，“真正的光明绝不是永没有黑暗的时间，只是永不被黑暗所掩蔽罢了。真正的英雄绝不是永没有卑下的情操，只是永不被卑下的情操所屈服罢了。”（罗曼·罗兰：《约翰·克利斯朵夫》）套用此言，真正的“积极”绝不是永没有“消极”的行为，只是永不被“消极”所主宰罢了。“积极”的抵抗有时沉淀在人的内心，它通过默默的行动来支撑，而且也并不一定须显现出来。有时，恰恰是我们主观的“消极”经验感受对象化至人物情节当中，催生了文本中“消极”的抵抗。我想在这里，手指的经验感受应该发生了某种断裂。当然，也可能他的审美选择更倾向于这种“消极”的抵抗，没有发现或不愿去发现“消极”当中所内含的其他人性维面，但如此一来，小说文本就可能因这一取向而减弱了人物性格的丰富和复杂，变得单一和呆板起来。虽然我并不认同人物形象是否丰满是衡量一篇小说的最重要尺度，但人物性格过于扁平，似乎也有害文之嫌。当手指在思考焦虑的时代情绪下，“80后”下层群体的生存命运时，是否也应探寻一下他们在这种生存命运下的不一定为人所知的心路历程？

余留的问题及结语

手指小说的现代主义及后现代主义表现方式，比如元叙事、解构、荒诞等，这里不再专门论及，主要是因为这类方式方法在他的小说中起到的作用还相对有限，况且他似乎也并不希望自己的小说以此取胜。

在语言方面，手指的小说给人一种稍显急促的感觉，我想，这是与他所表达的整体焦虑感相契合的。不过，文字的选用尚显粗粝，还有继续提高的空间。

结语一句话，手指作为近年来山西文坛涌现出的一颗新星，潜力巨大，其写作的实力亦有目共睹，希望他能够写出更多更好的作品。

按：题目有不雅之嫌，故刊物登发时，均作改名处理。但无此题，又怎会有此文？

杨遥的“非马”

刻意地写作，一直不是我欣赏的风格。所以李白和杜甫，我更欢喜李白，东坡也算得上一个，光那道东坡肉就能感受到苏轼的风度，遑论其诗？杨遥也有这方面的基因，我以为。不过，我还不会傻到拿他和李白、苏轼比，我这里是在说他的小说，自然，不做作，没有雕琢和匠气，一如其人，狡黠也狡黠的可爱，羞涩也羞涩的韵致。所以由他去结构短篇，那真是鱼儿掉进水里，正合其意。

横断面之小人物之生活流

短篇有短篇的好处，就是不需要去铺排大场面，大时空，专从小处着眼。而杨遥的小，又自有其别于他人之处，那就是将自己三十多年的生活撕裂开来，每一块儿都是故事，这故事可能是完整的，也可能是不完整的，甭管这些，至少放在杨遥的笔下，它们会自动形成一篇篇精致的小说。我想，用生活的横断面来形容，应不为过。只是，大多数作家是本着某一目的，或褒扬，或批判，或思索，再去想故事怎么写；而杨遥则是唱反调，先有某一段生活的影像，把他写下来，写着写着，就生出了意味。所以他的自然不是技巧到极致的巧夺天工，而是压根儿就没经过打磨这套程序，任由生活在小说中流动。

这样写有问题吗？我想是有的，比如，他的许多作品好像没写完似的，读者本想继续读下去，一看，没了。《丢失了的，永远丢失》就是如此，大明对中年女上司P爱慕已久，为此，他不仅拒绝了女友结婚的要求，还让女友一个人去打胎，而他却跟着P下乡去了，在宾馆里，他终于如愿以偿地和P发生了关系。可他非但没有感到满足，反而失望至极，结尾是：

> 大明回到自己的房间，躺在床上想，要是明天没事，回去以后马上和女朋友结婚。不知道他们的孩子今天做了没有？他拨号，对方的手机还是关着。

大明的孩子到底做了没有？女友还会接受大明吗？大明以后和P怎么相处呢？我们这些关心，在杨遥眼里，那就是“咸吃萝卜淡操心”。类似的，还有《雁门关》，我陪北京几个朋友到雁门关玩儿了一通后，去车站送他们回北京，结果因为火车超员，他们没能上车，然后我就把他们送到了一家洗浴中心。到这儿，就没了下文。

往往是这样，当杨遥的叙述流不知不觉地勾起你心里的痒痒肉时，他却霸气十足地甩甩头，坐到地下，死活不干了。任前面是灯红酒绿、花花世界，与我何干？

还有一种情形是，你本以为小说到这儿，故事已经讲完了，该收尾了，可他却慢条斯理地继续唠，比如《北京的阳光穿透我的心》，“我”到北京寻找自己的梦想，在费了一番周折后，终于找到一个促销饮水机的工作，干得也越来越好，可是“我”感觉自己不适合做销售工作，就毅然辞了职，和同事们吃了散伙饭后，消失在北京的夜色中。故事到这儿该算完整了吧，可杨遥偏不停下来，他又叙述了“我”后来在北京找工作的两段经历，其中还穿插了“我”去北大寻找余杰的事情。再比如《我们迅速老去》中，读到王丽临走前劝我忘掉李铃，“我点点头，不知道自己是哭还是笑”时，满以为爱情的青苹果就此落地，小说也该画上句号了。没想到，杨遥又横生枝节，讲了老季的躲避婚姻和李铃再一次闯入我的生活。

很明显，杨遥不按常规出牌，你想完，我偏没完，你想看，我偏把门砰的一声闭上，就是要让你辗转反侧，不得安稳。杨遥啊，杨遥，你到底卖的哪门子关？不过你还别小瞧，他这一招起作用了，他让你在读小说的过程中，嗅觉忒钝，越钝就越好奇，好嘛，不被他牵着鼻子也不行了。而事实上，杨遥一直在守着自己的规矩，这规矩的制定者，则是如他一般的小人物。比之于大人物，小人物缺钱，缺权力，缺地位，缺资源……这种种缺失，最终归结到命运上，就是小人物更脆弱，更容易受到伤害，更无法主宰自己的命运。生活于他们，常常是因诸般束缚，可以随意转向的水流，他们也因此挣扎得更凄凉，更悲催，更无可奈何。这挣扎哪里是结束？哪里是开始？哪里又是完整，乃至完美呢？所以，杨遥的零零碎碎的，“很难从开头猜到结尾”① 的故事就有了一种言说小人物的新的指向，这种指向就是——不确定。而当杨遥在书写这些不确定的生活时，又能把它们码出来某种意味，并萦回在小说结束的刹那，乃至以后的邈远时空中。这样一来，其角度的小，也就不再是小，而是大了。

譬如《结伴寻找幸福》中那帮靠捡拾垃圾过活的流浪汉，他们从一开始被一个漂亮姑娘吸引，到争先恐后地从门缝里看人家挂在铁丝上的女式内衣，再到怂恿田七卖掉狼狗黑豹以换取嫖资，这些荒诞行为的背后系着的其实是一根绳，就是寻求作为男人的最卑微的最起码的性需求。但即便如此，愿望能否实现也隐含着巨大的不确定性，因为他们“一辈子受过的侮辱太多了”，谁能保证这次就不会前功尽弃呢？而越是这样，他们就越感到这次集体嫖娼的重要性，这是一种证明，是一种找寻最后的尊严之旅。所以，也就多了一份决绝，多了一份庄重，多了一份肃穆。可是到最后，杨遥也同样没有讲完这个故事，他用一幅镜头感十足的画面将这一过程定格。

> 太阳快要下山的时候，一群穿着干干净净的人拉着一条威武的狼狗朝狗市走去，他们走得很肃穆，谁都不说话。风还在刮着，一群鸽子从他们面前飞起，像天空中撒了一把盐。

他们会寻找到“幸福”吗？作者不知道，我们也不知道，但至少在此刻，他们是幸福的。他们也不需要一个看似完整的结局，因为他们是小人物，小人物从来就没有结局，或者说小人物用他们永无结局的人生诠释了——什么是最好的结局。

---

① 李云雷：《杨遥：文学路是最近的路》，《北京青年报》，2011 年 8 月 17 日。

伤痕之愈合之重构

了解杨遥的人都知道，他的经历苦难而坎坷。大学毕业那年父亲病重，虽然后来治好了，但也欠下了许多债务；毕业后当了一名乡村教师，微薄的收入让他对还清欠款几乎绝望；接着，他的母亲又身患绝症，由于没钱治疗，一年后撒手人寰，债务也累积到近十万元；此时，已近三十岁的他又面临着婚姻问题，而母亲去世后，家徒四壁，很难找到愿意嫁给他的姑娘；后来他勇敢向诗人红狐表白，最终喜结连理，但依旧是清贫得很……在杨遥的简历中，我们会看到这样的话："在村、镇、县、市、省五级部门工作过"，为什么杨遥要这样写呢？这可不是为了炫耀，其实他在写下这每一个字时，都将字背后的故事不知在脑海中复现了多少遍。当然，主要的，或他经历中最丰富的，给他留下印象最深的部分，还是他作为小人物群体一份子时的那段岁月，那些他自己的，或他曾经接触的也是小人物的种种伤痕，成了给他小说创作提供丰厚给养的土地。

然而，伤痕是一回事，书写伤痕是另一回事，有的伤是显在的，来自于外部世界的欺凌与侮辱，比如《唐强的仇人》中的唐强，《在六里铺》中的徐强；有的伤则是内在的，来自于内心世界与现实的摩擦和冲撞，比如《闪亮的铁轨》中那个少年，《在A城我能做什么》中的"我"。而杨遥在书写伤痕时，更关注的恐怕不是伤痕本身，而是伤痕之于人的精神和情感的微妙波动，你不得不佩服他这一点，他做得非常到位，甚至有时，我都想用尽善尽美来形容。

不过，伤痕终究是伤痕，尽管我们每天都可能接触到新的伤痕，但原有的一些伤痕总有愈合的时候，而且，即便免不了会偶然间回味、舔舐旧日的伤痕，生活境遇的改变，以及身心的成长与对生活的重新认识和思索，都会让回顾和凝视呈现出一种新的状态。对不起，很绕，是吧？其实，我想说的是，杨遥近几年正在或已经给他的小说注入了一种新的色彩，那就是久违的温情。小人物的被侮辱、被损害，内心的孤独、焦虑和反抗，精神的驻停与流浪，这些在他小说中时常出现的元素，渐有退隐之势，而小说的明媚一面愈加凸显。比如《雁门关》，"我"对结婚以来没能带妻子去过一次雁门关，而感到深深的愧疚，但又力不从心，于是从行动到心灵上经历了一次次救赎，读来，虽有诸般无奈，但那份隐藏在“我”坚强外表下的柔情，却如春日的田野，苍翠欲滴；《柔软的佛光》中，肉和尚宽厚仁慈，对病重的“妻子”不离不弃，对“我们”这些孩子也充满善意，即便是“逮松鼠”这样小小的愿望，他都尽力去满足。他虽在俗世，却一心向佛，山上与山下都因他而充盈着佛的柔光。《野三破》叙述的是小孟一次荒诞的经历，但他一路上遇到的那些人又大多是友善和亲切的，即便是大娘这样的“老鸨”，都脱不了人性的善良之光。

那么，杨遥是不是陷入了“温情主义”？是不是他和现实达成了妥协？

还是保持冷静，先。杨遥本人的生活这几年的确是蒸蒸日上，他调到了山西省作协，在文坛也小有名气，他的作品和他本人也受到一定的重视，原来的阴霾自然要隐遁不少，但是环境决定论未免有武断之嫌。对他的创作产生影响的，恐怕更多的是生活的苦难和好转的交相作用，因为曾经的苦难，而不能忘却；因为现在的好转，而打开了另一扇经验的门扉。当眼前的生活呈现出另一番景致时，笔下的小人物就不再是一种有限的丰富，而变得无限的生动和丰富起来。所以照我看，不拒绝书写笔下人物的美好一面，恰恰是作为一个作家自信和成熟的表现。

寓言之虚构之想象

李云雷在一篇《“小人物”的美学》（同上）的文章中说，杨遥的想象力极为丰富，他能将纪实和虚构巧妙地结合起来，这话没错。在我的理解中，想象和虚构应该同义，而在杨遥的寓言体小说中，我又不经意地发现了另一对同义词，纪实和虚构（或想象）。《闪亮的铁轨》《你到底在巴黎待过没有》《为什么骆驼的眼神总是疲惫》，这些带有明显隐喻特征的寓言体小说，看上去是想象虚构的产物，但它内在的情感却是真实的。杨遥就说过：“我理想中的小说是读者随便翻开一页，读着一段，就想往前读，或者返回去从开头读，能做到这一点需要靠情绪与氛围，故事是达不到的。”（同上）这个我信，当我们进入他的小说后，真不知道哪里是纪实，哪里又是虚构，许是情感的力量早已将那些不真实的东西掩盖甚至埋没了。不过，有一点我更感兴趣，就是情绪氛围和好故事能不能鱼和熊掌，皆而有之，是不是注意了某一面，就必须舍弃另一方面。当我带着这个疑问准备和杨遥唇枪舌剑一番时，他给我发来了刚写的小说《白马记》，呵呵，答案有了！

毫不夸张地说，这是我看到的杨遥迄今写得最好、最成功的寓言体小说。故事曲折多变，结构圆融，节奏感强，而其营造出的情感和氛围，又是那么蕴藉含蓄。几乎在他以前小说中出现的所有元素，都被有机地包容了进来。至于说表达的寓意，就更为迷离多义了，这让我忽然想起李商隐的诗《锦瑟》，“锦瑟无端五十弦”，何止是五十弦呢……

下面啰嗦一通，算是对我的话所言不虚的证明吧。从流浪汉闯入小镇到悄然离去，《白马记》故事的发展环环相扣，又层层递进。他吹笛耍蛇，还有一批招之即来挥之即去的白马；他救治被蛇咬伤的孩子，教训恶人王二和孙三，作者在不疾不徐的叙述中，也将他的游侠气质和神秘魔幻色彩推向了极致（在杨遥的许多小说中，都显露了他对武侠和武侠精神的向往，这也是小人物的出路之一，以幻想的理想化生存状态，获得对苦难生活的适应和心灵的慰藉。包括那些奇人异人的出格，乃至极端的行为，在一定程度上，也是作者心目中武侠精神的某种投射）。可是我们期待什么，并不一定就能如期而至。否则《白马记》就不是《白马记》了。果然，当我们猜测流浪汉会有更神奇的作为时，他却来了着“变形记”，正式干起了“美容整容”的买卖（虽在教训恶人之前，他已经挂起了牌子，但并没有真正的下过手）。接下来发生的事儿就戏剧化十足了，白牡丹为了和吸毒并殴打强迫她去卖淫的丈夫离婚，来找流浪汉“整容”，其实就是毁容。赵七追求白牡丹而不得，竟也通过毁容，一夜之间成为恶人，不光白牡丹的丈夫和王二败在他的手下，他还不费吹灰之力弄到了白牡丹。要知道，这些都是赵七毁容之后得到的“好处”，镇上人自然急红了眼，于是纷纷效仿，以谁毁容毁得彻底为荣，小镇终究成了恶人满街跑，善人无影踪。而小说的结尾看似水到渠成，却很是耐人寻味。当小镇上的人对丑恶习以为常之时，白牡丹以比以前更美的形象突然再次出现，让他们心安理得的丑恶，顿时照了个原形毕露，可这时他们再想通过整容整回去，那个操刀者——流浪汉已骑着白马不知何踪。

再看这篇小说的寓意。既有武侠精神滑向乌托邦的失望，又有真善美在现实中被集体无意识地漠视的悲哀，还有对小人物价值观如何扭曲的思考，但似乎这样描述又不那么准确，也不是所指意义上的全部。杨遥究竟想告诉我们什么呢？

还是公孙龙说得好："白马非马"。

"非马"的境界可不是所有人都能达到的，有了这个开始，杨遥还是原来的杨遥吗？这你得问他。

按：不知怎么，现在忒期待看到杨遥的长篇。

发现上帝之手后
——且说浦歌《大鱼的模样》

浦歌终于漏出了他的本来面目。对，没错。是漏，而不是露。这第一句话是我刻意为之，但道出的却是实情。在经过于他来说长久的跋涉之后，无意间的一次“放歌”，竟可能是他写作以来最应该值得记取的节点。《大鱼的模样》正是在这不经意之间漏出来的，漏出了浦歌最质感最真实的底色，漏出了浦歌苦苦追寻的一种文本呈现状态。

据浦歌说，这是他的一篇旧作，大改之后，成了现在的模样。以前是什么样子，我没有看到，也不想看到。因为，既是大改，必然有作者的考虑，生活经验和阅历审美的变动，会改变一个人许多，通过小说想表达的，也愈加清晰和丰富。不知趣地将旧作拿来对比，或弄巧成拙？我是有这方面的顾虑的。那就索性掩耳盗铃一把，因不闻前者之旧，故权以后者为新。（而事实上，浦歌强调是“大改”，不正意味着这层“新”吗?）基于此，我下了前文的判断：浦歌凭《大鱼的模样》完成了他写作道路上一次质的飞跃。

“典型”情境

小说选取的空间是窒塞的：京城最好的治疗癌症和其他疑难杂症的医院的旧楼的一个普通的病房。五个“的”，其实是一层层缩小了我们对故事发生地点的认知，将我们的视线牢牢收束在这个只有二三十平方米的狭小空间内。而在这个空间内住着的，又大多是患有癌症的病人。接下来的并没有多少故事性的故事就发生在这里。而时间呢，似乎也并不长，一天，两天，或几个小时？总之我们无法确认从开始到结束，表盘上的指针究竟走到了哪里。但这丝毫不影响我们对时间依旧在线性流动的判断，只不过，这流动慢得几乎可以忽略不计。这恰恰也是作者希望达到的效果。

比起空间的窒塞与时间的怠钝，心理气氛的极度沉抑恐怕是最压迫人的所在。疾病带来的痛苦是身体上的，可能跨向死亡或深知必然走向死亡的痛苦则是任何人都无法轻松面对的，尤其是因患有同样性质的恶性疾病，而聚集在这个普通病房中的普通人，他们关注着自己的痛苦，也被迫关注着别人的痛苦。在这种相互注视的过程中，便会天然形成一种游离于人的正常思维之外的心理或情感氛围。

空间、时间和心理，这三者共同构成了小说《大鱼的模样》的典型叙述情境，如果可以称为“典型”的话。（需要强调的是，我这里用“典型”一词，并非是想用恩格斯所谓“典型环境中的典型人物”来规束它，且这篇小说所表现出来的审美特征也不是如此简单便可阐释清楚的。）

应该说，这种对典型情境的有意或无意的营造，是促使浦歌走向一个新的写作高度的重要基石。为什么如此说呢？从近年浦歌小说创作的纵向对比中，或可多少见到些端倪。比如《叔叔的河岸》① 里环境、人物与内心波动的某种神秘而令人惊悚的联系，《孤独是条狂叫的狗》② 中那梦魇般的孤独感，《狗皮》③ 中父亲难以捉摸却适时发作的胃溃疡。这些元素以往分布在作品的不同角落里，时隐时现，时强时弱，但到了《大鱼的模样》，则皆是以强势的姿态显现，且运用得更为集中和老练，不同元素的契合度也非常高。

小说一上来便是刚做完肛瘘手术的小卫忍痛向病床上挪动，由此引出了病房中其他几人：同为病号的中年东北人和三号病床上的老人，以及东北人的妻子、老人请的女护工、陪侍我的莲姨等。在这个混杂着病人、家属和陪侍者，乃至时不时穿梭于其中的护士的病房中，对病痛的呈现远要比对父亲（《狗皮》）胃痛的刻画更为密集和细致；而在病痛折磨下，病人所切身感受到的孤独与恐惧，自然是“我”（《孤独是条狂叫的狗》）所无法比拟的；充

---

① 《黄河》，2015 年第 4 期。
② 《黄河》，2015 年第 6 期。
③ 《山西文学》，2015 年第 11 期。

满着压抑和沉闷氛围的狭小空间内，那种对未来生死的不确定性所带来的心理的微妙变化，也极大地超越了将自己埋在土里的叔叔（《叔叔的河岸》）对人生和自我的逼视……如果说，这不是浦歌的苦心孤诣，那就是造化弄人，一双看不到的手此时此刻疏通了过去与现在、此岸与彼岸。由此，浦歌得以将他的写作才能发挥到极致。

指涉什么

如同小说中人物命运的不确定性，浦歌小说的主题也具有不确定性的表征。杨遥将给《叔叔的河岸》撰写的评论文章定名为《飓风的中心是什么》①，我想，其原因大概亦出于此。《大鱼的模样》中，作者在指涉什么，并不明确。如果非要明确，小说中有一句话用在此处，倒是比较合适："痛就像是一种背景音乐，没有痛也会有痛的空白——那是特意为马上到来的痛留下的位置。"小说所要叙述的，即是处于痛的背景之中的痛或没有痛时的痛的空白。无论是背景还是空白，痛无处不在。它附着在人物的身体、行为、语言、心理，甚至是看来与痛毫不相关的物体上。

前几处均好理解，比如三号病床上的老人，手术前并没有戴帽子的习惯，手术后，却整日戴着一顶蓝色的帽子，即便是上厕所，也要找帽子戴上。他可能觉得戴上帽子才会减弱对病情的担忧和恐惧。再比如小卫测体温发现自己的温度竟达到三十七度六，随之便怀疑是医生给他做手术时没有换刀具，拿水洗洗就用了，而且还振振有词，说是亲眼看到的。这说明，他对体温升高极度敏感，已经生成了某种幻觉。东北人夫妻对儿子刚出生时差点没命，以及捕鱼情景绘声绘色的讲述，则愈发加重了病房中本就沉痛的氛围。

与人相比，关键在物，在痛与物象的联系上，无疑，作者准确地找到了二者惺惺相惜的纽带。小说中，作者并没有简单地通过物的描写去影射，而是不厌其烦地精雕细琢，力图将物的表里和它们的变化以特有的方式呈现出来。旧住院楼里吱嘎作响的绿色旧电梯，呈锐三角形的可以转圈的走廊，废弃的十五、十六层，太平间的入口，缓慢下行的滴液，日本进口的方形控制

① 《黄河》，2015 年第 4 期。

器。这些看起来并不起眼的物体都在空白处延续着痛，加剧着痛的过程。

作者如此执拗地写痛，当然不是无的放矢。他要将痛渗入文本的骨髓，以此为痛的彻底消失做准备。也就是说，痛从病人的肉体和心灵放大到周遭乃至无限的时空中后，人便无法感知到痛了。痛由具体而抽象起来，它成为一个概念，一个名词，一个人们可以随意谈论和调侃的话题。浦歌在创作谈中说："令我意想不到的是，病房里有时会洋溢着其乐融融的氛围，他们谈论各自的病，那些病名如同已经消过毒一样，在他们口中丝毫不具备威慑性，就像只是在议论各自的感冒症状。"这一发现在给浦歌带来巨大的困惑的同时，也促使他回过头来究索其缘由，捕捉这种看似反常现象之所以出现的蛛丝马迹。所以他并没有放过任何可以观察的点，哪怕是再小的点，都有可能成为痛的消失过程的佐证。事实证明，浦歌是成功的，他在发现并叙述这些点时，形成了许多碎裂的主题，也造成了文本指涉的多义性。这一切全都发生在痛存在与消失的过程中。

至于这些碎裂的主题具体指什么，我还是不必展开来吧。原因有二：其一，这不是本文叙述的重点。其二，读者自会从小说中得到较为明确的结论。

意识流与上帝视角

浦歌的小说不是很快就能读完的那种，酣畅淋漓更不可能。他总是让你在阅读过程中，停顿，停顿，再停顿。这的确是一种对我们既有阅读经验的挑战。在崇尚快餐化阅读的今天，已经很少有人愿意用这样的一种方式来写作，更多的恐怕是驾轻就熟的现实主义文体的广泛实践。20 世纪 90 年代的先锋实验在昙花一现之后迅速式微，并被绝大多数作家轻易抛弃的事实，也无可辩驳地说明了具有强烈现代主义文体特征的小说，对国人来说已无多少魅力和市场。所以，猛然间读到浦歌的小说，一开始还是很不适应的，但渐入佳境后，却让我们的身心为之一振。原来小说可以这样写，原来并不是我们没有读过这样的小说，而是我们的感觉迟钝了，不再愿意接受这样慢节奏的，缺乏戏剧性和故事性的意识流小说了。

是的，意识流。这是源自于卡夫卡，被大名鼎鼎的普鲁斯特、伍尔芙和乔伊斯发扬光大的小说文体。浦歌受几位大师的影响之深，在《大鱼的模样》中便可一览其盛。卡夫卡“城堡”式的孤独与恐惧，普鲁斯特“追忆似水年华”式的交叠铺陈，伍尔芙“达洛维夫人”式的极端情感书写，乔伊斯“尤利西斯”式的联想和跨越。这些都被浦歌吸收了过来，重新来构建他所理解的意识流世界。

首先是对潜意识的深度发掘和表现。这得益于浦歌所采用的全知全能的“上帝视角”。总体来说，病房中三个病人是叙述的核心。小卫、东北人、老人，他们对病痛和自我心理的认识，均是出于本能的应对。“他已经发现不了患病之前之后的区别，这只是一个新的现实，他依靠自己的本能和智慧正在应对它给他带来的伤害。”在创作谈中，浦歌如是说，在文本中也是如此。拿小卫来说，他起初决定治疗痔疮，是“欣然”的，因为S医院新住院楼优雅的服务和设施吸引了他；随后当他被打发到旧楼时，巨大的心理落差开始让他变得沮丧和失望；做完手术后，病痛又催生了焦急和羞愧；体温骤然升高，则引起了他对医院的不信任，甚至产生了手术刀滴血的幻觉。而其中严格依照小卫意识流动顺序出现的锐三角形的走廊、太平间入口、废弃的楼层、插在老人身上的滴管，又让他在错综复杂的感受中走入了迷宫一样的情绪体验中。

其次是心理时间的强化和延伸。传统的时间观念被打破或隐藏，随人物意识流动的心理时间唱起了主角。在我们看来应该是极短的时间内，却在人物的心理上被无限拉长、延宕。比如滴液，在第三节的开头出现时，输液袋里只剩下亮亮的一线底端；到第四节的开头，滴液方全部顺端口流进软管；接着中间凸起的小管也空了；直到第四节的最后，小管下部的液体马上消失的时候，护士突然拧紧下部的滚球，换上新液体后，滴液这个物象才基本隐没在小卫的视野中。而在这期间，却发生了很多事：小卫观察老人的物品，东北人写字，希望看到老人液体滴尽造成某种后果，护士发体温计，以及对东北人第一次出现在病房时的回忆。在此，小卫心理反应的时间长度与小说的叙述长度是等同的。这就让我们有足够的余裕去感受人物心理意识的具体流动过程。

此外，便是无处不在的象征、隐喻手法的运用。这一点，在前文已经多有涉及，比如物象与痛之间的那种神秘的联系，当然，对物象描写的精细来自于作者深入准确的观察，隐隐之间的联系也离不开作者充分的心理感知。最大的隐喻莫过于小说末尾那条千斤重的大鱼，它是东北人提到的一个带有明显荒诞色彩的故事的主角，竟成为小卫想象中真实的情景，而且有模有样地游过来。待到鱼被拖上船板，小卫再次将注意力回到水中时，他发现了另一条鱼，而这条鱼却是自己。因为，前面又出现了一条鱼。

究竟有几条鱼，只有小卫才能知晓，或者小卫想象中的鱼永远没有真实的模样，他只不过在努力看清大鱼的模样的过程中，寻找着其他的东西。

结　语

在写此文之前，我曾将阅读这篇小说的第一感受通过微信发给浦歌。内容如下：

> 你完全沉浸在自己的写作对象中，让阅读你小说的人为能够体验到这个过程（不是文字内容的过程，而是叙述呈现的过程），而自觉隐遁在了感官之外（感官能触到的无非是物质化或情感化的世相）。你说得没错，这的确是一种“上帝视角”，但用“视角”来形容似乎仍脱不了“角”的局限。你不是上帝，可你拥有上帝之手。

或许我的评价有些主观了，但这确实是读完《大鱼的模样》后，急切想去表达的。我甚至想想将诸如《大鱼的模样》一类的意识流小说统称为“病样文学”，因为文学和疾病在意识流小说创作中的关系最为紧密。也许这是一种妄想吧，但浦歌的意愿应该不是妄想，他在创作谈中提到，死亡和恐惧的真实奥秘于他依然悬置着，他将会用另一个作品来描述和接近它。那就让我们期待着。

按：浦歌依旧不善言辞，他的言辞都入了小说里。假以时日？照我看，火候已到，时日应不远矣。

从厚描到厚述

——睁眼看浦歌《离那儿不远有个养老院》

在为《大鱼的模样》（《黄河》2016 年第 2 期）写完评论后，我有意识地去读了一些有关浦歌小说的其他评论文章，当然也包括北师大赵勇先生的。他对浦歌的小说盛赞有加，其中的一条理由格外醒目，就是“厚描”。这是每一位能沉入浦歌小说世界的读者都应该感受到的，尽管并不是所有人都能像赵勇先生一样，用如此精炼和专业化的语言为其定名。简言之，厚描便是呈现“看上去无足轻重却又丰富的细节”，但浦歌是否凭此区别于他人，我看也不尽然。厚描只是其中显性的部分，而在这显性的部分之下，作者能将“看上去无足轻重却又丰富的细节”建立起某种隐秘的又难以一语道破的联系，才是他见功力、见气场的地方。

恰恰这篇《离那儿不远有个养老院》给我们提供了一个很好的范本。

正如《大鱼的模样》是另一篇小说，我给《大鱼的模样》写的评论也只能当过去时来看待，所以，在这篇文章中我想我应该摒弃那种综述式的大而化之，把分析的重点放在小说的内部，或者说仅仅就《离那儿不远有个养老院》来谈一下浦歌小说的表层和里层之美。

还是从厚描谈起。小说交代的地点总体上有两个，一个是法庭，一个是养老院。“我”的任务和视野也基本上集中在这两个地方：去法庭听审，去养老院采访。这是两件不同的事，只是因为养老院离法庭不远，才得以确立了它们之间的联系，也就是说，“我”可以通过一上午的时间完成这两个任务。从小说的叙述中，我们知道，庭审的是一件有关家庭纠纷的民事诉讼，采访也只是走走过场，为重阳节专题写一篇稿子。这里面不存在波澜起伏，诡谲乖张，平淡得让人顿生乏味。浦歌也似乎并不想去制造某些事件来为这平淡添加什么诱人的佐料，他一如既往地以厚实而平常的描述来结构全篇。沿途和现场的所有，都是"我"的亲见亲闻亲历亲想。那就让我们跟着"我"的视角看看小说中究竟发生了什么。

首先是"我"走出单位的大门，去从未听说过的五里坪法庭。"我"起先很茫然，打听后先乘坐公交车到达城市的北端，然后步行拐到新萍路，坐上469路公交车，驶向目的地。

这是极尽简略的叙述，在小说中这个简短的叙述被延宕和膨胀了。走出单位的大门——"我"想象了一下五里坪法庭的轮廓；乘公交车——向北至少穿过五六条大街，用了将近一个小时；到达城市的北端——据说北边郊区有个化工企业，污染严重，天空会下粉尘；步行拐到新萍路——又问路，走了一大截，才拐到更偏僻的新萍路，到站牌下等了十几分钟；坐上469路公交车——留意到车内的一个中年妇女，发现车居然离开市郊，行驶在田野间。

如果再添加一些细节，恐怕我会原封不动地将小说的第一部分重述一遍，这样做没有任何意义，我想到此应该已经能说明问题。即浦歌用了整整一千字，描述了一个极为简单的情节。在他的描述中，除了前述的时间和空间的延宕和膨胀之外，我们还能得到其他一些信息，这就属于描写的气氛营造环节了："我"勾画五里坪法庭的轮廓时，它是"徜徉"在一片"普普通通"的建筑群当中，有一种"非常无辜"的模样；公交车"摇摇晃晃"向北穿行，经过了"城市最重要的几条肋骨"；据说那个化工企业"到处都有雾腾腾的感觉"；偏僻的新萍路上有一座"年代久远的澡堂"，我隐隐感觉到我马上就要走到"世界尽头"；公交站牌上的469路几个字被小广告"覆盖"；公交车"晃荡过来"，"落满尘土，一副风尘仆仆的落魄模样"；公交车行驶在田野间"土哄哄，孤零零"的柏油路上，一块块"单调"的玉米地出现在视野里……挨近路两侧的玉米叶子上则"落满厚厚的尘土"；最远处的天际隐没在"灰黄色的雾"中。这些描述，有些是客观事实，有些则是"我"的情感映现，感官和心理的双重作用，让人很压抑，而之所以压抑的症结，无疑来自于作者的描述。这样的极为厚实的描述在小说接下来的叙述中随处可见。当然，后面我将不会再如此大费周章地去对类似的描写进行分析，而是想通过对第一部分的单独截取，来寻找到小说内容的核与技术的核。

第二部分交代“我”去五里坪法庭的缘由：总编让我去听审，顺便到离法庭不远的养老院采访，给下周重阳节的专题写个稿子。然后便转入车内：破旧的座位、莫名的响声、萎靡不振的年轻人、睡在座位上的头发花白的老人，描写最多最细的是那个“我”刚上车时便留意到的中年妇女。而其中值得重视的主要有两处：一处是“我”这两天一直忐忑不安，因为单位正在清理临时工，“我”随时有被清退的可能。即使“我”答应去养老院时，都担心刊登稿件的时候，“我”已经被清理出去。另一处是中年妇女的邋遢样子和她讲的因果报应，以及“我”猛然发现她其实已经老了时的无所适从。前者给小说氤氲了一层主观化个人化的惶恐紧张情绪，也是对第一部分描述的某种回应。后者则是这种惶恐情绪的进一步扩张、映现和反馈。反馈的节点便是：“我心里突然伸出一只手，似乎想拉住身边的某个人。”

第三部分先是静态描写：夹杂着臭鸡蛋般的硫黄气味的五里坪。然后是语言动作描写：大眼睛妇女再次出现，指给我法庭的位置，并提议亲自把“我”领到养老院。注意这次没有提“中年妇女”，而是用“大眼睛妇女”，看起来似乎是因为第二部分提到了她的“活泛的大眼睛”，但其实没这么简单。

第四部分开始对大眼睛妇女进行更为细致的观察，原来她不仅是个老人，还是个“老态龙钟”的老人。而且，引出了大眼睛妇女讲的那个因果报应的故事。故事平淡无奇，“我”却偏偏在听完故事后，看到土坡上出现了一只褐色羽毛的大母鸡。这时候，这个故事就有耐人寻味之处了。

从第五部分始，浦歌以惯有的缓慢节奏来讲述“我”在听审前、听审中、听审后的经历。这是小说的关键部分，它连接着之前隐隐约约闪现的不确定性和不安全感交织的某种紧张情绪，又为后面到养老院采访提供了必不可少的实证情节。之所以这么说，因由还在于描写，而且是有了之前交代性描写之后，能够在听审环节将之前描写中的信息一一融入并内在延伸到现在时的描写当中。

由于篇幅所限，过于细小的对应延伸就不再赘述。我这里主要就几个关系到小说大的走向的片段予以互文解读。

在这一部分，“我”始终都脱离不掉时刻会被解雇的隐忧。在可见的文本中，至少有七处是“我”对这种情绪的再激发和再确认。“我”是个临时工，“我”会被驱逐，而这样的结果还没有发生，这说明它只存在于“我”的情绪反应中，“我”的每一次对自己的提醒，都来自于外界的偶发性刺激，到第六次重现这样的情绪时，显然已经不再是偶发性能够解释，它显露出与听审事件的某种趋同性联系。准确地说，应该是听审内容：对老太太的驱逐和对“我”的清退并没有本质的差异。第七次也同样与听审存在联系：“我”担心被大眼睛妇女发现，而拒绝了瘦高男人捎给总编的东西，可我随即又后悔了，因为“我”很可能因没办好这件事而面临和临时工同事相似的被辞退的命运。

从这里可以看到，“我”对被辞退的惶恐一开始仅仅是“我”的个人处境造成的，但在小说叙述的过程中逐渐延伸到某个巨大的网络当中，不相及变成了相及，变成了勾连的藤蔓。而从藤蔓中条分缕析，我们又能看到更多的勾连。这就是我要解读的另一个片段。

其实刚才说到的第六次和第七次情绪重现，可以让我们大概了解事情的原委。那就是被告通过被告律师（瘦高男人）已经和总编打好了招呼，这一次总编派“我”来的目的除了听审后写一篇带有偏袒性的报道之外，就是接受被告的贿赂。这一点作者在第二部分总编给我材料时，就已经埋下了伏笔：“我扫了一眼，上面双行黑体字大标题里有‘抵赖’‘诬陷’之类的字眼，标题字数相等，每行八个字，甚至还可能押韵。”在开庭前，“我”又重温了一遍这份材料，材料里罗列的是一个老年妇女的种种恶行。而从庭审前后当事人的表现来看，法官显然也是瘦高男人的“好朋友”，所谓的庭审就是他们要合谋驱赶走老太太。

但伴随这一阴谋同时展开的还有一双大眼睛。大眼睛先是在公交车上被提起，后来就直接称呼那个中年妇女叫大眼睛妇女了。到这里，大眼睛妇女时隐时现，在她隐的时候，又出现了溜圆大眼睛的黄牛，“它的双眼多少有点像大眼睛妇女”；接着是仔细审视院子的牛犊，“它的大眼也跟那位妇女的眼睛有相似的地方”。而这个看起来神经有问题的大眼睛妇女究竟在干什么呢？或者她的化身——黄牛和牛犊又在干什么呢？显而易见，她在庭审的最后阶段说了几句模棱两可、神秘兮兮的话，立场似乎摇摆不定，除此之外，她还老调重弹，又一次推销了她的因果报应说。但于“我”，她的大眼睛越是游移不定，越让“我”感到如芒在背、极度不安；她越讲因果报应，就越让我感到困惑。

为何会如此？我们再来看发生在听审事件之后的养老院事件。

养老院事件其实包括两部分，一部分是大眼睛妇女带“我”去养老院，一部分是到了养老院后。比较而言，前者安排的篇幅更长。“我”一路上都在和大眼睛妇女争辩因果报应，可见因果报应由之前的偶尔叙述到这里成为了小说叙述的核心。而其中夹杂的有关大厂的由来和兴衰，乃至“我”的梦与大眼睛妇女的梦，还有“我”莫名其妙地被人误认为临终老人的儿子而去见老人最后一面，也因因果报应而建立了某种神秘的联系。如果说此时这种联系还是模糊的，无法说清的，那么当“我”到了空无一人的养老院，然后走向目前大厂最古老的住宅楼——四号楼，看到唯一的住户——那个一头蓬乱花白头发的老太太时，这神秘的联系也便豁朗了许多。

老太太解释说之所以被女儿女婿赶出来，是因为：“他们嫌我。”这样的解释很平常，几乎所有的人都能猜到。问题是，之后发生的一幕，又颠覆了我们的固有思维：老太太的女婿捡起一块砖头砸“我”，“我”发现原来他的另一只袖管是空的，在他面前荡来荡去。这立即又会让我们想起这个破败的大厂，以及大厂里人们困窘的生存状态。

而庭审中那个未出场的原告老太太的家就在这后面的楼里。

作者在领我们一步步接近真相。但最终我们并没有见到那个庭审案里被遗弃的老太太。我们见到的只是大眼睛妇女从“我”一开始见到她时就用劣质的红色塑料袋包裹着的那个苹果，此刻，那个苹果因大眼睛妇女逃走而被无辜地遗弃在路边的草丛里。

又是遗弃，在整篇小说里，被遗弃的有“我”，有“原告老太太”，有大厂，有大厂里的职工，有那个临终老人，还有这个被女儿女婿赶出来的老太太。当然，不止这些，这些也并不是最重要的。最重要的是因果报应，是“我”在梦里都能看到的那双“巨大而客观的石头圆眼”。越是巨大，越是客观，那种对老迈、遗弃、死亡的恐惧便越是强烈，如此一来，谁还敢去面对最初的那个原告老太太？用法庭桌子上的“蜗纹”来类比巨大的圆眼再合适不过，一圈圈向内缩小，又向外放大。每一个本是独立的人、物、事都被卷入了这个蜗纹，它们的联系也因此而产生并延伸、融合，乃至浑然一体。

这就是这篇小说内容的核，死亡与恐惧被浦歌推进到了蜗纹之中，真实的奥秘在一圈圈的扭结而凹陷或凸起，现在唯一的期待就是一只手，一只悬在空中的手。回忆一下几乎每个人都做过的梦：你掉进了深不见底的水里，你一直在沉，一直在沉，那样的感觉或许与此类似。

如本文开头所言，小说的技术之核还是厚描，但丰富的厚描所依托的则是作者建立起来的奇妙的又藏得很深的联系。如果用一个新词来定义，我宁愿用“厚述”，它没有将厚描抛弃，却具有更大的包容性，更鲜明的特征指向，目前来看，只指向一人。那就是，浦歌。

按：纯属在赵勇先生所谓“厚描”之上的发挥，但自诩尚言之有理。

“第四种人”的囚徒语录
——读孙频小说集《无极之痛》

《无极之痛》读毕，已是深夜。我喜欢将有痛感的书放到深夜读，因为只有在深夜，那痛才能刺穿我的喉咙，漫延到心脏，以及周身的血液。要痛就痛得彻底些，这是我的哲学。不过，孙频更彻底，她的小说让我彻底得竟然找不到痛点。一如“无极”，既没有边界，也找不到中心，也许这就是“无极之痛”的由来？我不知道。

作为孙频的一部中篇小说集，《无极之痛》这本书的编辑出版无疑是成功的。集子不大，共二百多页，仅四篇小说：《无极之痛》《瞳中人》《西江月》和《鱼吻》。但这四篇小说隐隐间还是有一条线连着的，它串起了许多极富意味的生活隐喻，将我们对生活对自我的理解引向了一个新的向度。无疑，这得益于孙频精彩的故事讲述方式和向人心最隐秘处无情戳刺的写实功底。

孙频是冷酷的，我指的是她的小说。人物之于命运总是那样的卑微和压抑，即便挣扎千次，亦逃不了由齑粉而灰烬的结局。与其说这是她设的局，不如将这局层层剥落，瓤现核开，映射出的是我们内心深处共有的镜像：囚徒。当然，总会有不甘，总会有一些蠢蠢欲动，但最终的状态依然是个“囚”字，如果说有什么不同，顶多是囚于此处和囚于彼处罢了。当孙频无法为笔下的人物找到生存的哪怕是一点点的理由的时候，死亡自然成了最好的选择。比如《无极之痛》中的万校长，《瞳中人》里女主人公的丈夫，《鱼吻》中的餐饮集团女老总。他们不是没有屈服过生活，也希望能在苟延中残喘，可当他们发现唯有死亡可以安放自由的灵魂时，便毅然决然了。

死亡是一种方式，更多的人没有选择死亡，而是选择活下来，继续承受生的痛苦。小说中那些落魄的狼狈的寂寞的不安于平淡现状的女主人公便是如此。她们大多不再年轻，已为人妇或贴着“大龄剩女”的可疑标签，青春与梦想匆匆而去之后，情感世界几近荒芜，身边的丈夫或男友，更像是某种取得社会认同所必需的物件，却丝毫不能满足她们对尊严、对情感、对自由的最起码要求。她们执拗地想得到，并为此不惜以身试险：自由撰稿人一次次欲献身校长以换取分房指标；曾为流浪画家的文艺女青年为了寻找真爱，将以前接触过的男人悉数重访了一遍；报社女记者背着索然无味的外地男友偷情，与离异男人发生暧昧。这些看起来都是影视剧中为唤起观众下半身欲望的必不可少的桥段，但是，当我们屏住呼吸，期待更刺激的情节时，我们却失望了。原来这种唤起最终达至的是对灵魂的炙烤。我们每个人就是这炙烤下的他或她，只是，作者用艺术的夸张和极限书写，还原了再现了表达了倾诉了我们都曾有过，但却以生存之名不愿正视的物质窘迫和精神困境。

鲁迅说，敢于直面惨淡的人生。惨淡的人生无论有多少种表现形式，其最终还是要聚拢到心灵。再由心灵辐射开来，才是尊严、情感和自由，才是房子、爱情、婚姻等等一切有形和无形的构成整个人生的社会元素。如此看来，我们要直面的，最重要的，依然是心灵。可心的问题最难解决，孙频的小说试图告诉我们，在为心灵解锁的过程中，会出现各种各样的乖诞和意外，连我们自己也捉摸不透。这恰是人生的悖谬无常之处。或是发现自己放弃尊严、甘愿献身的对方比自己还要虚弱（《无极之痛》）；或仅仅因为强奸事件中多了一层暧昧和温存而“心疼”上了对方（《西江月》）……所有的结局你都不会猜到，因为谁也说不清人心的走向。

孙频的优势在于，她一开始便选择了细腻敏感而内心挣扎多变的文艺女青年作为窥视外部世界的窗口。所以她在极力向内转的同时，却无意间为我们展现了一种虽不算阔大、但足以让我们为之震撼和恐惧的客观世相。这里有更多的欲望与挣扎，可爱与猥琐，生存与死亡，但在生活的面具之下，却是每个人都渴望拥有的那份真，那份纯，和那份尚未泯灭的初心。

这让我想起了多年前的一部文艺范儿十足的电影《立春》，面容丑陋的王彩玲一心想调到北京发展歌唱事业，但每每事与愿违。世俗为她布下了充满诱惑力和感召力的网，可当她义无反顾地扑向这张网时，却发现自己并不被接纳。初衷只能藏于心底，被表面流淌的暖意所遮盖。这本小说集给予我们的痛大概也是如此吧，就像我们每一次怀着小小的愿望迎头来撞，却又被网反弹回去的感觉。

——痛，但却找不到痛点。

当然，不是所有人都能理解这种孤独的痛，那就让能理解的人去读吧。孙频在《瞳中人》里说："一个搞艺术的女人应该是介于男人，女人，男艺术家之间的第四种人。"其实，就内心的挣扎而言，你我，又何尝不是第四种人？

按：如果不是报纸版面所限，恐不止此区区两千字。

寒冬夜奔的灵魂
——读陈克海小说的思与谈

杨遥（以下简称“杨”）： 读完克海的小说集《清白生活迎面扑来》已经有些时日了，一个瘦骨嶙峋的灵魂在寒冬夜奔的感觉却越来越深，包括我们在一起吃饭喝酒，他放声大笑的时候，还是这种感觉。克海的许多小说都涉及了人的灵魂，又大概和他书写的内容与表达的主题有关。这种无形的东西让我觉瘦消、寒冷、黑暗。

第一次记住克海的文字是他描写南方人的一句话，像铁丝一样。这是篇什么文章，写什么内容都已忘记，但这句话总不能忘记。南方人不像稻草，也不像钢丝、铜丝，像铁丝，觉得很有意味。

2014 年夏天杨东杰、钟小骏、孔令剑、手指、克海，我们几个的文学沙龙开始之后，每个星期五雷打不动地谈论文学。对于克海的了解越来越深，正是因为对克海的了解，所以读起他的小说来总是对号入座，他小说中的每一个人物基本都能在生活中找到原型，当然在小说中发现的更多的是他自己的影子，尽管他喜欢变脸，许多小说用女性的视角来写，但我一眼瞧出那就是写他自己。这样写，觉得未尝不好，许多大文学家都在写自己，像陀思妥耶夫斯基《地下室手记》里的病人，郁达夫差不多所有小说中的主人公，鲁迅《孤独者》中的魏连殳以及《在酒楼上》中的“我”，沈从文的湘西系列等等，甚至被冠以荒诞派代表作家的卡夫卡《变形记》里面的格里高，也满是他自己的影子。克海《土豹子》中的宋明凯、《拼居》中的朱东、《问凤梅》中的问凤梅、《清白生活迎面扑来》中的杨春艳等等，不管男女，都附着了他的灵魂。

王朝军（以下简称“王”）：我想我对克海的了解应该没你深，你们同在作协的楼上办公，抬头不见低头见，怎么也比我要近水楼台吧。不过，他的性子是什么样，我倒是还能颇为自信地说个一二，他是天生的腼腆，是内心的韧劲儿，就像他精瘦的身体。不过他这个腼腆和表面上又有差别，表面上他还是很活泼的，整个一大男孩儿。还有，我能看出来，他有一种诉说的激情和冲动，但跟旁人又总是要留点儿，留下来干吗，我想都应该在他的小说里了。所以，我同意你说的，他的小说其实更多的是在写自己，把平时的、酒桌上欲言又止的话搬到了小说里。

这就让我联想到现今的80后小说家，似乎大多数都有一个共同特征，就是写“我”。可以很明显地看到，他们这个“我”包含着很多的自己的经历、感受和情感。克海的小说虽然第三人称多一些，但实质上也是在写“我”。我想，这和80后小说家的阅历有限有关，也和他们追求个性、崇尚自我有关。至于是不是在某些小说里，比如《问凤梅》中，用女性的视角来写，你说是写克海自己，我倒真还没看出来。我觉得问凤梅就是一个农村的普通的女孩子到城市三流大学读书，然后在四年大学生活中成长的故事。问凤梅这个人虽然看起来傻傻的，有着农村人的朴实，但也有农村人的那种勤劳和不服输的劲儿。你看别人再怎么嘲笑她，她都几乎不生气，不是心里生气、表面不生气的那种，是压根儿就生不起气来，要我们说是榆木疙瘩。可是看在哪个方面，在自己的爱情和工作上，她还是很有自己的想法的，只是处理得有些可笑罢了。不过这种可笑的事情发生在问凤梅身上，倒显出的是一种可爱，憨厚的可爱。或许，克海是很怀念、很欣赏这种憨厚的可爱的，所以才塑造了一个这么样的人。性格上是有克海那么点影子，但我觉得还是不要等同于他吧，因为这样说容易泛化，比如我们可以说：所有的作品都是在写作者自己，可这样也就限制了作者的创作视角，把他关在了笼子里。照我看，从克海小说所选择的题材来看，很是很丰富多彩的。你说呢？

杨：克海平时确实有些腼腆，是那种好男孩、好男人的形象，很多人喜欢他。他有诉说的激情和冲动，尤其是喝了酒的时候，平时是很腼腆的。记得有一次他喝了酒，跑到院子里抓一只猫，遇到单位的一位领导，问克海干什么？克海说他抓猫。那位领导说你赶紧结婚吧！一下午，他把这件事情反反复复说，最集中的一次我们给他数着，一连说了七次。这种倾述的愿望放到具体创作中，就成就了一篇篇小说。但是我感觉克海给自己的冲动加了一把锁，叙述起来总是太理智，还是那幅好男人形象，没有像他喝醉酒那样，把内心最本性的渴求和欲望表达出来。我希望他在以后的叙述中，再往深走一步，那或许作品更震撼。从我的阅读经历来看，那些最坦诚的作品，是最有感染力的。不管坦诚的是光明、善良、坚韧、勇敢等种种美德，还是邪恶、丑陋、卑微、脆弱，在艺术上应该是一致的，在每个人身上也应该是或多或少统一的。坦白了，可以达到我心与他心通。

克海的小说写“我”，这是很多作家的共性，不光“80后”，“70后”、“60后”、曹雪芹、托尔斯泰等人也在写“我”，这不是一种贬义。克海写的“我”与现在许多作家有些不一样的地方是他的“我”有灵魂。现在许多小说，作家们一味地追求情调，或者编造离奇的故事煽情，表达各种欲望，但精神关照非常少。克海的小说里面也写金钱、爱情、性欲，但无论表达哪种主题，都有灵魂方面的亮点。那些奔赴在人生旅途中的年轻人，总会时不时停下来审视自己的心灵，甚至为了灵魂，放弃一些现实的东西。如《土豹子》中的宋明凯，一直关心自己的身份，尊严在他那里异常重要，使得他敏感到女朋友带他回家参加一场聚会，以确认他们的关系，那种豪华排场的场面让他不自在、恼火、尴尬，以至于最后放弃自己喜欢的女友。《清白生活迎面扑来》中的杨春艳生活很富足了，但不甘心这种锦衣玉食的生活，喜欢上那位老艺术家，出轨、离异，把自己弄得体无完肤、名誉落地也在所不惜，再一次见证了对灵魂的追求。我希望克海一直坚持灵魂的追求。

当然克海小说中的“我”，不是纯粹地写他自己，而是借助那个“我”表达他对人生的态度。《问凤梅》不是克海，那个憨憨的、不算漂亮、一根筋的女孩，到了克海笔下，变得非常可爱，这是克海的选择。他为了写好这个人物，把自己身上发生的许多事情加在了这个女孩的身上。比如开头写问凤梅上大学他父亲送她时的那段，那是发生在克海身上的事情，他用在了问凤梅身上，这增加了小说的真实度，也拉近了作者和人物的距离，我觉得挺好。

王：对普通人的灵魂的观照和表现确是克海小说出彩的地方。灵魂之于肉体，前者是内在的，后者是外在的。如果仅仅是外在的描述，或者叙述事情和人物活动的本身，虽然也可被看作小说，但这样的小说就缺乏了韵味，缺乏了力道。我们每每读小说时，优劣高下之分，除了语言的表现，叙述的结构等等技术因素，更看重的恐怕就是“灵魂”二字。也就是说，这篇小说能否通过这种技术性的平台将灵魂刻画出来，刻画得是否深入，是否能够让有一定认知水平的读者产生某种较为强烈的理解和共鸣。因为人之为人，活得就是那股子劲儿，小说家所表现和凸出的也应该是那股子劲儿。没有了灵魂的内在作用，小说无论写得多么漂亮，都不能算真漂亮。这也就是小说虽大多为虚构，但其表现的情感和灵魂应该是真实的，而且越深入越好。

现在很多青春文学作品，从外在的叙述和语言的运用方面，都已经到炉火纯青的地步。可以说运用现代白话文的能力非常强，但总感觉是浮在半空中，没有实在地落地。我想，应该就是缺乏灵魂。或者作家所表现的灵魂是虚假的，不真实的，是矫揉造作，是小矫情，根本上脱离了真正的灵魂的轨道。这些青春类小说可能在市场上大卖，但往往经不住时间的淘洗，产生共鸣者少，凑热闹者多。华丽是华丽了，却是装出来的华丽，作者根本就没有在意组成这华丽的元素的合理性，一味地哗众取宠了。《小时代》就是个典型的例子。郭敬明可以用各种理由为自己辩驳，当然，在这个什么都市场化的时代，拿出宣扬个性的幌子很容易。而且他有那么多粉丝力挺，也是一个值得我们深思的地方。不能说没有和青少年读者契合的方面，但我觉得，这种契合或迎合，是低级的，感官的，庸俗的，纯粹是商业化的。这不应该是小说正确的路向。没有灵魂，只有灵魂之外的虚构，终究要被灵魂的拥有者抛弃。

杨：在花枝招展的现实面前，小说越来越显得无力和没用，但恰恰是这些无力和没用的东西，能让人抵制虚无和浮躁，让人在黑暗中能看到光。尤其是对于那些初出校门，满怀抱负，而又一次次在残酷的现实面前碰壁的年轻人，沉沦还是继续上下求索，需要一个参照物甚至有人指点的时候，有灵魂的文学作品经常能发挥路灯一样的作用，也许它可能虚弱、笨拙、偏激，但它就是有一种奇怪的力量，让人抓住这根微不足道的稻草，渐渐浮出水面。而另一类作品，会让人在沉沦中得到快感，也就让人一步步迈向深渊。克海小说中的人物，基本没有一个成功的，大多在人生奋斗的路上，像宋明凯、晓燕、乔飞、问凤梅等等，偶尔也有看似成功的人物，但他们正在向另一个方向费劲地努力，最后以失败告终，如孟如月、王永军、杨春艳。其中以宋明凯为例，作为一个河南来山西上大学的年轻人，经常寄居在卖五金的姨夫家里，他感觉到“那些有钱的孩子知道怎么在学校里谈恋爱和人交往，而那些刚从乡下来的家伙，还没有从死记硬背的学习状态中恢复过来，天天只知道去占座位”。“大二那个寒假，他闷在姨夫的五金店，白天卖货，晚上还要帮着姨夫撬开井盖偷自来水。他们做得那么自然，好像半夜不起来占点小便宜，实在是太不像话了。”就是这位只知道占座位，偷自来水的小伙子，“在往前跑的时候，他意识到，不管他怎样努力，他和那些有钱人都是有差距的。”这种感觉，许多从农村到城市里的人都有，但是他没有像《红与黑》的于连一样，不择手段拼命往上层社会爬；没有像《战争与和平》中的阿纳托夫一样，通过和不喜欢的贵族小姐结婚，达到自己挥霍的目的。他还是像老实的农村人一样，从精神上抵制这种屈辱。当马伊丽出国前，尽管保证留学一回来就和他结婚，他却主动放弃。当姨夫孟爱民生意越做越大，希望让他担当一面时，他同样还是放弃。这样的人物，活得贫穷、艰难是能想到的，但他在失去爱情、物质的同时，得到的是内心的安宁。他永远不和娇生惯养的女人来往了，再也不想自取其辱。这些人在现实面前尽管“瘦弱”，实际是强大的。

从马伊丽和宋明凯刚好那会儿，她调侃宋明凯时不时带出对他家乡河南的偏见，到问凤梅的努力遭遇到嘲笑，希望追求精神生活的杨春艳遇到骗子一样的艺术家。克海的小说中让人感觉到处处的不如意，所以他写道：“当他看到九岁的表弟在五金建材店拿杀虫剂捕杀蟑螂时，心慌，做类似的噩梦，蟑螂巨大的壳压得他喘不过气来。”这里的蟑螂和卡夫卡《变形记》中甲虫其实是一样的，社会巨大的压力，能让人变异、发疯。这是现实的存在，也是我感觉他小说黑暗、寒冷的原因。

王：对于现今的“80 后”一代，无力感、无奈感乃至焦虑是普遍的情绪，这中间有社会巨大的压力，也有自身的因素。急剧的社会转型，造就了“80 后”，也造就了“80 后”小说家。其实“80 后”小说家在叙述“80 后”的时候，也是在叙述一个时代，展现一个时代的爱恨情仇、生存状态。而“80 后”一代面对的生存压力可能远比祖辈父辈要大，要严酷。骨感的现实总是在不经意间敲击着我们的灵魂，让我们意识到自己的渺小。曾经的豪情壮志、热血满怀，只有经过社会的熔炉才能够慢慢冷却下来，开始理性地面对人生，面对将来的路。

克海在讲述这种时代情绪的过程中，充分地挖掘到了时代投射到人物身上的影像，一个个活生生的人物就这样呼之欲出。“土豹子”宋明凯、穷酸的乔飞、常遭人嘲讽的问凤梅都刻画得很到位，他们的内心是单纯的，他们的性格又是复杂的，有时候是一种随波逐流的自然状态，就像清水煮白菜，比如宋明凯的恋爱、婚姻和事业，谈不上什么惊心动魄、意气方遒，完全是普通的再不能普通的生活，是典型的从农村到城市里的年轻人的小奋斗，有那么一点点波澜，却终归平静、淡泊。可是如果这么理解克海的小说就未免浅薄了，从淡处着眼，但绝不为淡而淡，浓的在字里行间，尤其在结尾的某处。不是刻意的升华，是某一个场景或某一句调侃，触发了主人公的神经，然后前面发生的一切均有了应该有的归宿，有了需要回味和纪念的意义。《土豹子》里的宋明凯就是在陪儿子去动物园看百无聊赖走来走去的豹子时，儿子冷不丁的一句话——“他才不想看这土里土气没精打采的豹子，他想去吃必胜客，想去玩过山车。”——便勾起了他对自己的某种定位，他的遐思和怀想，包括读者的遐思和怀想才立马一股脑地涌现出来。“他的过去，早被甩到了一边。”一个时代就这样匆促地走完了，时代中人甚至没有来得及回头，便只剩下对青葱岁月的祭奠了。这有点像贾平凹的《秦腔》，虽然表现的是不同年龄的人物和不同的主题，但都是在一种原生态的自然叙述方式中找到了其“无可奈何花落去”的终极意义。

所以，我觉得克海可以在这种小说叙述的道路上走得更远。我说的是原生态的自然叙述。他有这方面的禀赋和潜力。为什么这么说呢？因为，不同的人写小说都有自己擅长的某些方面，我们不能以一个标准去衡量，其他人不论，单单对克海来说，这就是他的小说的特点所在。克海接下来要打磨的恐怕是怎么样让这种叙述在不动声色中更精致、更圆融，更有呼应的“噱头”或空间。你说呢？

杨：是，我赞同你这种观点。出生于鄂北山村，又是土家族的克海，来到山西上大学，并工作，扎根在太原这个城市，山村与城市的不同，土家族与汉族的两种文明，农民与知识分子、机关职员的差别，其中自然就会繁衍出许多有意义的东西。把它们加工、提炼，会产生许多好小说。克海在这方面做了相当的努力，并写出了一些出色的小说。但是我觉得他还应该继续往深挖，直至写出那种真正属于自己，独一无二的小说。现在读克海的小说，尽管已经做得相当不错，里面不时会蹦现出让人眼前一亮的东西，如宋明凯决定和马伊丽分手时，克海写道：“大太阳底下，他眼泪流得哗哗的，走路也不看红绿灯。他把手机举在耳边，生怕漏掉她的话，其实在嘈杂的街上，他什么也没听清。”在《都是因为我们穷》写道：“他天天和她蹲同一个马桶，共用煤气灶，从头至尾，也没见她和他说什么多话。”《清白生活扑面而来》中写道：“这带着喜悦的声音，陌生的声音，听起来遥远，又令人情不自禁地想开怀大笑，仿佛脱离了当时的背景：在这黄昏卡住太原的时分，这声音好像来自梦中，好像是多年前的环境。”类似这样的句子，小说中不少，非常富有感染力和表现力，可以看出克海非凡的才华。但是在某种意义上讲，他挖掘和表现得还是有些不够。具体表现在两个方面，一个方面是，有些地方克海采用了当时社会流行的说法来表达自己笔下人物的思想，缺乏独特性。我想每个人不管怎样普通，应该也有和别人不一样的地方，写小说应该尽力把这些人物不同抓出来，努力去表达。另一个方面是，有些本来很好的、属于自己独特的特色体验，克海没有发挥好，一笔带过，使人非常遗憾。比如《问凤梅》第一段写问凤梅和许多人讲她上大学时父亲送她的情节。克海写道：“报完名，父女俩到西门夜市逛街，父亲买了双袜子，临走时，却又脱下来给了她，自己光脚穿双破皮鞋跳上了公交车。据说，从没有做过公交的父亲，第二站就下来了，那趟车不去火车站。”关于这个情节，我在克海喝高酒的时候听他多次讲过，非常感人，觉得把它写下来，不比《平凡的世界》开头差。而且他多次讲，一定是在心里留下了非常深刻的记忆。但是写到小说中只是寥寥几笔，不会引起人们过多的注意。我不知道克海为什么会这样处理，是觉得在此篇小说中不必过多交代，还是不愿意把人物窘迫的一面过多地暴露给读者？

我想好的素材一定要用心用好，不要白白浪费。真诚是一种美德。读者读每一篇小说都在和作者交流，哪个作者真诚实在，哪个作者虚伪圆滑，哪个作者不负责任，都能从字里行间读出来。而人心又是相通的，甚至每个人心底最柔软的那种东西是一样的，不管他的年龄大小、职位高低、职业怎样。我们不会因为一位读者在作品中真诚表达了他的怯懦、虚伪、卑微而去鄙视他，反而会去更加尊敬他，因为我们从那些阴暗的东西中看到了自己的另一面，而且作者在书写这些不愿意让人看见的弱点时，是在一步步纠正自己、净化自己，也是在净化读者。所以，我希望克海写作时不要犹抱琵琶半遮面，把自己的思想、处境、行为通过笔下人物，实实在在、坦坦荡荡表现出来，像他在喝高酒后和朋友们坦诚的那样。这样的作品我觉得是深入人的灵魂的。

王：我也有相同的感觉。就是克海的小说长于叙述，而相对要轻视描写。但对于小说，尤其是写实类小说，我还是觉得描写非常重要。无论从环境氛围的营造，人物形象的塑造，故事的架构，都需要丰富而生动的描写。其他的，比如从西方传过来的具有现代文体特征的先锋实验小说，可能会有所差别，也有纯叙述的，由于和我们谈的无关，所以就不多讲了。还是回到克海的小说，他的大多数作品都是以写实为主，叙述很流畅，语言感觉很好，也能给人灵魂的震撼。就像你前面列举的这些眼前一亮的语句，都极富感染力和表现力，但感染力和表现力是否能再深入一些呢，再充分一些呢？我想还是可能的。

你谈到了《问凤梅》里父亲送她上学的情节，如果能描写得更充分一些，体量再大一些，可能会更好，更能够发掘出人物当时微妙的心理变化，将读者带入作者营造的情境中去。而不是读了以后，仅仅荡起一点涟漪，很快又因为叙述的转向而让涟漪如此之快地消失。在《清白生活扑面而来》这本小说集中的其他一些篇章中，也同样存在类似的问题。比如《良家女子》，这是我比较偏爱的一篇小说。一个刚出生就因为接生婆不小心而毁容的孩子，成长的家庭环境又是那么恶劣，父亲暴戾猥琐，母亲懦弱蠢笨，虽然在村人的冷眼和磕磕绊绊中算是长成人了，经过整容后也漂亮了，但好运并没有如期光顾，一番折腾之后，终是受不了钞票的诱惑，去洗浴中心做起了推拿女。最戏剧性的情节，应该是黄大智欲图强奸她那一段，她用修脚刀捍卫了自己的尊严和灵魂。然后就是杀人后她的一段经历。这样的故事结构看起来没什么问题，朱丽的形象也立了起来，但我总感觉立得不够稳，好像还欠缺点什么。后来想想，应该是一个字：势。用老套的话来说，就是铺垫充分，爆发点强烈。当然，这两方面是相辅相成的，前面的铺垫做好了，才有后面的爆发。这篇小书里，大的背景铺垫还是相当到位的，朱丽始终挣扎于物质上贫穷和地位卑微的底层，但那颗不羁的年轻的心依然在跃动，所以即便后来去做推拿工作，都有现实的合理性。可是杀人事件作为小说的高潮部分，并没有因此而凸显出来。究其原因，还是没有将此事件前后的“势”造出来，最精彩的部分，被克海用一以贯之的简洁轻快的叙述节奏稀释了。

我想，以克海的功力，本是可以将这一情节描述得更详细，或人物的心理活动，或动作语言，或环境氛围，或其他手法的运用……但不知为什么，克海却放弃了。我想，这应该是造成他小说某种程度上平稳和柔顺的一个重要的原因。如同你所说，“犹抱琵琶半遮面”，想表达的不是表达不出来，而是仿佛有某种顾虑，一旦到那里时，便将口袋收起来。

杨：是。对于一个作家来说，对笔下的人物不仅要爱护关心，更要狠追猛打、严刑逼供，让他把最阴暗、晦涩的东西交代出来，否则满足不了读者的心理需求。这不是说读者都有窥阴癖，而是通过照镜子，可以让自己正衣冠。克海几个小说写到紧要关头，都是笔锋一转，轻轻交代几句收场，在他对笔下人物放松要求的时候，也降低了作品的深度。对于《良家女子》，我也比较喜欢。因为它较深刻地表达了特殊的社会意义，而且里面有克海具有个人特色的叙述和对话，如“她企图跟上去，没想到穿的棉鞋太大，步子还没迈开，鞋就掉了。”“这个社会要的就是光鲜，人人都在做面子工程。”“妈，我是你打了二十几年工，才修补成如今这个样子。”对于这样经过自己思考和观察写出的句子，一看就由不得你不喜欢，如果这样的再多些，再多些……

这篇文章读到朱丽用修脚刀捍卫了自己的尊严和灵魂时，我想起了2009年5月10日，在巴东县野三关镇雄风宾馆梦幻城，服务员邓玉娇用修脚刀刺死镇政府人员，引起全国轰动的事件。这个邓玉娇，恰好是湖北省恩施州人，可以说是克海的老乡。现在打开百度，关于邓玉娇的内容有972000个。把这样的公众事件引入到小说中，不能说不好。从我的阅读经历来看，做得最好的，应该是司汤达的《红与黑》，离我们比较近的，是2001年获得鲁迅文学奖中篇小说奖的《被雨淋湿的河》。自从有了网络，我们和世界的距离一下近了，每天有许多新奇的事情涌入我们的眼界，如果能把这些内容成功地用入小说，那素材真是取之不尽，而且确实能真实地反映时代，但这样做起来太难。克海在尝试，有了开端，我相信他会越做越好。但具体在这篇中，读完之后，我也觉得欠缺了点什么。是什么呢？小说的走向和事实的走向基本一致，克海写道，“连中央台都报道了。真是举世瞩目。最终，朱丽赢了。无罪释放。”邓玉娇呢？邓玉娇为心境障碍（双相），属部分（限定）刑事责任能力。据此，依法判决对邓玉娇免予刑事处罚。作为小说的爆发点，杀人事件很有力度了，但确实如你所说“杀人事件作为小说的高潮部分，并没有因此而凸显出来”。除了“势”的原因，我想细节不充分也是很重要的因素。克海毕竟没有像杜鲁门·卡波特写《冷血》那样，深入实地多次调查，也没有像卡波特那样，通过对两名凶犯心灵状态的深刻剖析和犯罪背景的冷峻挖掘，给真实的灭门血案提供了另一种阅读体验，克海的表达基本和新闻一致。在此，我想应该思索怎样能更好地在小说中书写社会事件？

王：有了好的素材，无论是自己亲身经历的，还是道听途说的，抑或是社会事件，怎样用小说的形式，去将其表现出来，书写出来，让读者产生这样或那样的情感体验，是小说写作的最重要一环，也是最终目标。但在实现这个最终目标之前，小说家要做的事情，应该说还有很多。拿列夫·托尔斯泰的《复活》来说，这就是一部取自于真实社会事件且写得很成功的小说。事情看起来很简单，一个贵族子弟引诱女仆，致她怀孕，却又抛弃了她，然后便是偶然在一起案件中的相逢和赎罪的过程。但在托尔斯泰笔下，却被演绎为一部暴露和批判19世纪社会丑态的现实主义杰作。这其中有几点老生常谈的启示，我想还是有必要说一说。

一是作者从社会事件中是否捕捉到了普通人没有注意的信息，并以此做深入的思考，从而形成有关小说主题的初步设想。二是故事情节和人物要围绕主题展开，当然人物情节必须是符合生活逻辑的，源于生活的。三是线索的安排，一条也好，多条也好，但应该有，且清晰明确。四是结构的安排。五是多种艺术手法的运用。六是语言的表达。这其实就涉及了写实类小说的基本要素。如果以此反观克海的小说，其独特和优长之处非常明显。对普通人灵魂世界的准确把握，对乡村和都市生活的独特体验和感悟，灵活的视角切换和复杂的人性呈现，以及那种具有陈氏风格的，洋溢着鲜明时代特征的，简明而轻快的语言表述。这些绝对是他小说创作的成功之处。正如这本集子的题名，有一种"清白生活迎面扑来"的感觉。

不过，从小说的形式或文体上来看，克海还是有可以继续提升的空间的。其一是如前面所说，"势"也好，细节也罢，都是感觉小说的血肉可以再丰满一些，叙述得或描写得可以再充分一些，这样，读者才会有更好的阅读体验。其二是语言。简明轻快的原生态语言在让克海的小说呈现其个性风貌的同时，也无形中加快了小说的叙述节奏。其实，快节奏无可厚非，但一味的快节奏的确在某些情况下会使情节变得单薄起来，缺乏起伏波折。随之，也会消解小说本应具备的思想深度。是否可以尝试保持主体快节奏的同时，在情节发展的重要部分放慢节奏呢？其三，就是有关叙述的时间跨度问题，是否可以再短一些呢？克海小说的时间跨度其实并不长，两三年，三四年，或大不了像《搭台唱戏》中的王拥军，一直写到他死。但若是中短篇小说，我感觉选取的时间段还是再短些为宜，这样有利于表达的集中和深入。比如选取某个横断面？这方面，杨兄前面谈到的鲁迅就是典型。当然，即便是时间跨度大一些，也完全可以将不同时间段的情节通过“蒙太奇”或其他方法拼接起来。情节也不宜过多，过多就显得分散、平均了。文似看山不喜平，小说亦同。

杨： 好的素材加上好的表现形式无疑会出更好的作品，就是通常所说的“写什么”和“怎么写”，但能把二者很好地合二为一的非常少，就是那些大师们也是偶尔有几篇作品能达到这个要求，这就是文学史上的经典之作。克海显然在做这方面的努力，读他的小说集子，我惊奇地发现克海很少用或基本不用“我想”“XX 认为”“XX 感觉”这样表达主观或内心的词语，他无论表达作品中“我”的想法，还是其他人物的想法，都是直接介入，手起刀落，干净利索，使行文简洁。我觉得这是一种了不起的自觉，或许也算一个“伟大”的创新。

对于小说的节奏和时间的跨度，我倒觉得节奏应该和小说的走向保持一致，就像山间的溪流要和山势道路保持一致一样，有时需要飞流直下，有时则要迂回婉转，做到自然最好。时间应该看如何把握？有的短篇寥寥几千字，可以把一个人的一生讲完，有的一个大部头，只讲了一天的故事，看作者怎样来表达。对于克海来说，他表达的大多是出生卑微，初出校门的年轻人奋斗拼搏的故事，这些人大多经过努力，以失败而告终，但因为他们能坚守底线，追求理想，所以让人感觉失败了还是英雄，像《老人与海》中的圣地亚哥。我认为这种人物的塑造是非常有意义的。它能代表一代一代这样出生卑微的年轻人的奋斗历程。

按：偕杨遥共评克海，虽是兄弟，但须得先撇开兄弟情谊。偏不偏，倚不倚，自有文章说话。

杨晋林小说《柔毛之过》的素与荤

《柔毛之过》原是叫《寻羊记》的，我猜想。因为在黄风老师转给我这篇小说的邮件标题上赫然就是“寻羊记”，且从情节发展来看，谓之“寻羊记”，也未尝不可。为什么又改为“柔毛之过”呢，杨晋林在创作谈中引《礼记》云：“凡祭宗庙之礼……羊曰柔毛。”可见，作者在标题上还是费了不少心思。而标题中的那个“过”，无疑点明了小说的意旨所向。——名曰羊之过，实非羊之过。

如此看来，那过错就不在羊，而在人了。何老四丢了羊，整整三十六只，这可是个大数目，几乎将他的身家性命都要赔了去，怎能心中不生恨呢？他第一个恨的就是那偷羊贼。是谁，可以慢慢查，总之，他没把怀疑的对象放在羊身上（羊自己跑了），而是直接怀疑起人来。这说明，何老四寻羊的过程，其实质是在寻人。寻人的善恶，寻人的美丑，寻人的真伪，寻人在柔弱的羊面前究竟是素，还是荤。

结果很明了，在一番起承转合、风云动荡之后，偷羊贼找到了，却不在何老四臆想的嫌疑人之列，何老四的恨也戛然而止。小说到此打住，但小说留给我们的却是对乡村社会生态的再审视和再确认。

城市和乡村的话题由来已久。自改革开放始，乡村在工业化进程中的质地和成色越来越弱，也是不争的事实。反映在文学作品中，对昔日乡村的美好回忆和对当下乡土现状的不满便相互扭结，衍生出丰富而庞大的“乡土文学”景观。于是，“祭奠乡村”成为一个经久不衰的主题来源。照此轨迹，

《柔毛之过》也同样未出其右，或更甚之。原生态的淳朴和善良被物质的功利主义吞噬殆尽，无论是主角还是看客，均处于扭曲而不自知、堕落而不自省的浑浑噩噩之中。相比于城市，乡村反而更肮脏，更下作，更为人所不齿。而这一切的归因，又直接或间接地指向城市。仿佛没有城市化带来的种种恶，乡村便不会产生让人如此触目惊心的畸变和沦落。这样的主题设置，有其合理的一面，即“小国寡民”、自给自足的乡村土壤在商品经济冲击下迅速发酵，乃至呈现出溃败的迹象。但其不合理的一面，也显而易见。依附于土地的经济形态的溃败是否一定会导致乡村那种朴素的生活状态尤其是人性的扭曲和泯灭？况且，这里还有个前提，即乡村在未受到城市文明浸染前，其生活状态确如某些人所言，有一种如清涟般纯净的自然底色。而事实上，当我们透过笼罩在乡村上空的袅袅炊烟，去努力追溯时，会发现，过去的乡村也远非那样美好。那里同样存在着欲望、争斗、狡诈和不公，且在某些方面，其尖锐程度一点不比城市逊色。之所以会让我们产生错觉，更可能是由于对既有状态的不满，而对乡村过往的陌生化憧憬或想象。这样的心理本无可厚非，正如初入社会后遭遇种种不如意，会本能地怀念起学生时代，但细想起来，学生时代无休止的背书和考试，不是也曾经折磨过我们的身心吗？所以，作为人类社会的两个横断面，乡村和城市在人性上孰优孰劣，本就是一个子虚乌有的命题，如果说城市对乡村有所改变的话，更多的恐怕是乡村社会结构及随之而来的观念意识的变化。请注意，这里所说的观念意识远比人性的范畴更大，也更为复杂，它是知识、视野、思维、心理、文化传统、价值观等因素的综合体，人性仅仅是其中的一个方面。而且就人性本身而言，乡村和城市的交集只能是双向流动的过程，其中也并不存在善或恶的单向输出问题。否则便不能理解，为什么植根于乡村的所谓“小农意识”会很快适应城市的土壤，而演变为“小市民”。淮南为橘，淮北为枳，物种有异，其“劣根”犹同。反之亦然。因此，许多成功叙写乡村的小说作品，并非纠结于人性之一端，而是以更为宏大切实的人文视野去观照乡村变化的。即便是祭奠，其底蕴之深厚，又怎一个“人性”了得？

回到《柔毛之过》，我并不是在否认这篇小说的价值，而是对作者的写作初衷不敢苟同罢了。作者在创作谈中所期许的“实在是文学应该纪念和呼唤被乡村永远遗弃掉的良善、良知与心心相印的赤诚”，这一想法本身便存在诸多值得商榷的地方，至于是哪些方面，前文已述，此不赘。基于此，我更愿意将作者的初衷与最终的文本分开来看，也就是说，他是这么想的，但他呈现给我们的却是另一番图景。不是“良善、良知与心心相印的赤诚”的被遗弃，而是存在于乡民固有意识中的某种“丑”的放大和确证。

从这个角度出发，何老四的种种行为便有了发作的依据，其前后的表现可谓自私贪婪一以贯之。丢羊前，任凭自家的羊去啃噬别人的庄稼而不管不顾，别人找上门来还极力狡辩、抵赖；养的是整个凤台村最值钱的羊，却还要申请低保，低保不得，便翻脸不认人，行告发之能事。丢羊后，原本对人爱理不睬、死猪不怕开水烫的他，竟然态度突变，向人假惺惺示起好来；一旦发现示好无果，便立刻恢复本来面目，说风凉话，撒泼耍横，无所不用其极，乃至发展到在何一平家门口“静坐示威”。总归一个目的，就是利益至上，正当不正当的都要揽过来。在何老四的心目中，能够信任的只有他的羊和他自己，除此之外，别无其他。这就为小说最后的戏剧性转折打下了一个楔子，而且这个楔子始终萦绕在故事的每一个角落，拷问着何老四，拷问着凤台村民，也拷问着乡村社会的世态人心。村还是那个村，村里还是那些人、那些事，但事却因为人和人之间极度的不信任，而走上了几乎无可挽回的境地。由此，存在于乡民意识中的那种根深蒂固的“小”在丢羊事件中被拉伸到极致。

应该说，这是小说最出彩的地方。它以一种带有明显时代特征的方式，撕开了我们不忍直视的乡村现状，同时也警醒世人，乡村道德的重建已刻不容缓。不过，这种重建并非是让我们回到过去，回到我们凭想象虚构的净土中去，而是在时代的前进中重新找回信任的支点。

《柔毛之过》的语言是家常的，朴实的，顺溜的，作者在铺陈故事时，也能够实现自然的转换和过渡。叙述节奏也把握得非常好，不疾不徐，尤其是对何老四丢羊后的几处描写，不乏生花之笔，准确地刻画了主人公愤怒、沮丧而又心怀一线希望的情绪特点。其自私、霸道，甚至偏执的有些可爱的复杂性格也得到了有力的呈现。一个立体的何老四形象跃然纸上。这不能不说是作者扎实的叙述功底所致。

然而，从整篇小说的情节结构来看，尚有一些不足之处。

首先是悬念的设置与收煞。包袱是抛出去了：何老四丢羊而找羊，想找羊就得先找到偷羊贼。在排除了相关人等后，最大的嫌疑人便是何一平。这应该是作者精心钩织此悬念的初衷，如此一来，方能一步步将读者的目光吸引到何一平身上，到最后抖包袱时，产生意想不到的戏剧化效果。但老实说，读者在阅读时，可能不会产生如许的快感。因为作者在小说开头交代得很清楚，何老四是“把何一平撬下台的功臣”，丢羊当夜正是何老四被新上任的村主任张科长小范围宴请，喝得烂醉如泥之时。谁的嫌疑最大，一目了然。何老四又何必费尽周折去别人家寻羊，最后才想到是何一平呢？即便何老四糊涂了，读者恐怕也早已猜到了水落石出之前的情景——何老四一定会与何一平大闹一场。甚至会猜到包袱里最终藏的是什么——偷羊贼绝不会是何一平。读者只要有一定的阅读量和审美经验，一般都会有此判断，阅读的兴趣自然要大打折扣。

设想的戏剧性没有达到理想的效果，说明情节的设置出现了问题。若将村主任换届与何老四喝醉的原因置于何老四排查众人之后、怀疑何一平之前，是否更好一些呢？一上来就是何老四醉酒醒来，羊丢了，或者更能激发读者的阅读兴趣？

其次是因果逻辑的问题。小说的某些情节缺乏内在的合理性，显得牵强、突兀，前后矛盾。比如起始处讲何一平没被选上村主任，却“乐呵呵的，逢人便说早就不想干了，都当腻了，瞌睡正好给了个枕头”，反而是新上任的张科长“心事重重，一脸凝重，让人陡生前途未卜的担忧”，但从二人后来的表现看，似乎并没有什么确凿的行为依据。能搜寻到的事实恰恰与此大相径庭。何一平去饭店用餐不仅享受不到曾经的“霸王餐”待遇，还要被老板催账；牌桌上的运气也大不如前；家里也有人成心找他的麻烦。总之是“受不了”。而张科长则是“笑逐颜开气定神闲”，还时不时与月月暧昧调情一番。

说到与月月调情，小说中共出现两次。一次是何老四求张科长帮他找羊，张科长很不耐烦，随后当着何老四的面拨通电话，与月月聊起来，还温柔地唤“月月呀，你甭催我嘛……”另一次是张科长与众街坊齐聚在何老四家的院子里商量破案，有人责备新班子没有搞好治安，被张科长听到了，他一边大着嗓门驳斥，一边还有工夫接月月的电话，月月长月月短的，仿佛根本不在乎旁人会猜疑。一个新上任的村主任，竟能如此淡定，似有违常理。

最令人感到费解的是，何老四到处找羊的当口，何一平恰好在自家玉米地里捡到一只羊。“他当时也疑心是何老四家的，可他没把结果往坏处去考虑，冒冒失失就牵了回来。”这就有些蹊跷了，按理说，何老四丢羊的事在村里已经闹得沸沸扬扬，无人不知，无人不晓。而且何老四的羊是波尔山羊，特征明显，在村里也是独此一家，嗅觉灵敏的何一平一看到羊，就应该想到是谁的，怎么可能只是“疑心”？疑心也就罢了，还不考虑结果，“冒冒失失”牵回家；牵回家也就罢了，也不知道去问问何老四是不是他丢的。要知道，何老四可是村里有名的“刺头”，而且辈分上又是他的本家四叔，这闹将起来可了不得。再说，他何一平把羊拴到自家院子里，又不去确认失主，不是明摆着告诉大家他有最大的嫌疑吗？曾经当过村干部的何一平不可能不考虑到这些，更不可能犯如此低级的错误。这只能说明，作者在情节叙述过程中无意间忽略了某些具体而微的内在关联，虽是无意，对文本的伤害却是显而易见的。

作者在创作谈中说，羊被他的乡党称为“菜”，“既然是菜，就有了素食的意味，但它分明又是不折不扣的荤腥之物，区分二者的界限最终取决于人的主观判断”。同理，小说《柔毛之过》中有素也有荤，是否分辨清楚，我不敢妄断。或许嘈嘈之言，有一两处可取，便感欣然，余下荤腥尽可弃之。最后，唯愿作者能创作出更好的作品。

按：这是完整版，晋林先生勿怪。

从阿 Q 到疤瘌四
——话说张全友的小说《仿佛》

话说张全友的《仿佛》？我写文章喜欢先起好标题，如果说有什么缘由，那大概是名正才能言顺吧。其实我想用“画说”来，因为在小说《仿佛》里，乡村漫画家刘德朴是把主人公疤瘌四当他绘画的素材来看待的，在他的眼里，疤瘌四左看右看都有几分滑稽和喜剧的色彩。我想，这也应该是我们读这篇小说时的观照角度。你不能把疤瘌四仅仅当作个人，应该当作一个小丑或其他什么，比如刘家坳村民所认为的“一头猪，抑或就是一条狗”。当然，这都需要一个前提，就是“仿佛”，仿佛是一个小丑，仿佛是一头猪或一条狗。谁都知道这不是真的，可对“真”这个判断仅仅是出于形态上的吗？我看未必。卓别林饰演了那么多小丑，他意图表现的自然不是小丑本身，而是小丑形象给我们带来的精神上的戳刺与反思。张全友塑造的疤瘌四同样如此。

疤瘌四是个什么样的人呢？小说里有详细的描述，总之就是丑陋、懒惰、穷困、肮脏，不招人待见的那种。在刘家坳人眼里，可有可无。就这么一个人成了刘德朴心心念念的“模特”，非要跟踪下去，完成对他的整体描摹不可。这当然是作者的刻意，有了刘德朴，就有讲下去的可能；有了刘德朴，就有了坦然出入戏里戏外的余裕。接下去的故事也的确是这么写的，疤瘌四从咸鱼翻身到被打回原形，无时无刻没有刘德朴的存在，他就像一个幽灵观察着疤瘌四的一举一动。而在刘德朴身后隐藏的则是作者本人，当刘德朴的内视角无法尽述事情的真相或人物的内心活动时，叙述者便毫不犹豫地跳出来。这样的叙述方式究竟好不好先不论，但疤瘌四这个人物形象被较为成功地塑造出来，却是毋庸置疑的。

看到疤瘌四，我自然就想起了阿Q，这是一种心理暗示，或可称为心理感应。因为疤瘌四和阿Q实在是太像了，从外貌到神态以及他们的心理和行为，活脱脱就是阿Q玩儿了场时空穿越。阿Q生活在赵庄的最底层，疤瘌四也是刘家坳最让人瞧不起的一位。阿Q闹革命是为了作威作福，得到财产和女人，外带在别人头上拉屎；疤瘌四领着村民去修公路挣钱，也是为了当村主任，得到权力，再娶个漂亮女人生一堆孩子。阿Q自轻自贱，被别人侮辱了奚落了，还自欺欺人一番，“儿子打老子”；疤瘌四为了讨好领导，照样是被拨拉进半米深的土坑里，还能笑眯眯地像什么也没发生……

这又是一种刻意，就连“疤瘌四”这个诨名，都似乎与阿Q头上的瘌痢疮具有某种“互文性”的联系。那么，作者在塑造疤瘌四这个人物形象时，是在刻意模仿阿Q喽？是也不是。

作为中国文学长廊中的经典艺术形象，鲁迅笔下的阿Q和他的精神胜利法是对国民劣根性的一次充分展示和无情解剖。阿Q精神的普遍性，不仅仅在空间范围上，也同样在时间延续上，具有其深广的现实意义。这一论断是凡具有一定文学史知识的人都知道的，张全友自然心知肚明，他在创作《仿佛》时，也一定考虑过这点，而且考虑得相当透彻。所以他才敢触碰别人看来几乎是不可逾越的类似阿Q这样的形象。这样做不仅不讨巧，而且是很笨拙的。但笨拙不等于就做不好。事实上，张全友做得很是成功。通过疤瘌四，作者首先将我们引入的是对阿Q形象特征的思维定式中，嗯，这个疤瘌四很像阿Q。但像着像着，却又渐渐地不像起来，生出了另一些独有的性格特征。由此，疤瘌四形象既依附于阿Q，又在依附的过程中独立起来，并最终成为一个全新的人物形象。这就对了，张全友的狡黠获得了他期待的回报。

为什么说疤瘌四是个全新的人物形象呢？是因为他与阿Q除了前文所述的极端相似性之外，还有很大的性格差异性。

首先是他出于本性的善良。阿Q也有善良的一面，但阿Q的善良早在被人一再欺辱的境地中丧失殆尽，每天总想着自己哪天大发了，把别人踩在脚下。疤瘌四就不一样，最能体现他善良的一面就是丘老犵被狱霸欺负时挺身而出，替丘老犵喝尿的那一幕。因此，丘老犵也记下了他的好，才有后面当副乡长后给他揽工程的事儿。其他还有，比如不计前嫌，安慰家有病重老母、上学儿女的困难户刘文强的那席话，也是动了真情的："有我刘治国一口饭吃，就有你刘文强的一口。"如果说这话尚有笼络的嫌疑，那么疤瘌四在给刘文强的工钱中多加了一百元，作为给刘母看病的"一点心意"，便完全是发自于内心的怜悯了。试想，就算不给这一百元，疤瘌四对刘文强的拉拢已经铺垫得十分充分了，又何必画蛇添足？这只能说明疤瘌四对与自己处于同等境遇的穷苦人还是抱着天然朴素的同情之心的。

其次是疤瘌四做人做事的执着。带领村民去乡里做工挣钱本是好事，但由于疤瘌四平时给人留下的龌龊印象，没人愿意相信他。可疤瘌四并没有气馁，即便被刘文强和刘德山拒之于门外，也依然不为所动，硬是从羊倌二文生那里打开了突破口。小说中描写疤瘌四动员二文生那段儿用的笔墨最多，也最生动。疤瘌四先是用"女人多"来引诱二文生，一看不奏效，就采取"黏糊"战略，二文生到哪儿就跟到哪儿，没想到二文生不吃这一套，还用土块儿砸他。即便这样，他也没有放弃，紧接着就是激将法，把二文生哄到大路上，来了一着商鞅"立木为信"的策略，终于使二文生就范。疤瘌四这也算是百折不挠了。而阿Q呢，一遇到点小困难就退缩，仅仅说了声自己姓赵，被赵老太爷训斥一番，便不敢作声了。

再次是疤瘌四翻身做主的目的与阿Q不同。表面上似乎都是大富大贵、权势女人一类。但从深层看，阿Q的梦想是自私自利的。他对财产和女人的取得，更像是一场报复性的劫掠，待占为己有后便行欺压之能事。到疤瘌四这里，则纯洁了许多，也复杂了许多。除了能获取久违的尊严，有名有姓、光明正大地叫"刘治国"外，还要有所大宅子，娶上个媳妇为他生儿育女，再带领村民发家致富，过上好日子，做一个回报乡里、人人称许的村主任。其实，疤瘌四能有这样的想法，完全是正当的，合理的。北方农村有句俗语："老婆孩子热炕头。"作为一名乡村男性，疤瘌四的要求并不过分，而且在他的潜意识中，还遵循着"君子爱财，取之有道"的原则。在向权力靠拢的过程中，他也不愿，事实上也并没有伤害到任何人，反而是那些跟着他做工的村民获得了实实在在的好处。这样看来，疤瘌四是越发可爱了。

从对女人的态度中，也可看出疤瘌四胜于阿Q之处。阿Q对女人无非是作为发泄欲望和传宗接代的工具，跪下求吴妈和他"困觉"的举动明显暴露出他寻求解决生理需求的欲望有多么迫切。疤瘌四虽然也长久处于性苦闷中，也希望有个女人为他洗衣做饭生儿育女，但他对女人的爱慕与向往是站在平等、尊重的基础上的。在他的心理意识中，女人于他更多的是一种心灵的慰藉和自尊心的满足。用他的话说："这才像个男人。"由此，我们也就能理解为什么疤痢四费尽心机选择傍晚时分转到刘银兰家后，却仅仅是送工钱了事，甚至连在刘银兰家坐坐都没有勇气。他不是不喜欢刘银兰，也不是没有乘人之危的想法，但事到临头，理智还是战胜了情感："我要娶一个像刘银兰一样的女人。""像"，而非"是"，这说明疤痢四并不愿突破道德底线，人性的良知使他对刘银兰的爱慕得到了某种升华和转移。在疤痢四看来，刘银兰是美的，不容玷污的；在我们看来，疤痢四也同样是美的，他美在心灵。

此外，疤痢四对尊严极其看重，而且敢于用实际行动来维护自己的尊严。阿Q也看重尊严，但阿Q是用精神胜利法取得虚假的尊严。疤痢四则不同，他要的是实实在在的尊严。在与刘德朴的几次照面中，均显示了这一点。最强烈的一次莫过于刘德朴略带几分挖苦地奚落疤痢四长得丑、做村主任的白日梦时，瘦小的疤痢四面对高大的刘德朴竟做出了一个惊人的举动：死命地卡住刘德朴的脖子不放。疤痢四梦想中的尊严已无法用正常的手段取得，他只能用这样的方式维护那点作为人的最起码的尊严。

疤痢四是有弱点，相貌丑陋，官欲强烈，趋炎附势，有时还爱做些不切实际的幻想。但疤痢四的底色却是纯净的，是真善美的。与他比较起来，反倒是那些一向视他为草芥的村民显露出狭隘、自私、胆怯，苟且、懦弱，唯权唯钱是从的小农特征。这其中被疤痢四尊为心中圣女形象的刘银兰可作为代表，当听说疤痢四帮大家取回工程款来时，她的情感天平立即发生了倾斜："瞧瞧人家疤痢四，这样的人才是男人。""自己怎么就偏偏找下个窝囊废做了丈夫？"虽是一时的气话，却道出了刘银兰内心男人的标准，那就是有本事搞来钱。

说到钱，作者在小说中多次提出这样的疑问：人在钱面前真的还不如狗？看似困惑，实则另有所指。其一，是为疤痢四这个人物形象的塑造做注脚，在村民眼里疤痢四是猪，是狗，其实他们自己才是，是在钱面前宁愿放弃尊严、摇尾乞怜的狗。他们与疤痢四不仅无法比肩，而且要调个个儿。其二则包含了对当下农村现状的不满与愤懑。尽管小说中对此的描述占次要地位，却有力地反衬了疤痢四精神世界的高尚与淳朴。正是乡村社会普遍被权力和金钱主宰着的现实，使疤瘌四这个人物形象光耀夺目起来，在惨淡、荒芜的土地上闪过一丝亮色。

因此，作者是将疤瘌四看作改变农村凋敝、功利现状的领路人来塑造的，在他的身上，饱含了作者痛切而又美好的期许。是的，疤瘌四的梦破灭了，但他完成了展现乡村社会生态的使命。村主任刘翔的回归或许将是一个新的开始。

至此我才仿佛明白了作者之所以将这篇小说命名为《仿佛》的原因。仿佛就是像，疤瘌四像阿Q，像猪，像狗，像男人，像领导，像给刘德朴漫画准备的模特，但却都不是。难怪刘德朴到最后也没有完成画稿，一个最丑的人却包含如此丰富的“内情和故事”，岂是他这个靠“丑化人物”出名的漫画家能刻画出来的？

按：与全友老兄谋过一面，时间在这篇评论发表后。

苏二花的《秘密》与小说技术化的界限

苏二花的小说没怎么读过，只记得有一次翻《雁门关》杂志，上面好像有她的一篇。标题忘了，大概是讲农村一个妇女偷汉子的事，本就是流言蜚语，因为误传和添油加醋，当事人被丈夫质问，一气之下喝了农药自杀，最终也没救过来。丈夫自然是悔不该误听传言，悲痛欲绝。这样一个故事，篇幅是很短小的，但写得入情入理，有意味。将当下乡村社会中那种人与人的隔膜与不信任通过一个极小的事件，进行了非常生动的描摹。因为有前述这篇小说的印象，所以读了她的中篇《秘密》之后，我怎么也转不过弯儿来。因为前者从结构上说，是单线单事，语言也很乡土化；到了《秘密》中，似乎一下子变了样。单线之下添了几条副线，写的又是城市，又是复仇，语言运用尽显工业时代的圆熟，几乎不见那种笨拙却鲜活的泥土气息。我这样说，当然不是对《秘密》持否定态度，只是想借此探讨一下，在小说技术化盛行的今天，小说如何掌握技术化的界限问题。

其实，从广义上讲，技术化从小说诞生始便出现了。任何小说，作者都要或多或少考虑到叙事的技巧，即便是说书艺人的舞台表演，他也要时时忖度听众的胃口，吸引听众是他的首要任务。所以才出现埋伏笔了，抖包袱了，情节的曲折回环了等等。西方一开始流行的所谓最贴近最真实描摹生活的“自然主义”，其描摹本身也是一种技巧。因此，我们只能说，伴随文学的发展，文学作品的表现手法（或可称技术手段）越来越丰富，丰富到一定程度，副产品也多了起来。其中之一便是过分强调怎么写，20 世纪 90 年代小说文体的众声喧哗是实验性质的，到了新世纪虽然回归写实成为主流，可在写实这一亩三分地，又衍生出了向影视叙事靠拢的技术写实派。这种所谓的技术写实，也是基于写实，但往往会迁就读者的阅读观感，不仅将故事写得离奇曲折，还采用了大量影视技法。比如我们所熟知的蒙太奇，王朔在20世纪90年代创作的某些小说中就用得很多。影视技法该不该用，这本不是什么问题，时代发展了，小说的形式完全可以是多元化的。问题的关键在于，是以形式为主，还是以内容或思想的深度为主。相信谁都会选择后者。那么，是不是所有的小说内容都适合影视叙事这种套路呢？或者说，小说作为独立的文学体裁，所要表现的生命体认和人文关怀到底要不要趋向影视叙事才能解决？如果要，那到一个什么样的程度就够了？

可以说，上述的困惑，已经有许多人探讨过。我这里只想说明自己的观点：小说就是小说，无论你采用多少表现手法或技术手段，都应服务于小说的内核，即小说的思想内容。因文害意，是最要不得的。影视技法的确在某些时候能为小说增色，但它绝不能成为负累，乃至割裂或破坏小说文本。

回到苏二花的小说《秘密》，她的写作指向其实很明确，那就是深藏于主人公内心的，对关怀、温暖这类属于普通人庸常幸福的向往。作者给她取名为“爱美”，大概也正是此意。可是爱“美”，却不一定能得到“美”，经过九年的漂泊流浪，历经侮辱和复仇的煎熬，她才从幼稚走向了成熟，最终回归家庭，得到了期盼已久的幸福。那么在这九年里，又发生了什么呢？与母亲吵架—离家出走—被胡哥奸污—寻机复仇—胡哥因火并而丧命—返回当年离开的城市。这其中又岔开一些旁枝，如遭强奸后与诊所小陈的邂逅及情感纠葛。还有为报复未施援手的出租车司机王长禄，而对他的女儿下手，在下手的出租车上又被正义感极强的司机高伟阻拦……

明线是复仇，暗线是秘密。秘密是在复仇的过程中逐渐清晰和被主人公愈来愈强烈地意识到的。

第一次是爱美坐在楼顶的天台向下俯视，目睹歹徒残忍地杀害抱着婴孩的母亲，而父亲则发疯一样亲吻安抚孩子时的可怜与无助。这个事件既加深了爱美对世界的仇视和疏离，又让她隐约感受到了亲情的可贵。第二次是长期跟踪的王长禄接回女儿后，一家人由争吵背叛走向了正常温馨的轨道。王长禄懦弱猥琐的形象也随之改观，“逐渐像模像样起来”，并且有了“像模像样的尊严”。这时候，爱美的内心虽有所触动，但终因复仇心切，一闪即逝。第三次是高伟阻止爱美行凶后，爱美下意识地跟踪高伟，看到高伟一家其乐融融的场面时，爱美顿时“脸红心跳”，她久已被仇恨吞噬殆尽的初心，一下子复活了，对生活的看法也开始变得温情起来，接纳小陈便是极明显的转变。第四次则是小陈不顾自己有伤，给爱美包扎处理伤口，让她在感动之余初尝爱情的美好。不过，这些都只是量上的积累，远没有彻底扭转爱美对生活的态度。胡哥存在一天，她心上的伤口，就一天无法愈合。当胡哥阴差阳错被同道杀害后，她才从胡哥空洞洞的眼里发现了这个一直以来似有似无却始终无法确认的秘密。那就是一个人对安定生活的向往和憧憬。在这一点上，复仇者和被复仇者殊途同归。

苏二花兜了个大圈，其实就是想要表达这样一个看来稀松平常却是许多人都难以企及的生活目标。为此，她在小说中糅合了现今商业电影中多种吸睛元素，比如未婚先孕、单亲、强奸、凶杀、偷情、复仇、黑社会等。无疑，这些向影视剧致敬的情节片段，再加上极富镜头感的桥段剪辑，让小说的故事讲述变得波澜起伏、扣人心弦，有时候在阅读过程中甚至会被叙述本身所迷惑，仿佛在观看一部商业大片。这样一种幻觉的出现，有赖于作者纯熟的技术化处理方式。但也正是由于这种技术先行的特征过于明显，读完全篇后，反而给人一种拥塞堆砌之感，虽不能用极端的“拼凑”二字来形容，但也相差不远。可能有人会问：为什么这么说，要知道“拼凑”这个词是很重的，可能毁掉作者继续写作的信心。我倒不这么认为。对于苏二花来讲，我相信她是希望改变以前的风格（如前面所提到的那种极具乡土味道的慢节奏的叙事），而找到一条新路。其实路子本身并没有对错之分，只不过在寻求用纯净的书面语言表现一个她不是很熟悉的生存领域时，出现了少许的偏差。这其中最主要的便是对影视叙述元素和创作技法的借鉴过多，多了就显生硬，不够灵活。导致小说表面上炫酷无比，内容上却略输了深度和力度。这方面恰恰是作者在以后的写作中应该注意和思考的地方。

当然，《秘密》这篇小说也有值得称道之处。我最欣赏处有三，其一是开头爱美和母亲分道扬镳的过程，刻画得极其老到。其二是爱美去洗浴中心当服务员，寻机杀死胡哥的两次惊心动魄的经历。其三就是前面所说的，秘密在爱美心中由隐到显的情节铺垫和爱美自身的微妙心理变化。从中也可看到作者扎实的写作功底。如果将这几部分分开来写，完全可以独立成篇，而且每一篇都会是很精彩的小说。但可惜的是，当它们衔接起来，再开枝散叶、旁逸斜出后，就有堆砌拼凑之嫌了。我想之所以会这样，应该与作者未能掌握小说技术化的界限有关。

在这方面，我倒是有几句多余的话。当今评判小说的标准，早已悄然向戏剧化、类型化转移。很多人不再关注小说的内涵和审美趣味，也不再为纯粹的小说写作呐喊助威，而是将目光集中到了故事本身，故事讲得是否精彩，是否离奇，成了判断小说优劣的唯一标准或主要标准。许多纯文学刊物的编辑也倾向于选择那种一开始就容易吸引人的小说优先发表。这给一些有志于小说创作的作者起到了某种误导性的示范作用，使他们无所适从，既想坚守纯文学写作阵地，又有意无意地和通俗写作相媾和。虽然我们不能说小说的技术化写作就一定产生不了好小说，但仍应该警惕这种倾向，尤其是纯技术化写作对小说精神价值的戕害。因为任何对小说所应该蕴含的人性观照和理性精神的戕害都是对人类灵魂本身的戕害。

按：小说技术化的问题还有申发空间，能让我关注于此，得感谢苏女士。

从小就是一生
——曹向荣《四月花》的浪漫主义诉求

无疑，这是一篇爱情小说。

在这个时代，像曹向荣这样汲汲于写如此纯粹爱情的人已经不多了。大家都想写出爱情的跌宕和曲折、奇诡和新鲜，越是不重样，越是不可复制，就越能产生围观效应。能不能写成是一回事，至少作者自己是这么想的。从读者的阅读接受角度讲，这也无可厚非，猎奇从来都是人类的天性。一个能够在无数人身上重复的爱情故事，又怎会挑起众人已然钝化的神经？前几年，站到女生楼下或广场上，单膝跪地，捧束玫瑰，大声喊“我爱你”“嫁给我吧”的求爱或求婚方式刚出现时，尚能让吃瓜群众激动加兴奋好半天，可现在呢，见怪不怪，该干吗干吗去，就剩下助威的亲友团声嘶力竭了。

可见，爱情注重的是保鲜，不仅保的是内容，也在保形式。

爱情小说的写作也是如此。不过，曹向荣聪明的一点是，在大家追逐形式时，她却反其道而为之，不经意间回归了，回到了那种老旧的形式，那种只需娓娓道来，不掺杂任何“形式主义”的形式（请注意：这里所说的“形式主义”指的是叙述内容的花样，而非下文所分析的文体形式）。应该说，这正是这篇小说区别于其他爱情书写的一种看似笨拙，却自有其门道的特征。

这个特征是什么呢？是慢。慢得让你仿佛整个四月间都在盯一朵花，等待它缓缓开放，又见证着它的凋谢和败落。是的，正是这样，从“你”十一岁一直写到三十九岁与“他”分别的那个微雨的早晨，其间虽有作者对时空措置的刻意，但我们还是能明显感觉到一条连贯起来的线。这条线与其说是关于年龄、关于阅历、关于对爱的体验和理解，不如说是爱情对自我本质的叙述和解释。这就涉及哲学的范畴了。作者似乎无意于讲述故事，或者说她笔下的故事仅仅是作为证明其爱情哲学的可有可无的载体罢了，她完全可以用另一个故事来自如替换，而丝毫不影响读者对她意图的理解。这样做有一个好处，就是更为直接地触及到了小说的内核，其不足处则是减弱了小说给读者带来的陌生化效果。

那么，是不是说陌生化效果的匮乏，就一定是失败了呢？我看也不尽然。属于爱情本身的质素其实并非如我们想象的那么丰富，爱或者不爱，以及由此而产生的生理或心理的反应，就这么多，形式再精巧也逃不脱爱情本身给它划定的范围和规束。而曹向荣正是想通过一种最普通的述说，来完成对爱情的某种诠释。这有点像茨威格的小说《一个陌生女人的来信》，那个陌生的女人从头至尾都在倾诉着对作家 R 的爱，从她第一次和作家撞个满怀，到她在羞辱和痛苦中义无反顾地离开，其间发生的也只不过是没有多少波澜的“简单爱”而已，可是这简单的爱之下，却饱含着一个女人所有对爱情的想象和近乎无条件付出的痴情和执着。如果从这个角度看，曹向荣的《四月花》便有了它存在的意义，或者可以说，它是在中国语境下书写的另一篇《一个陌生女人的来信》。

简单类比，可能是有些唐突了。而且，我也不想这么草率地下结论，不过诸君把上述文字当个引子来读，也未尝不可。

接下来，我想走入另一个分析的维度，就是这篇《四月花》会带给我们什么。除了慢，它还有哪些特征是值得我们注意的。

第一个特征是人称。作者采用了第二人称的叙述方式。更准确地说，是第二人称的内视角。西方结构主义批评家特别擅长对叙述视角的研究，这里借用术语“内视角”，并不是想大谈特谈我那点儿可怜的西方文论知识，只是想说明《四月花》这个小说文本具有某种实验化的倾向，而作者对第二人称内视角的运用，也的确是比较符合所述内容的。内视角，说白了，就是能深入到主人公的内在心理去表现从行为上无法直接感知的情感。而“你”这个第二人称，其实并没有多少实质性的意义，至少在《四月花》中，它完全可以与第一人称“我”画等号。我想，作者作为叙述人，应该是不愿意和女主人公“你”走得太近，她宁愿和“你”保持适当的距离，以便更自如地以旁观者的角色介入到“你”和“他”的交往过程的叙述中。拗口了不是？简单说，就是有这么一个爱情故事，讲述者给你讲时，不想让你误会就是发生在他自己身上的，也不想让你以为完全是他道听途说的，因为这里面也有一些他自己的爱情经历或感受。那怎么办？最稳妥的就是让你感觉似是而非。这样一来，你便愿意坐下来静静地听他述说，而不是敷衍了事。

因为有了第二人称的叙述视角，文本和读者之间就产生了一定的暧昧性，再加上文本内容氤氲漫漶的暧昧性，双重暧昧交杂在一起，便生出一种独特的阅读体验。你、他、叙述者和读者之间被拉近了距离。

第二个特征是镜头化。我们在小说中看到的是一个个慢镜头的切换，十一岁时在乡村生活的“你”，十五岁时与人订婚的“你”，与丈夫过平淡日子的“你”，三十九岁时遇到“他”并与“他”交往的“你”。“你”格格不入，“你”不愿像普通的农村女孩一样，重复上一辈庸常劳碌的生活，“你”心怀对未来的浪漫期许，“你”接受父母安排的婚姻却总是放不下尚处于少女阶段的那颗悸动的心。“你”遇到“他”之后，那颗心开始蠢蠢欲动，你们心照不宣地交往，感情上升，然后又无奈地分离。

徜徉在一个个镜头中的“你”完成了蜕变，而爱情终究还是远去。到最后“你”都分不清在这场看似爱情的故事里，“你”究竟处于什么位置，“他”也同样如此。

如果将慢镜头回放会发生什么呢？我们会看到镜头里的“你”呈现的是一种线性的自然写真状态，也就是说，这场爱不是偶然发生的，它的萌芽来自于女主人公的童年，来自于自己是家中的独女，又偏偏在几乎家家都有两三个孩子的农村长大的环境。这就更滋长了女主人公的叛逆性。小时候是喜欢安静，不合群；长成少女后，是对乡村日常生活的本能疏离；结婚后，是对无爱婚姻的淡漠。所以，与“他”的邂逅也便成为这种叛逆在感情上水到渠成的体现和爆发。

作者的镜头化处理，给我们提供的便是这种通过他者来寻求自我确证和救赎的历程。可以说，作者是将童年的浪漫化想象延续到了成人世界，本质上，女主人公仍旧活在童年的幻梦中。所以，一旦触碰到坚硬的成人世界，这场刚刚泛出些色彩的爱情，自然会无疾而终。

第三个特征是插叙和倒叙。小说的主体结构是男女主人公在学校进修时的交往，其中有很多处都穿插叙述了在他们交往之前女主人公的生活状态。

当然，这不是无的放矢，正如上文所言，作者是在提醒我们，一切都是其来有自的，有果必有其因，而且因果映现的往往可能是一个人的一生。在小说中，作者也说："有些事情，从小就是一生。"这句话非常具有哲理性，它也完全可以作为这篇小说当之无愧的主题。而穿插叙述则为这一主题贡献了它所有的能量。

从小就是一生？这不是偏离了我们刚才言之凿凿的爱情主题吗？是也不是。作者当然是在写爱情，写一段发生在"你"和"他"之间的爱情，或者可以说，作者之所以要把主角设置为"你"和"他"，是想让我们通过这段爱情往事把自己也照进来，作为我们对爱情理解的某种镜像。不过，作者更大的野心则在于：当我们看清镜像中的自己后，能够深入到镜像的内里，反思一个更加宏大的命题，那就是如何确认自我；在确认自我的过程中，自我究竟能走多远；我们在多大程度上能感受到自我的精神危机。

重建自我可能吗？至少在《四月花》中，我们看到了希望。

总体上看，曹向荣用她自己的方式为我们描述了一幅哲学意义上的图景。用小说来呈现，的确是很难得。难得也就不免会有难得的风险，比如在描写上，还可以再细腻再深入一些；在语言上，还可以再精致再纯净一些。一点小瑕疵，虽无伤大雅，但注意一些总是好的。

按：这是2016年撰写的最后一篇像样的评论文章。

什么在发生，什么已发生

——续小强《反向》：路肩上的蚂蚁

我不知道起什么题目好，思量个来去，就叫“路肩”吧，它跨越了正和背，人和物，美和丑，善和恶……总之，就像小强的那首《背面》的诗，最后一句，写道：“放大的生活在正面，停！诗歌在背面”。为什么要停呢？大概是那前面的22行，是勾起他诗情的兴奋药，渐入佳境，而后又消退，仅余的残滓驻留到生活，和生活的背面——诗歌；抑或“停”这个亘在正面和背面的孤独，能让诗人清醒起来。这是一种无限宏大的想象，追溯和接续都没有问题，试想，你在空寂的站台，左右眺望时，弯曲的轨道延伸，再延伸，和雾气、朦胧为伍时，不是你看到的更少了，而是更多，更美。一种感觉，谁也说不上来，会在你的官能中放大多少倍它的影像。我喜欢这种感觉，小强也喜欢，请原谅我替他做了这个界定，诗和诗歌阅读者应该是亲密的，温暖的，我记得他这么说过。我是阅读者，在我眼里，他就是诗，这也算是一种亲密吧，霸道的亲密。

这本诗集，《反向》的由来，与此类似，小强是在咀吮这霸道的亲密：

> 我就是你的父亲。一个迟缓的人
> 我拥有孤独的天赋。在你的眼神中
> 我的轮廓漂移不定。你正在聚集星辰给予你的光
> 我偏向于野草正在覆盖的小路。没有谁注意到你的小手无边际的寻找

我走过每一条街道之后：哦，始终如一的悬崖
我不属于你，不属于你的母亲。以及曾经平静的窑房
我为一种幽暗的使命献身。在时间的沙子里
你是我筛出的最美妙的一个词语。我要求自己像煤一样默守
一本书的位置，一支笔的虚空，一篇日记的时间。你清净的笑容
我深信这是我的过去和未来。你血液中的时针一刻不停
而我已轻松地告别。仿佛一只木船，靠在石头上沉睡、腐朽
奢望雨季的到来，奢望河床的充盈。

（《反向——给我的女儿希希》）

明明是亲密的，和女儿、妻子，和过去的窑房，现在却疏远了，走向了相反的反向。正向是默契，血浓于水；反向，是默守，距离之美。很难说对，还是错。一个迟缓的父亲，阖上通向女儿卧室的门时，他的爱，并不比亲吻女儿的额头来得要少，甚而更强烈，是“幽暗”给爱赋予了顽强的力量，有点固执，有点霸道，不是吗？

在《写给女儿的诗·不要生气》中，诗人流露出同样的情感，“希希，不要生气／爸爸今天不想回家／想一个人待着……爸爸突然觉得很累／就要沉入海子边的水里”。诗人在面对自己的女儿时，其实已经预设了她“弱者”的身份，女儿无从选择父亲回不回家，因为这与女儿无关，可怕的是诗人自己，每每沉浸在幸福之中时，又出于本能，疏离幸福，人为地与女儿隔开，向“厌倦”的自己开战，诗人说，这是“艰难的确证”，那么“反向”应该就是一种确证，父亲和女儿，和过去，和未来，和诗，相互的确证。

不记得小强说他什么时候开始写诗了，高中，或大学？总归是一颗不安分的脑袋，在某一天，因长久的情绪冲动，需要借助 20 世纪 90 年代末残存的诗歌空气，来确认他自己的存在而为之。没有谁是天生的诗人，但写诗的确要天赋，性格中的浪漫根底，必不可少。不可一世，无法无天，叛逆，憧憬，怀旧，敏感，偏执，在青年中的大多数，是有的。在小强，我想，不是其中的一或二，而是几乎全部，我不知道我的判断是否正确，但凭我和他的接触，应该出入不大。你说，不是吧，他现在多么成熟，但你还是不能否认，成熟和以上的种种气质并不矛盾。成熟是历练和经验的综合，但骨子里

的东西，恐怕改起来也难。譬如“反向”，反向不是一种偏执吗，乖乖，可爱的偏执！

1998 年，小强的一首短诗《马路》：

怀着企盼
怀着忧伤
走在没有人的马路上
走了很久很久
走了很长很长
累了
和衣
睡在地上

前半绵长，后半短促，当青春的企盼和忧伤徜徉在“没有人的马路上”，自然是一片迷茫，疲累的身躯何处安放？——诗人说：“和衣／睡在地上”。节奏的急转直下，冲击着我们惯性的神经，让它一下子紧绷起来，只留下坚硬的回响。这首诗，让我想起戴望舒的《雨巷》，只不过，戴的“丁香”一样的梦仍旧徘徊在雨巷，续却用他的倔强抵挡着这梦的凄凉。在诗旁边的空白处，我写道：“那种韵律，那种抑扬，那种忧伤和坦荡。”或许，应该再加一句，“那种年少轻狂，那种无忌和放浪”。如果你了解小强，你应该见过他酒后跨过饭店厅堂的护栏，坐在落地窗前，瘫软如泥，一边吸着灭了多时的烟蒂，一边絮絮叨叨跟你讲述他的快乐或者苦恼，他的往事或者宏大的计划；你应该见过，他撺掇着一群大男人，深夜两点，在冰天雪地中，开车到城市的边境，只为了撒一泡痛痛快快的尿；你应该见过，他向无边的黑暗大吼时，就像一个孩子哭着乞求这个世界的原谅。不是 1998 年，是现在，已过而立的他，成熟的他，在做着狂野的，天真如孩童的事情。那时，他是忧伤的，日常的忧伤，在夜幕的掩饰下得到了近乎歇斯底里的发泄，冲向黑漆漆的天，天上有他忧伤的抽搐。“我怕”，他说，“我怕白天看到自己的影子”（《尘土》）。我真想为他做什么，哪怕是恋爱一场，如果能去除性别的阻障。

《蚂蚁》是小强的成名作，据他说。因为他写《蚂蚁》的那年，我还不知道世界上有一个诗人叫续小强，我还在青苹果乐园独自为《沙扬娜拉》里那“蜜甜的忧愁”而回味感伤。不过，我终是读了它，终是被感动了，在诗集里所有的诗行中，我十二分地喜欢上了它。然后，我就说，你的《蚂蚁》写得太好了，太感人了，然后，才是他告诉我，那是他的成名作。我是想说，我并不是一开始就知道，《蚂蚁》是他的成名作的，我没有先入为主。

如今城里多的是宠物
西洋狗、波斯猫、造作的鹦鹉
每天我在街上都会见到它们
像是许多陌生人的面孔
互相望着，眼神那么冷漠
我有时敷衍地抚摸它们
他们是那么沉默
这时我不知怎么就想起家乡的蚂蚁
黝黑的皮肤，深邃的目光，自由地走着
我对他们是那么熟悉，一往情深
我知道他们此时正宁静地登上黄色的土坡
睁着悟不透的眼睛，间或皱纹的一轮
像苍老的父亲等我回来
我们眼光的交流，充满亲情
彼此都流出苦涩的泪水
悲戚的神色
让我的女友吃惊
她说冬天蚂蚁到了地下，不会出现
可她并不知道
在我的家乡
冬天的蚂蚁依旧热闹
他们在很深的黄土下筑穴
烧上暖炕，享受秋日的庄稼
他们围着炉火谈笑
盖上厚厚的棉被休息

等待春日冰雪消融的第一滴湿润
扑灭他们的炕火
驱逐着他们走向贫瘠的田野

女友说得对，冬天怎么会有蚂蚁？可她不明白，在小强，那“黝黑的皮肤，深邃的目光，自由地走着”的，又怎可能只是蚂蚁，但他们和蚂蚁又有什么分别呢，同样要劳作，同样要冬眠，同样要在这片“贫瘠的田野”上，放飞希望，又终守着贫穷。这就是小强再熟悉不过的土地和人，他为之悲戚，也为之一往情深。

小强不止一次跟我说，你是城里人，我是农村人，山西灵石，一个小村子，常常，我觉得他是在炫耀，炫耀他的苦难，炫耀从乡村走向城市的不易。但这首诗，让我怀疑自己是不是自以为是。苦难可以是炫耀的资本，也可以是抗拒城市虚无感的力量。于小强，明显是后者。在他的另一首作于2007年的诗《槐乡日记》中，他表达了对城市和乡村更为确切的心路历程，“斧子的锋利便是我曾经的诅咒……而故乡，已是一个像新鲜空气的一样难觅的奢侈品……我或许抽象地活着……像冬天树上飘摇的塑料袋……我会不会从海上回到故乡？”但终究“我小心地收起心中的那把斧子／慢慢地学着对越来越多的私家车微笑”。融入城市不易，重回乡村更难，这其中并不是一句两句话能说清，曾经对城市的憧憬，变得面目全非时，并不意味着，乡村还是原来的样子，“北方的乡村，风向已变／荒草结伴而来／新的法则正在实施／土地，你要歇下／镰刀不能再化装／没有了葵杆／塑料大刀武装起一群留守的孩子”（《水，已自来》）。诗人看到了这一点，乡村就只是属于他的乡村，想象的乡村，如冬天，蚂蚁的热闹，还会存在吗？我看未必，1999年到2007年，近十年的时间，已经让乡村同样面目全非，怀旧的人儿，只能在可怜的诗里找寻，“在想象中，自己面对的是乡村夜晚的黑暗”（《城市的夜晚飘着什么样的光》）。乡村的蚂蚁，只能在想象中，依旧黝黑，依旧深邃，依旧自由。作为骑墙者的诗人，《蚂蚁》的意义实在是特殊，它让他成名，也让他心碎。

越是不能得，越是要抓紧它，哪怕是在梦中。所有的人都知道过去不能抹去，“内心的底片无须更换”（《照片》），更换的是旅人的颜色和沿途的风景，根子扎在哪里，你就注定要为这根而付出一生的纠结。承认，当然好，不承认，也没关系，历史最擅长的事就是永远真理在握。在这一点，小强和历史款曲相通。所以，不妨向他所经历和所向往的土地，多注视两眼，看看诗人心中的圣洁，究竟在我们心中还有几许，送别故土，存一份悠然的情意。

门开着
西番莲的红跑出来

……

母亲在炕上熟睡
梦见捡了一百颗鸡蛋

早晨新扫的院子
整齐的扫帚的汗痕

老苹果树衣着光鲜
满身的绿珍珠却是安闲若冬

带着草帽的邻居
说着粗口，骂天气像乡政府

（《在发生》）

亲爱的，我们回去。
去一个遥远的地方、
长满槐树的堡子，
没有泉水，只有云和牛的村落。
……
亲爱的，我们回去，
在挤满麦穗的小庙香房内藏猫猫；
禅院里的杏树嫩黄嫩黄，
我偷摘24颗，你却被抓。

……

亲爱的，我们回去，

去南坡，去坛镇高原的疙瘩头，

载一棵消息树，

让城市的小朋友来此留念。

（《回已不能》）

一根烟，一瓶啤酒是小强作诗时的常态。那时的他，刚刚来到城市，在一家杂志社做兼职编辑，晚上不想回学校宿舍了，就买一打啤酒、几盒廉价的香烟，坐在空荡荡的办公室里发呆，啤酒混杂着烟草的刺激一股脑儿灌下肚去，诗情和灵感随之产生。“这也太玄了吧，”他津津乐道于此，我却总爱打趣。他看起来有点急了，“怎么不是？……”那认真劲儿，似乎我不相信，就要来一次单练。但我是信他的，他做的出格的事儿多了去了，这算什么？

我大喊大叫

啤酒瓶子堆满逼仄的阳台

它们的数目与那一年代的诗歌等同。

（《槐乡日记》）

诗歌是他的命，我敢说，在那段单身岁月中，他聊以寄怀的只有诗，只能是诗。转变是在什么时候，我当然无从知晓，有时候，他也含糊其辞，就不用深究了吧，人活在过程中，过程一定要时间点来做注解吗？总之，他是转变了，或快，或慢，他都经历了这个过程，像所有真实的诗人一样——我不愿意用“真正”或“优秀”，因为它们和“真实”不在一条线上——沉淀，再沉淀，厚重的声音响彻谷底，深水的幽兰或明或暗地闪着光，既具体，又抽象。诗还是诗，但它对于诗人，不再是使命感，不再是意义的聚集，意义是最空洞的说辞，意义之外，还有很多，比如说人，比如说世界，比如说人和世界的记录。

就是记录。多少叙述和抒情，鄙视它，嘲笑它，为自己的新衣起舞欢呼，脱下这身穿戴，却再找不到一处光洁和温润。我不是说小强就一定找到了，但叙述和抒情，至少在他初为诗时，就不是一个足以能夺去他全部诗情的独裁者，所以，他的诗往往道出的是一种质朴和自省的力量，这里面当然有语言和结构的考虑，但内在的韵律却是和诗人的情感相通的，这使得他的诗读起来轻松，却不乏灵动和理性的光芒。

父亲抓起一把泥土
父亲赶着一头耕牛
他说？我是一个农民
是的，他是一个农民
这掩盖了他母亲给他所有的命名
这是他自己的东西
一个符号
此外，再没有什么
除了这个命名
除了不属于他的土地
他再没有什么
比贫瘠的土地更贫瘠
赤贫，甚至没有精神
子女交给人民
粮食上缴了革命
他悲伤得那么高兴
他很自豪，自己获得了新生
他说他们都是这样
我也是这样
你要好好听话？孩子
我愤怒
可我没有丝毫力气
躺在随时将要抽去的土地
我满怀恐惧
朋友呵
我还能说些什么
父亲说他是一个农民

我也不能说些什么

因为父亲只是一个农民

这首《父亲》作于1999年，当时，小强正和他山西大学的几个同学忙着创办一本校园文学杂志《我们》，他主要负责供稿工作，《父亲》就发表于第一期，也是创刊号。在2009年的《我们》杂志十年珍藏版中，《父亲》被选入其中。我无缘亲历《我们》的创刊历程，但我后来在山西大学读研究生时，曾经见过这本刊物，印刷和纸张都不怎么好，为赋新词强说愁的味道很浓。世易时移，在如今的校园，杂志能够维持下来，已是不容易，希冀太多，收获的，要比失落还多。就说《父亲》，“我愤怒”，“父亲”却说，“他们都是这样”，“我满怀恐惧”，但又能说什么呢？“父亲”说他是一个农民时，他是睿智的，愤怒对于父亲，并不是，也不会是选项，那，他的“新生”是什么呢？

记得去年，一天，我在小强家，他指着卧室的一个单人床，说，“这是我父亲做的，是他给希希做的，我父亲是个木匠。”他把床上面的褥子掀开给我看，双手不停地摁捏着床的各个部位，“多结实，你看，我父亲是个很好的木匠，他说，这是他做的最后一件家具了……”

嗯，我这才知道，他父亲还是个木匠，一个在贫瘠的土地上种地的木匠。

父亲，父亲，前一个父亲是小强的父亲，后一个父亲是小强，因为他有了希希，希望的希。我一直认为，一个男人做了父亲之后，才可能真正晓得他是丈夫，是儿子，是女婿，他是成年了，是呀，每一个人都要成年，但不是每一个儿子都能做父亲，理解父亲的父亲。所以，依现在的条件，小强一支烟、一瓶酒作诗的生活消失了，他有了另一种生活，这种生活也是诗，有关成年人的诗。精神的成长，不是一个命题，或观念，它是实在，是“什么在发生，什么已发生”（《在发生》）。

文章本该写完，但什么是反向，生活和诗？女儿和父亲？乡村和城市？过去和现在，和将来？或者就如赘语和正文？反向，陌生，但切近，是尖利的一击吧，戳破胸膛，才能看到熄灭和燃烧，在对峙。集木而焚，是种病态的复仇，它不懂，反向的碎裂造出来的是万千而一。

所以，就有了这些零落的诗和句子。

我怕，但要接受真相。（《照片》）

“诗人只恨自己。”（《无题》）

每一年我都死去一点……我的死是如此缓慢

（《为之不厌倦——2007墓志铭》）

不能够拒绝
这么些个伟大的时刻
两个“0”，哪一个更大？

（《关于“2－0－0－9”的诗》）

我一日有一日走在马路上
不硬，不软，抒情，但拒绝恣意地浪漫

（《槐乡日记》）

这一切都和尘土有关（《尘土》）

我真想拔掉方向盘任死亡滑行

（《在路上的手机通话记录并以此献给〈在路上〉五十年》）

类似的诗句还有很多，如果将“怕”“自己”“0”等看作“死”的某种衍生，那么在小强的诗中，“死”就是出现频率最高的意象了。古罗马皇帝马可·奥勒留说“我们都是短命人”，我不知道小强是否听过，但他确是在亲近和抚摸死亡的过程中，获得了更新鲜、更纯然的诗情，所以他的“怕”，他的“自己”，他的“0”才有了摄人魂魄的力量。而于他自己，叔本华的话，或可作解：“为了解人生有多么短暂，一个人必须走过漫长的生活道路。”

这应该是一种确证吧，属意于小强的确证。

2012年5月，在给70后作家的践行宴上，我借着酒精，要朗诵小强的诗，一时不知选哪首，鲍贝帮我找到了，《秋天的湿润是慢的雨》，小强笑我，压根就没怎么读他的诗吧，我读了，但这首例外。

秋天的湿润是慢的雨
公园之外，行人稀

绿裙子下槐花颤
一点一点水珠
没了孩子的调皮

我的踟蹰之地
秋天的湿润是慢的雨
昨夜睡可安
满地秋水
漂着一个城市的醉意

每只恍惚的麻雀
迫近独居的边缘
秋天的湿润是慢的雨
泥泞的圈地
生活的寒冷象征或温暖寓意

飞船，旋转木马
已是童年的遗迹
不曾经历也不曾幻想
秋天的湿润是慢的雨
不温暖，仍软弱

“一只笼子在寻找一只鸟”
而“真正的道路在一根绳索上”
我的耐心不过如此
时间希望如此
秋天的湿润是慢的雨
是模糊的，但仿佛有光。

按：小强笑言，你把我写得那么好，意思是我的诗不好？不过，他知道，我不是这个意思。

只有少数几个词
——相逢令剑与他的诗

读诗先读人。听起来，这话就像另一句：做事先做人。顺序是这样的，你是怎样的人，大约就会写出怎样的诗。我说的是诗的调子。你不能指望他高亢得歇斯底里，却时不时将诗作得柔情绕指。那令剑是怎样的？他吸烟，吸的时候满目尽是烟，说话的分贝立马就降了几级。他喝酒，胃疼的时候他说少喝点吧，但后来就不管不顾起来，末了又一个劲儿说还是得少喝吧。他絮叨，什么事什么事一大筐，还没讲完，却又立马沉默不语。当然，这是见到他少数几次的情形，其余的大多数时候，他是健谈的，清醒的，理智的，风趣的。

幸运的是，他有了这少数，得以让我进入到他诗歌的内部。因为我不相信在他健谈清醒理智风趣的车厢里盛得下如许的物件。只有他一时将车丢弃，去他妈的，转身跨上“二八大杠”时，迎面才会遇上他的诗。咯吱咯吱，车身老化得厉害，甚至有一两处的黑漆已然剥落下来，苍老的面相逼视着他，这时候，诗情便有了安放的所在。

当我寻找词语
而不是词语找我
注定我是一个被肢解
而不是被塑造的人

带着某种心思
一步步向她靠近
词语却后退
她只给我她的灵魂

在她的灵魂里游荡
感觉不到身体和方向
我用词语铺自己的路
却砌出了我的墙

（《简约世界·写诗》）

写诗本就是在砌墙，一堵自我与外部世界的墙。由复杂到简约，其实不需要烦琐的过程，只需回到自己的内心，慢下来。但慢下来之后做什么呢？令剑选择了“寻找词语”。原是想着用词语铺路，却砌出了墙。纵向的空间延伸被高耸的墙壁猛然截断，间隔出了两个世界。在简约世界里，令剑一步步构建起自己的灵魂。

披上词的外衣
不停变换着名字
这世界
已在事物里关闭

（《词与物》）

词无论如何变换，都被锁在了“词”中。这便是词的宿命，又何尝不是人的宿命？此诗极富哲理意味。词让世界关闭在事物中，是一种规定性，也是局限性，或者是一种无法跳脱的法则与规律。

《词与物》是首小诗，令剑作了很多类似的哲理小诗，而这也是我最欣赏的部分。比如《永恒》：

夜晚的巨树生长，孤独者
在每个枝杈交错的地方

筑下窝巢。星星叼着烟斗
远远看着

在“永恒”的光幕下，是诗人眼中的“夜晚的巨树”，是“每个枝杈交错的地方”，是“叼着烟斗”的星星。“永恒”的又岂止是这些，更是一种静默的深刻。

令剑的小诗骨架虽小，却有深的意味在内，或是哲理性的，或只是纯粹的感受，但他都在诗的韵律和冥想中找到了自己的存在感。当然，主要还是诗人的存在感。这一点很重要。令剑对诗的开挖从来不是单向度的。你说你能找到他的风格，却有时会捉摸不透。不是他有意在苦心琢磨，而更像是无意中流露出来的思与情的结晶。《在》这首小诗便是如此。

我在这一时间中
从那时到现在，我在
它也在。它不变
把我摄入同一张照片
曾经发生，即将发生
我在照片之中
正在看

我、时间、照片、曾经、即将、看，都是在的载体，“在”所存在的意义附着于载体之上，而“正在看”，又将“在”和载体置入同一空间和时间。由分裂而弥合，虚与实便不分你我，只有无限的画面和声音出现、定格于“在”中。

令剑的诗，内在的韵律感很强。不是靠韵脚，而是靠情感，那是经过有节制的过滤后形成的情感沉淀。比如《稻草人》：

他不说话，他
只在寂寞里说
风，成群结队走过
他不走，他在风中停留

秋天丰盛的田野
他不收获
天空中云在变幻
他不变，他在守护
内心日渐的荒芜

他不说话，他不走，他不收获，他不变。从诗的形式上看，每隔两到三行出现，但若读起来，你便会忘记还有这样的“刻意”。所以，他的诗好读，却需要耐心地回味，需要排除尘杂事务的牵累。静下来，再静下来，那诗的味道方能沁入鼻端。

意象与经验汇聚为哲思，它依托的是经验化的意象，却露出了带有明显划痕的生命质地。比如《甘蔗》一诗。

为什么总要回到过去
深紫色的童年，在根部
贮藏一生所需的养料
那时天空没有牙齿，只有
嗅觉在风中引导
只有云的舌头在远远品尝
美好的时光。快乐在每一天
总是向两侧倾斜，而正午
从来失去前进的方向
还是我已经在平常事物里
把发现的心丢掉，却被许多人
牵引着，一步步走向变异的糖浆

深紫色的童年稠密却也丰腴，没有“牙齿”的天空带来的是“美好的时光”。但快乐终究短暂，而且随着时序的前行而“向两侧倾斜”，到了正午，便连方向都辨别不清。在此，甘蔗这一意象被附着上了时间经验，而最终形成的却是内心的挣扎与无声的扭曲。诗就应该是这样，它是含蓄的，不为嘶吼而写，却让嘶吼声停驻在嘶吼的边缘。

生与死，自我与世界，孤独与宿命，常常是令剑诗歌表现的主题。而这些看起来宏大的主题，并不是以抽象的词语出之。他知道诗歌永远都无法向抽象索要灵魂，关于人类，关于自己，还是感官最真实，它们能达到隐秘的内心，能介入那最尖细的一点。

飞鸟已经带着翅膀离去
只留下这鸟巢，在单向度的风中
回忆每一片叶子的存在
那是一段虚幻的光阴
在生长和枯亡之间
曾经画出宿命的弧线
跳跃或者逃离
无法抵挡一种声音的消失
缓慢，寂静如这空荡的田野
一眼望穿整个冬季
在睡梦中找寻希望
最终都要回到孤独的色泽
即使心脏仍然跳动
这心却也逐渐消瘦
任谁放开喉咙嘶喊
都不会听到回声
只有身旁的铁轨
耸着肩膀走完最后的旅程
身体也开始倾斜，这树
已厌倦了直线的上升

（《鸟巢》）

鸟巢代表着孤独和宿命，像是在呆呆地望着这里或那里，总之，愈是用心去感受，便愈是找不到直线上升的可能。其中最好的句子莫过于“只有身旁的铁轨/耸着肩膀走完最后的旅程”。铁轨的冰冷意味着这旅程的孤寂与寒彻。耸着的是铁轨，亦是茕茕孑立的自己。这种向内转的无限延伸，跨越了视觉本身，走向了渺远的空旷。

当空旷成为诗人有意无意中抵达的终点时，空旷本身便具有了坚实的内核。于内心来说，由软弱而强大，正是因了这空旷所赋予的力量。

每天下楼的时候，我都会看到她
昏暗的楼道里，坐着轮椅被人推着
那人也上了年纪，是丈夫或者儿子
太老了，时间的影子
已经从她的脸上完全消失
而她深陷的眼睛，仿佛仍在努力
洞穿这人世。也许
那最后的一点光正协助着她
看到死亡敞开的大门
从那门里，她也因此看到
自己缓慢的一生。现在
每天从她身旁匆忙走过的年轻人
她看他矫健的双腿，不久也会变成
她那轮椅上两个结实而空旷的零

（《轮椅上的老妇人》）

这里也有时间，但却是短暂的，被老妇人每天都在咂摸的时间。人世和死亡在这时间里是并不复杂的存在，顶多向过去形成“缓慢”，向现在闪现“匆忙”。老妇人将视野拘束在门里门外，这是她的本能。她已经用一生成就了这种本能，也洞穿了这种本能，我们又何必要求她看得更远一些？更远有多远，更远是“不久”，“矫健的双腿”就会变成“两个结实而空旷的零”。诗人借助老妇人的眼，完成了生命之于时间的意义。

在组诗《声音》中，“世界说：我是如此之小，我只有少数几个词。”我当然不会天真地以为这仅仅是“世界”发出的声音，即便是世界，也是属于令剑的世界，或他的诗歌世界。令剑看到了他世界的小，也看到了他世界之外的世界的小，所以他并不急于没完没了地述说。他织缀起来的，也仅仅是那么一些诗，那么几个词。

再次说到词，和词堆垒起来的墙。高的矮的，胖的瘦的，长的短的，它们本身都足以作为一首诗存在，可诗人却偏偏让他们驻足在某一个角落，当你不经意间看到它时，才会蓦然惊惧于那逐渐伸展出来的光。“如果夜/有白天的门/漫天星月/其中一颗/就是锁孔”（《简约世界·门》），“所有的旧日子一饮而尽/杯底是明天/结实而闪亮的天空”（《明天》），“记住并且忘掉/这是一生有益的消耗”（《记忆大师》），“我才发现：我仅仅是/这歌声里一个流动的虚词”（《落差》），“太阳——/首尾并置的句号/空虚的环/在开始时结束”（《循环的太阳·四》）。这些词和词的膨胀，持续在他的诗歌中发酵，形成了一首首完整的诗，也形成了诗人的世界。

读令剑的诗，也是在读令剑的诗歌世界。那个专属于他的世界，其实对外人的进入是拒斥的。所以，我们只能在其中找到某些散碎的痕迹，继而通过这些痕迹握住一些并不十分清晰的证据。好在，令剑的诗还能够提供一些或浅或深的痕迹，能让我这个不会写诗的人，感受到诗的美好，感受到由他的诗情所生出的精神魅力。尽管他还会写出更多的好诗来，尽管“当所有的生活刚刚开始，我们一眼就看到了结局”（《当》）。

按：给令剑写诗评不硌、不隔，反正他也懒得看。

天空压得很低
——阿微木依萝的散文世界

阿微木依萝会是一个很好的散文作家。这是我对她散文的第一印象，我也不知道这念头是怎么冒出来的，可能是一瞬间吧，我就下了这样一个判断。有人说，这是不是武断了呢？是不是她再多写一些，你再多读一些，然后才可能有一个比较准确的评价。对于有些作家或许如此，但对于阿微木依萝，我想是不用了。因为，我有一个固执的心态，就是写作是靠天赋的，后天的努力仅仅是在原有天赋上的打磨和润色，除此，再无他用。而阿微木依萝正是这种有写作天赋的人。打量下她迄今为止的散文作品（当然，我也并没有全读，但至少有数篇她的代表作，我是认真且静下心来虔诚地读过的），你应会同意我的看法，不同意也没有关系，我没有权力让所有人都喜欢她的散文，但她的散文一定能被大多数人所认同，就这一点，我是自信满满的。

阿微木依萝不张扬，我指的是她散文世界的呈现状态。怎么说呢，从内容上，是那些贩夫走卒、引车卖浆之流以及类似底层人等在她心灵深处烙上的或深或浅的印记形之于文字后的质朴讲述；从艺术上，则是这种质朴经由她笔端过滤后越发素雅而淙淙流淌的心曲演绎。是她的心曲，就像也是我们的心曲，你分不清这中间的差别究竟有多少，因为每一篇里，都是你似曾经见过的，曾经微微地撞击过你的心弦，却在滚滚红尘中倏忽消逝的东西。你读她的散文时，恰是回头一瞥，才发现撞击声原来并没有走远，尚有隐隐的留存。

咯吱咯吱，还没等敲击声歇停，门便开了，屋里的尘埃漾过来，鼻翼翕动，寒迫中透出几缕不易察觉的温香，那是阿微木依萝的散文中沁出的香气，或许你会匆匆离开，但大多数时候，你还是留下来了，在这寒迫和温香的交媾中无语凝噎。

对，就是这样的场景，比如长途火车上那个看起来邋遢且猥琐的男人，在善良和欺骗的双轨上左冲右突（《火车上的男人》）；比如熟人小黑丢下山上可怜的女人，整夜和妓女厮混，他心里却憧憬着一份连自己都没有信心的"真正的爱情"（《途中》）；还有在城市求生存的子噶和依妞两口子，他们虽然困窘无助，却宁愿奔赴新的流浪地，也不愿再回山寨（《流浪的彝人》）。他们都有一个共同的身份，就是普通人，如果界定更严格一些，应该是穷人才好。我想，这应该和作者有关，作者本人便是一个从彝族山寨走出来的打工者、流浪者，辗转多地，居无定所。现在的条件虽好了一些，但曾经和现在的她并没有多少改变，我说的是情怀，那份关注穷人的底层情怀，又怎么会改变呢？或者是生活境况仍旧注定让她混迹在穷人群体中多一些，或者是她更愿意走近穷人，走近这个遭人鄙夷的身份标签，无论怎样，她都可以算作一个穷人的天然代言者。之所以说是天然，是因为在她的散文中，谈不上爱和恨，谈不上高贵和卑微，她还没有来得及或从未想到用一种过来人乃至成功者的姿态居高临下，从这个意义上说，作者连做个旁观者都不可以。事实上，她又何尝不是他，不是他们？待她身临其境、天然地与他们为伍时，她的文字便具有了农家人在温火上熬小米粥的味道，黄澄澄的，喷香的，虽然灶膛边上的那个农人装扮并不入时，还裹着一眼就能瞧出是乡下人的旧花棉袄，但谁又能否认这喷香的米粥，不是从这个脱不去落后和寒碜的农人的灶膛里做出来的呢？阿微木依萝便是这样，她的文字也滚烫，但不是那种乍看上去就要把人的心魄烧焦的烫，而是在低矮的天空下慢慢被压榨出来的烫。这种烫在让人不知该何从何从的时候，也着实颤了那么一把。

散文《角落》便是这一颤的瞬间抖落下的吉光片羽。角落里有行乞者，有手艺人，还有"一日游"的打工者。无疑，他们都是被城市遗忘的人，即便什么时候想起，也并不觉得能为城市增多少色，反而是嫌恶的成分更多一些。借用阿微木依萝的话来说，他们就是"游牧者"或"走族"。他们的营生并不光鲜：天桥上的行乞者只是年龄、穿着、行乞的原因和方式不同而已，但实质是一样的，就是讨口饭吃；而那位每天都坐在天桥上用竹叶编织玫瑰花和昆虫之类小玩意的手艺人，在我们看来，也仅仅是为了糊口罢了；选择“一日游”的丈夫和他的同事，都是在工厂打工的好不容易抽出一整天时间的蓝领工人。然而，在这卑微的一个或一群人里，并不是只有苦难和痛苦的挣扎，作者也并没有专注于去揭露或批判什么，她寻到了一个新的角度，就是她发现他们始终在用自己的方式维持一种内心的存在感和尊严感。这样说来，像是某些描写底层生活困境的小说喽，不，绝不是。

她有时很自然地呈现他们，比如不同的行乞者的各种姿态；有时又走近他们，比如和手艺人简单的交谈；有时又会发出某种感触性的声音，比如对丈夫终日上班，几乎忘掉激情和理想的同情。她没有刻意地去撕开他们的伤疤，给人以血淋淋的观感刺激，而是在用心体味着每一个过客，每一个身心的流浪者，她看到的是平和的风景，写出来的是夜空中影影绰绰的繁星，而在这蹙着无数颗星的夜空中分明有温暖的存在和角落里淡淡的忧伤。

正如《青云记》里那个沦落风尘的十八岁女孩青云，“好像她从来没在这座城市出现过”，但她的确是出现了，和他们一起出现在作者关于回忆的温婉讲述中。

如果从文体上来讲，我实在不愿意将阿微木依萝的大部分散文归于散文一类，我更愿意将她的散文叫作小说。我知道这样说，阿微木依萝不一定愿意，谁说散文就不能写成小说的样式呢，再说作者的诸多文章里，还是有散文的质素，况且都是作者亲身经历的事情。每一篇里不是都有个“我”吗?这“我”又不是别人，的的确确就是我——阿微木依萝。那么换一种表述可不可以，即阿微木依萝的散文更像是一种小说体的散文。

小说和散文的元素均在文章中自由出入，有作者对生活的态度，有绵绵柔柔的抒情语句，有冷不丁的联想想象，当然，更有小说式的故事讲述。如此一来，纷纷杂杂，却总有一种情怀在内，一种意境呼之欲出。我不知道自己的形容是否准确，大体上看，还真是难以说清楚阿微木依萝的散文究竟是小说还是散文。形散神聚、意境深邃、语言优美都齐了，而这意趣又不能不说是小说式写作的功劳。

所以，暂且还是不去争论吧，只要底色是好的，实的，相信阿微木依萝在接着的写作中，会更加得心应手，她的富于小说体式的散文也会得到更多人的认可和瞩目。

不过，我还是想冒昧地再多唠叨一句，阿微木依萝会是一个很好的散文作家，更可能成为一位很好的小说作家。若是如此，她的流浪，她的身心和灵魂的流浪也算是找到了“故乡”，尽管这“故乡”是漂泊不定的，却滋养了写作的定和某种确切性，当然，我很乐意看到这种确切性。

按：没见过阿微木依萝，只知道她是彝族人，现居东莞，一个传奇般的城市。

宁真率，毋安排
——读林鹏《东园公记》小语

读林鹏先生《东园公记》，其他没记住，大略是领会个意思而已，但傅山的一句话，算是记得清楚，“宁真率，毋安排”。这是《蒙斋印话》中，林鹏先生提起的一句。意在说明治印，乃至艺术的创作不必刻意雕琢，我手写我口，自然、洒脱一些为好，当然能够寓构思及形式的考虑于无形之中，让人看不出斧凿的痕迹，就更是达到高境界了。林鹏先生对傅山一向推重，而能够得其思想、治学及书法的精髓，恐并不是任人皆可，此实属难得。所以我就在想，这样简单的话里面，怎么处处是林鹏先生的影子呢。

林鹏先生个人的经历，现在已经有很多人谈，也谈了许多，包括林鹏先生自己，此前见诸的文字亦有不少。而在《东园公记》中，将其汇集成书后，蓦然间就似乎连贯起来，立体起来，有了一种和合的气势。当然，我并不是说《东园公记》都写的是林先生的个人经历，尽管在其中，分量最重的，也是林先生的希望所在的，应该是个人生涯的那一部分。那其他的文章，譬如《李斯的性格》《〈丹枫阁记〉真迹发现始末》等又作何解呢？为何放进去，林先生当然有自己的考虑，但于我，就真真是把这样的安排看成是不露斧凿的精心结构了。凡一人，曰其人生，时间顺序的从出生到终老，是一面，或仅是可感知的经验的一面，在这经验之上所形成的思考，应该说，更能够担当起这人生的含义。所以，林先生这本明显带有总结性质的书，自然就不能只是回忆的再现，而掺入了其一生思考的某些重要关节点，或曰这也是一种回忆，更确切点儿，是回顾。回顾过去的经历，回顾曾经的已成形或未成形的思考，回顾回顾过程的本身，这些看来零碎，其本源却是自相统一，自成其圆的。林先生做过编辑，而在这本书里，就不是一般的编辑水准，而是编辑之大气象了。其实，读《东园公记》，即是读林鹏，且是相对彻底地读他，方方面面，虽可能挂一漏万，但这“一”里准是能见出一个全面的、生动的林鹏的。再进一步说，林先生自己也是《东园公记》的读者，他在看这些曾经作过的文章，以及文章里写的东西时，不也是一种对自己的回顾和阅读吗？近期，在给张石山先生连载《论语片解》的过程中，我发现张石山对《论语》的编辑者，也就是那些孔圣人的弟子和再传弟子，赞誉有加，因为张石山从《论语》里发现了编辑对各篇各章为何以如此顺序安排的奥秘，而这些都与编辑者的用心用智密不可分。《东园公记》亦是如此，我没有张石山先生那么深的洞察力，自然说不出多少所以然，但确实是感觉到了，唯一不同的，大概是，林先生是亲自为之，将诸多篇什结集的。一个既是林鹏，又是思想者的“思想者林鹏”不经意间就站立在我们的目前。

说到真率，其实最能体现的，应该是林先生平时的言谈交往，我乃一小辈，和林先生交往少得可怜，敬畏感始终是我欲拜访先生路途上的一道屏障，故总是未敢成行，终未能成行。但从身边熟悉的朋友那里也或多或少对先生的待人处事风格略知一二，进而读韩石山先生的序，便更加坐实了自己的判断，尤其是韩老师提到的赠送明版《史记》那段轶事，会心一笑之余，竟觉得林先生是一老顽童了。与他一起的，还有王朝瑞，在《纪念王朝瑞》一篇中，林先生说：“我进入晚年，喜欢胡说八道，‘命中注定三不死，胡说八道老来疯’。不管我怎么说，至少有一个人同意，他就是王朝瑞”。可见，林王二老之性情相合、惺惺相惜也。再到王朝瑞喜欢学牛叫，“他的学牛叫，有时能引得小牛儿跑过来，追他，顶他，引得在场的人们惊奇地笑着”。便明白，林先生为什么说“王朝瑞是我最知心的朋友”了。其次，则是林先生过往的个人经历，觉得对，喜欢做的，无论如何都要做好，做成；觉得不对，不喜欢做的，就是被以“思想老虎”侮之，谤之，身家性命受威胁，也是直起腰版，一个字的交代材料都不写。这样的性情发扬到其写作中，便是率然为之，写《咸阳宫》时，“不做计划，不列提纲，人物故事随写随编，写到哪里算哪里”，也竟于第二年完成了这部长篇小说。类似的事情还有很多，我这里自不必一一列举。话又说回来，林先生的这种率然，不可理解为草率的“率”，而是在认真严谨的思考及各方面学术准备之后的率然，认真和率真并不矛盾，它们又往往是相互借力的，而能达到一定的平衡，至超然物外而陶然自乐的状态，便是出成果，出大成果的时候了。林先生言“中庸”，这恐怕便是其“中庸”之义了。

真率是出位，是自我，是个性，是尊严，是精神傲骨，安排是专意，是定格，是构架，是栏杆牢笼，但在林先生，无论为人为文，印刻书法，均能将二者化敌为友，诣于“中庸”的更高境界，自属不易。老子说，“道生一，一生二，二生三，三生万物”，又说“道法自然”，就是说道由自然生，或道即自然，那么道的归宿是什么呢，无疑，是回归于自然，所以，用林先生的话说就是“道理必须能打来回，道理是可以回来的。不能回来，那就不是道路”，中庸正秉承于此。

读《东园公记》，我印象比较深的，能给我心里起波澜的主要有四篇，其中有两篇前面已提到，一个是《蒙斋印话》，一个是《纪念王朝瑞》。现在我想说的是另外两篇，《白发青山两无言》和《童蒙忆零》。先说《白发青山两无言》，题目就起得颇有意味，取自林先生的一首诗，而且比较起来，后面的几篇虽然都是忆人的，但好像题目上逊色了许多，这是我初看时的印象。不过，现在回头看，林先生将这篇放在诸篇忆人文章之首，应该有一层提领的意思，题目也具有这样的功能，“白发青山两无言”，对于回忆者和回忆对象来说，他们之间的言语虽不可能有，但回忆者明显被一种浓烈的悲哀所笼罩。这悲哀还主要不是故人的永不能见，而似乎是用作者对张世禄交往片段的描述，去思考什么。张世禄忠诚、听话，将解放全人类作为自己不渝的抱负和目标，最终是死是活，都没人知道。更令人不可思议的是，“五十年过去了，军里编了军史，师里编了师史，关于张世禄，连一个字都没有”。这多么荒诞，可又确确实实发生了。作家阎连科说：荒诞的真实，才是真正的真实。这话不一定放四海而皆准，但放到张世禄身上，却是严丝合缝的。林先生表面上在叙述，在回忆，在怀念，但他内心里一定是思考了很多东西。“项上得脑今犹在，肚里初心已茫然”，比起初心，张世禄可能更符合当时的主流价值观，但林鹏这样一个一直以兄长视之、极其敬佩的人，却被主流价值观的制造者彻底遗忘、抛弃了，这是一个多么巨大的讽刺。而在这讽刺中，意味深长的是，当事人笃信的崇高的追求和意义，在时过境迁之后，竟然变得毫无意义可言，甚至被看作是一场闹剧。这对于他来说，该是多么大的悲哀。生命的意义连同生命本身是可以把握的吗？看来，讲“我要扼住命运的咽喉”的贝多芬一定会为此而汗颜，悔愧自己曾说过这样的话，当然，贝多芬其实没错，究竟是谁错了？最近发生的一件事，听起来更荒诞，一个朝鲜女孩儿在洪灾到来时，不是赶紧逃离险境，而是将家中悬挂的领袖画像小心翼翼包裹好带出家门，最终不幸遇难。而政府竟然还称赞了“培养出这种女孩”的体制，表彰了他的英勇行为。何其相似，何其谬哉！

《童蒙忆零》中引起我兴趣的是那个治好作者头疼的“狐仙洞”。文中写道，石老汉的老伴儿把“我”和奶奶领到小山洞里，“这时我看见那老婆婆点着三炷香，恭恭敬敬把香插在那小香炉里。她口中念念有词，听不清说的什么，然后她磕头，我奶奶和我也跟着磕头。磕完头，又跪着听她祷告。过了一阵，那老婆婆把一点点香灰什么的，用一小块黄表纸包起来，郑重地交给我奶奶，然后又磕头，磕完头就退出那小山洞。然后下山，然后骑上毛驴回家。回到家我奶奶用一碗凉水，把那香灰一冲，让我喝下肚里。”这样的情景我太熟悉不过了，除了具体的场景外，所有的程序、摆设，我小时候在姥姥家里都看到过，因为我的姥姥生前也是石老汉和他老伴儿这样的角色，俗名叫“顶神的”。不过，至今我都不以为那是封建迷信，冥冥中总感觉那是真的，而且一到那个人人肃立、庄重无比的时刻，尤其是我的母亲让姥姥给我看未来运程，或有个头疼脑热，需要姥姥通过“拜神”仪式来寻找原因并喝下黄表纸里的一小撮香灰以祛除病痛的时候，我都会特别虔诚地按照姥姥的话，磕头，拜神，喝“药”。而每次喝药之后，我都觉得病症一下就好了许多。林先生说，到他后来去寻找“狐仙洞”时，大家都说“那里没有洞”，而他却坚信“狐仙洞”是一定有的。其实，狐仙洞有没有无所谓，但是我们从中可以看到作者对“希望”的宗教般的信仰和追求，尤其是在历经沧桑，感到“初心已茫然”的时候，“希望”就越显得宝贵了。

此刻，我的心情亦是如此。

按：林鹏老先生，唯有景仰之。

第三辑

经典小说之又一种声音

“人形”之后
——王蒙之《活动变人形》

没有什么比一个故事放在家庭里更能够说明故事本身。

倪吾诚留过洋，在20世纪三四十年代，那可是了不得的事，外面得敬着，家里得供着。不像现在，海归已经不稀奇，有些还沦落为“海带”或“海参”，呜呼哀哉！倪吾诚一回来就受聘为大学讲师，显然不用为找工作发愁，不过，他也有自己的烦恼，尤其是在家里。

倪吾诚的家是简单的，无非妻儿老小，但也是复杂的，一是妻子静宜，乡下地主的女儿，上过两年学堂，但中学没毕业就嫁给了吾诚，一心只想着安分守己，多生孩子，节俭持家，从来不懂得什么是浪漫。二是妻姐静珍，嫁出去没两年，男人就死了，立誓守寡，绝不再嫁。自己不顺意，也见不得别人好。三是岳母姜赵氏，同样是老伴去世，寡居在家。一副旧式地主婆做派，还时不时要一要家长的威风。这些在喝过洋墨水的倪吾诚眼里，是绝不能容忍的，统统被他扫进了传统文化的“垃圾桶”。更不能容忍的是，她们与生俱来的“恶习”竟然要传给下一代，传给他的一双儿女——倪藻和倪萍，这怎么能行？于是家庭战争一次次的上演，就是不可避免的了。

其实倪吾诚也有缺点，他致命的缺点就是心比天高，命比纸薄；夸夸其谈，百无一用。就连教书也教不好，东一榔头西一棒槌，讲了等于没讲，或者还不如不讲。可偏偏，曾经的西方生活经历，让他自我感觉良好，总以为占领了制高点，可以雄踞于“愚昧”和“腐朽”的中国文化之上了。那么谁是第一个批判和改造的目标？他瞄准了这个家，这个家里的所有人。因此，他那一点点可怜的知识和见识，就一股脑儿地倾泻下来，大有排山倒海之势，可是他的主要对手又是深受传统习染的姜家母女，一对三，好嘛，本来就先天不足，怎能敌过三个女人的算计，终得了个落荒而逃的结局。

倪吾诚想把他心里的圆画出来，没承想画得是这般支离破碎、惨不忍睹。与此同时，他西装革履下的“小”也一步步暴露出来。他的懦弱，他的无能，他的自高自大、自以为是、自私自利，他的无任何生存技能，又没有谋生活的勇气，让他将苦闷进行到底。不是说他的鄙视、他的愤恨全没有道理，也不是说姜家母女就都是“大”，而是说，改造别人、改造文化之前，须先反省和改造自己；需先认清改造对象的复杂性。活动变人形，人的性格及文化的复杂性，正如这能活动的人形玩具一样，想做一个庖丁，只有先搞清楚牛的肌理，才有可能解牛。

倪吾诚在骂娘，骂娘太愚昧、太落后、太没有文化，史福岗却爱上了他“娘”，而史恰恰来自于让他五体投地的“文明的西方”，这让倪吾诚困惑不已。一个在他看来生活在“无比幸福”的西方国度的洋人，怎么会爱上中国文化，还梦想着“有一个中国太太”，“有一个中国式的牢固的婚姻”……这不是昏了头了吗？从倪吾诚以后的生活经历来看，他其实至死也没有弄明白，但他不明白的，却是我们应该反思的。

> 中国的文明……有自己的独特性，独特的完整性和独特的应变能力……今后的几十年，中国也许会变个天翻地覆。但只要中国是中国，它的深层，总保存着一些不变的实质性的东西。您看着吧，老兄，不论是日本人还是军阀还是革命家，谁也改变不了中国自己的文化传统。

史福岗这话没错儿，古有焚书坑儒，近有“破四旧”，但文化的根却依旧伫立，而越是中国文化遭受浩劫之时，我们才越感到中国文化的可贵和伟大。要不，怎么会提倡让孩子们学习《弟子规》呢？

当然，今天再读《活动变人形》，就不仅仅是文化的自信与否，还有文化的自负。

重塑民族的魂灵？
——陈忠实之《白鹿原》

在人民文学出版社出版的《白鹿原》单行本的扉页上，印着这样一句话，“小说被认为是一个民族的秘史”，这是19世纪法国大文豪巴尔扎克的名言，也是《白鹿原》这部长达50万字的长篇小说所力图达到的高度。事实证明，无论从历史的广度抑或深度而言，《白鹿原》都堪称是一部厚重的“民族秘史”。其恢宏壮丽的史诗风范和史诗气度着实为当代文学树立了一块丰碑。

从清末到新中国成立之初的近半个世纪内，关中平原上的白、鹿两大家族，为了争夺白鹿原的统治权，展开了一场惊心动魄、波澜诡谲的殊死较量。先是白嘉轩以退为进，施巧计换取原本属于鹿家的风水宝地，尔后，鹿子霖又以小娥为饵，色诱白嘉轩之子白孝文，以致父子反目、不相往来……直至鹿子霖在镇压黑娃的集会上被吓疯之后，两家的恩怨方告结束。然而，斗争并不是《白鹿原》的全部，在双方斗争的表象之下，还潜隐着对民族命运更为深入的思考。白嘉轩作为白鹿村的一族之长，奉行的是以传统儒家文化为核心的思想道德理念，为此，他身体力行，时时处处都在实践和维护着儒家传统，而鹿子霖、白孝文、黑娃、田小娥、鹿兆鹏、白灵等人又在不同向度上，充当了这一文化体系的疏离与背叛者的角色，白嘉轩一心想恢复和建立起来的传统社会文化秩序，在白鹿原五十年的人事变迁中，逐步走向了衰竭乃至覆亡的境地。当他的长子白孝文以政府的名义将黑娃枪决时，他心中仅存的一丝希望也在顷刻间荡然无存。曾经恪守不渝的信念，在历史沧桑的洗濯之后，竟发觉是那么的渺小和不堪一击，究竟我们这个民族应向何处去，是无限止的争斗，还是在时空的演进中重塑民族的魂灵？这恐怕是《白鹿原》留给我们的至为关键也至为凝重的话题。

《白鹿原》在艺术上的成功实验，也是其成为“中国当代小说巅峰之作”不可或缺的因素之一，小说将“东方文化的神秘感、性禁忌、生死观同西方文化、文学中的象征主义、生命意识、拉美魔幻现实主义相结合”，创造了一种既神秘奇崛，又厚重沉实的叙事风格。

情节设置跌宕起伏，叙述节奏舒缓有致，是《白鹿原》最为鲜明的艺术特色之一。仅仅是一个白孝文“吃舍饭”的情节，就有孝武苦苦相劝，孝文断然拒绝，鹿子霖假意帮扶，实则羞辱，众人“痛心惋惜怜悯”及朱先生暂拒“舍饭”，四个看来难以预料却又顺理成章的小故事前后连贯而成。在如此紧张激烈的情节发展中，又能于叙述间隙，楔入人物的心理活动及景物的描写，故意放慢叙事速度，以维持叙事的内在张力，确属不易。

为凋敝的乡村“竖碑”
——贾平凹之《秦腔》

《秦腔》绝不是一开始就能吸引你的小说，即便你读到一半，甚至更多，你都可能无法进入小说，遑论真正读懂它。读《秦腔》检验的是你的耐性，你对鸡零狗碎生活的感受力和对当下中国农村现状的重新认知。所以，当你为作者笔下这些看似粗糙、平淡，没有一点“意思”的乡野生活感到倦乏时，千万不要停下继续读下去的脚步。因为，它在消磨掉你仅存的一点热情之后，才开始以某种不经意间的结局来补偿。这“结局”愈放愈大，愈来愈攥着你的心，让你感到，“清风街”上的那些人和事原来并不多余，作者是在用最真实、最原始的方式为他们“竖碑”。

> 当我雄心勃勃在2003年的春天动笔之前，我奠祭了棣花街上近十年二十年的亡人，也为棣花街上未亡的人把一杯酒洒在地上，从此我书房当庭摆放的那一个巨大的汉罐里，日日燃香，香烟袅袅，如一根线端端冲上屋顶。我的写作充满了矛盾和痛苦，我不知道该赞歌现实还是诅咒现实，是为棣花街的父老乡亲庆幸还是为他们悲哀。

这段话可以看作是贾平凹写作《秦腔》的缘起，“棣花街”是贾平凹的故乡，而以“棣花街”为原型的“清风街”便成为故乡的一面镜子，时刻让作者处于不安和恐惧之中。而释放这种不安与恐惧又何尝容易？“棣花街”上的人是那么的平庸、琐碎，“棣花街”上的事，是那样的零落不堪，若将这些记忆中的“碎片”移植到“清风街”上，便只能是“密实的流年式的叙写”：夏天义家请客、庆玉盖房拉砖、村委会商量办贸易市场，夏天智听收音机里播秦腔……日复一日、年复一年，似乎生活永远在这种毫无味道的白开水中煮菜。但即使是白开水也禁不起长年累月的磨蚀，它总有一天会变质，会耗尽。当夏天义，这个一辈子坚信土地才是农民根本的老人溘然长逝时，我们竟不知道自己的眼泪应该流向何方。是应该给夏天义，还是“清风街”，是应该给贾平凹的故乡，还是正在凋敝或已然凋敝的中国农村。这有点像古典小说中的“抖包袱”，只不过，贾平凹的包袱抖得更晚，更自然，也更凄凉。

疯子引生（即小说中的“我”）是带领我们步入“清风街”的引路人，他虽疯疯傻傻、行为怪异，以致不惜阉割自己来证明清白，但正因为他异于常人，才比常人的目光更冷峻，更客观，才能够更清醒地看到“清风街”上的人和事下所掩盖的那份无奈与辛酸。

尘埃之旅
——阿来之《尘埃落定》

人们大多并不了解土司制度，它在新中国成立后就消失了，像川藏高原上空的云彩一样，被风一吹，就倏然而过。但它确实存在过，而且在阿来的笔下重新聚合，甲乙丙丁、子丑寅卯，又来了段波云诡谲、浪漫神秘的传奇故事。谁是传奇？就是那傻子，麦其土司第二个女人所生的儿子。

这是个聪明的选择，如果那个他不是傻子，那场夺嫡之争又怎么会比康熙的九个龙子斗得更为步步惊心？如果那个他不是傻子，那场与女土司的女儿、漂亮女子塔娜的分分合合，又怎么会让我们这些见惯了郎才女貌、才子佳人式爱情的男男女女新鲜一把？如果那个他不是傻子，我们又怎么会惊异于他比聪明人还要聪明百倍的脑瓜？……一句话，没有傻子，就没有这场传奇。

是傻子主导了传奇，但传奇再奇，充其量也只是一个精彩的故事而已，搭台唱戏，观众一片叫好声之后，若没有回味，戏的分量就轻了。那就先回味吧？再回头看故事也不迟。

试问人的一生，顶顶重要的是什么？低级点说，是吃喝拉撒睡，高级点，就是事业和爱情了。傻子若是真傻，能正常地吃喝拉撒睡已属不易，哪还有脑水儿去想什么事业爱情？可偏偏他就想了、做了，还做得比别人好，比别人成功，最后搞得他老爸都不得不承认是自己当年看走眼了。可见，傻子并不傻，是阿来在从中作梗，给他背了口“傻子”的黑锅，不过傻子也乐于给自己贴上这个标签，这是他的护身符，他的通行证，他进入尘埃之旅的特殊通道。所以他毫不讳言："我是个傻子。"

这下可好，"我"，也就是傻子开始发威了。"我"不是拙嘴笨腮、木讷少言、反应迟钝吗？那就用眼睛去看，看尽土司家族的残暴冷血和土司治下那些如蝼蚁般生活的奴隶；用耳朵去听，听编窗外画眉的鸣啭和风雨掠过田野上空时的嘶吼；用脑袋去想，想煞"聪明人"不屑或无暇去想的问题。我是谁？我在哪里？我应该做什么？这些个乍一听非常可笑的问题，竟成了傻子每天必修的功课，他时刻都在审视自己，自己的周边，历史和未来。老子说："知人者智，自知者明。"聪明人做到了"智"，却未必能做到"明"，这也许就是傻子高人一等的地方，以至于他虽没有当成土司，在别人眼里，却是"土司们的土司"。这个出于仇人之口的称呼，很直观，也很客观。它道出了小说中始终以第一人称"我"出现的傻子从出生那天起就命定的人生旅程，由不可能成为土司到离土司只有一步之遥，由失去做土司的机会到将众土司玩弄于股掌之中，然后就是这"土司们的土司"的末日——一把刀扎入了肚皮。持刀者并不是"红色汉人"，而是寻仇者。老土司当年种下的恶果，终于以两个儿子的丧命得以补偿。巧合的是，正是那个冤大头多吉次仁的小儿子杀死了傻子的哥哥，大儿子又结果了傻子的性命，这就有些刻意了，可这刻意之后，恰恰是一种证明：麦其土司家及其所代表的土司制度的灭亡，表面上是因红色汉人的到来，实质上却是自身已走到了尽头，走向了崩溃。

在此，傻子在小说中的身份才愈加凸显出来，他既是土司制度的见证者，又是预知土司制度行将消失的先知先觉者，还是亲手瓦解土司制度的领路人，更是让我们看到如此一段历史的叙述人，不过，这还远远不够，想要分清他究竟演多少种角色，还真不容易。所幸，还有"土司们的土司"这个称谓教人去遐想，尽管历史的尘埃已然落定，这个美丽的地方不再有土司和土司治下的生灵……

还是让我们抛下这沉重的主题，来看看傻子，看看那个家，那些人，那片土地和那个寄寓着他灵魂的充满美丽和忧伤的地方吧。与我们一样的是，那里也有爱恨情仇，生老病死，与我们不一样的是，那里还有一个故事，一段传奇，一首沧桑哀婉的牧歌。

门里门外的“玫瑰战争”
——铁凝之《玫瑰门》

玫瑰会盛开，也会凋零，一如女人，会美丽，也会衰老。将玫瑰比作女人，或将女人比作玫瑰，由头是容色，实际却另有所指。在《玫瑰门》中我们能看到什么？难不成就是这“另有所指”？

在婆婆司绮纹眼里，苏眉充其量只是个旁观者或有限的参与者。她没有机会介入司绮纹以前的生活，因为被妈妈送来响勺胡同时，她才8岁；她也没有能力介入司绮纹现时的生活（这里的“现时”指的是小说的主体部分，即苏眉寄居在响勺胡同婆婆家的那几年），即或有，也可忽略不计，因为她，还是个孩子；待她拉着妹妹逃离响勺胡同后，更是与婆婆的世界隔绝。不过，硬币总有两面，婆婆的不以为意，却在小小的苏眉心里荡起涟漪，这涟漪所及，就像苏眉初生女儿额角上的那弯“新月”，轮回罔替，留下永恒。

逃离很简单，我指的是身体，至于灵魂，则要困难得多，甚至每一步都可能是让你回归原点的西西弗斯陷阱。司绮纹是在两任丈夫一年中相继死去后，才被迫承认这一点的，她又回到了本可以断然舍弃的庄家，在这个几乎榨干了她的血和泪的空壳里，继续她的守寡生涯，不同的是，原来守活寡，现在守的是死寡。波澜不惊、平静如水，倒也是好事，这起码让司绮纹感受到自己的存在，没准儿修身养性之后，她会整装待发，开始新的生活。事实上她已经有所尝试，糊纸盒、锁扣眼、砸鞋帮，做佣人，教书，她正用一双劳动之手，涤清旧社会、旧家庭的恶，“站出来”拥抱新政权，但事不遂愿，她劳动的资格被剥夺了，谁让她曾经是“庄家大奶奶”呢？

是非总在不经意间出现，转瞬间，造反运动来临，日月又换了天，不甘受冷落的司绮纹投入了一场新的战争。响勺胡同里这个小小的四合院，便成了她上演“文革”实景剧的最佳场所。先是主动邀请革命小将抄自己的家；后是殷勤接迎革命干部罗大妈“霸占”祖产；再后是为罗大妈一家凌虐、杀害小姑子充当帮凶，诬陷自己的亲妹妹和达先生……无穷无尽的算计，无穷无尽的罪孽，都只为一个“斗”字，和“斗”字底下那不为人所察觉的自保策略。玫瑰终洇出玫瑰色的血，司绮纹那屡屡被压抑的希望也通过这场运动的转换，释放出令人战栗的寒光。

这一切，年幼的苏眉都看在眼里。

苏眉后来幸运地逃脱了，连同她的妹妹苏玮，但留在她们头脑中的印记怎能轻易地消除？尤其是苏眉，这个“无关紧要”的旁观者，目睹了婆婆在一次次争斗中的卑劣伎俩，甚至是某些极微小的细节都历历在目。总之，她是恨司绮纹的，尽管这恨里还夹杂着许多多多说不清道不明的情感，比如感激、同情、怜悯，甚或还有点小小的钦佩吧。这是苏眉始料未及的，钦佩？从何而来？如果苏眉知道婆婆的过去，知道婆婆也曾是一位坚强的隐忍的对生活充满着美好向往的女性，那她就不应该为此感到诧异；如果苏眉能够透过这丑恶的表象，看清婆婆的内心世界，看清她的挣扎、她的无奈、她的情非得已，以致她的善良和果敢，那她就不会因生出钦佩而懊恼或困惑。

人性多么复杂啊，苏眉怎么可能完全了解婆婆，了解那个叫司绮纹的女人，她只是本能地以有限的经验去分辨婆婆身上的色彩，或鲜艳，或妖冶，或灰暗，但在这混乱的色布上，何尝不是女性的全部！当苏眉回到自己的内心，一步步审视着自己的成长时，她才不情愿地发现，就女性而言，她和婆婆没有分别，只不过，婆婆被逼进门里，紧锁门扉；她则成功地突出门外，感受着玫瑰的芬芳。

一个是未脱童稚的女孩，一个是年过半百的女人，她们的交集以不信任的眼神始，以婆婆嘴角上露出笑容而终，谁也不知道这笑容代表着什么，因为，那是属于两个女人的秘密。

玫瑰之门，终于开启了……

“活着”的态度
——余华之《活着》

1860年，美国作曲家史蒂芬·柯林斯·福斯特妻子家中的一个老黑奴不幸亡故，这给福斯特的内心造成了极大的震动。这个老黑奴是福斯特的多年好友，他的亲人早已先后离世，但他生前却依然乐观地活着，友好地对待每个人。老黑奴这种对待生活的态度既感染了福斯特，也触发了这个遭受诸多生活磨难的作曲家创作的灵感，于是他写下了歌曲《老黑奴》。

> ……为何哭泣，如今我不应忧伤，为何叹息，朋友不能重相见？为何悲痛，亲人去世已多年。我听见他们轻声把我呼唤，我来了，我来了，我已年老背又弯，我听见他们轻声把我呼唤……

正是这首脍炙人口的美国民歌，让作家余华下定决心写小说《活着》，写“人对苦难的承受能力，对世界的乐观态度”。

《活着》区区十二万字，可说是长篇中的“短篇”，但一部作品的分量，又岂能用字数来衡量？篇幅虽短，却包容着生活的全部。福贵从一个嗜赌成性的富家子弟到一位孑然一身的放牛老人，饱经了世事的变迁与人生的苦难。

如果说父亲因“我”输光家产而一命归天是“我”人生轨迹发生戏剧性转折的开始，那么接下来所发生的一切，才是“我”成为一个普通人之后，体验到的真正的“生活”。母亲、儿子、爱妻、女儿、女婿，这些至亲之人曾经是“我”对生活尚抱有希望的依凭，但他们的相继亡故，却又一次次让“我”跌落到冰冷的谷底，即便是“我”唯一的外孙都没有逃脱死神的眷顾。苦难似乎是覆压在“我”身上的魔咒，始终桎梏着“我”在人世挪移的每一步。但，接踵而至的苦难也让“我”更清醒地认识到，“活着”有它超越岁月与死亡的更深刻的意义。那就是“活着”的态度。

“人是为活着本身而活着的，而不是为了活着之外的任何事物所活着。”余华在序言中，这样表达他当初之所以写《活着》的初衷。这句话同时也在提醒我们，尽管我们不可能像福贵一样，经受如此凄惨至极的人生，但我们必定会面临人生路上许多看似无法承受的不幸与打击，试着接受苦难并勇敢而积极地面对苦难，才是我们的心灵走向成熟的精神之路。

《活着》借用一位老人对自己身世的诉说，道出了挣扎于社会底层的小人物在时代沉浮与社会变革中的普遍生存状态，与《秦腔》相类似，它也采用了第一人称“我”的叙事手法。但《秦腔》中的引生仅仅是“清风街”人事的旁观者，而福贵既担当了家庭苦难的叙述者，又是小说的主人公。双重身份的设定，让我们在阅读《活着》时，或许能读出更多的“自己”。

抗争的悲壮，悠远的悲悯，彻骨的悲凉
——迟子建之《额尔古纳河右岸》

今位于内蒙古自治区东北部的额尔古纳河是黑龙江的一条支流，自《中俄尼布楚条约》签订至今，一直是中俄两国的界河。数百年前，鄂温克人自贝加尔湖畔迁徙至额尔古纳河右岸，从此，在这片广袤的原始森林中繁衍生息，并形成了自己独特的民族文化——鄂温克文化。《额尔古纳河右岸》便是通过一位九十高龄的最后一个酋长女人的讲述，描绘了东北少数民族鄂温克人的百年沧桑史。

他们居住在“希楞柱”（一种用松木杆搭建的简易帐篷）里，以放养驯鹿和狩猎为生，有储藏食物的专门仓库——“靠老宝”；他们跳“斡日切”舞；请萨满（巫师）“跳神”以祛除病魔，人死了要举行风葬仪式；信奉“玛鲁”神……这些具有神秘原始气息的部落文化特征曾经是他们维系生存不可或缺的精神元素，也造就了他们达观超然、不屈坚韧的生命意志。无论是严寒、饥饿，还是战火硝烟，抑或异族文明的入侵都无法摧垮他们内心中那份坚定的信仰。即便是面对强大的现代工业文明，他们仍在做“明知不可为而为之”的抗争。然而，对于一个弱小的民族而言，这种抗争毕竟是软弱无力的，当鄂温克人向新的猎民定居点大规模搬迁时，也是这个民族行将灭亡的前奏。正因为如此，当迟子建让一个九旬鄂温克老人叙述鄂温克民族的历史时才多了一份抗争的悲壮，一份悠远的悲悯，一份彻骨的悲凉。

茅盾文学奖评委会在给《额尔古纳河右岸》的授奖辞中如是说：

迟子建怀着素有的真挚澄澈的心，进入鄂温克族人的生活世界，以温情的抒情方式诗意地讲述了一个少数民族的顽强坚守和文化变迁。这部“家族式”的作品可以看作是作者与鄂温克族人的坦诚对话，在对话中她表达了对尊重生命、敬畏自然、坚持信仰、爱憎分明等等被现代性所遮蔽的人类理想精神的张扬。迟子建的文风沉静婉约，语言精妙。小说具有史诗般的品格和文化人类学的思想厚度，是一部风格鲜明、意境深远、思想性和艺术性俱佳的上乘之作。

如今看来，确是如此。

一场不折不扣的喜剧？
——格非之《春尽江南》

这个世界最可怖的事情，就是你看到了“真实”。

这是在读完《春尽江南》后，我的第一感受。生活在现实世界中的我们，总在不停地追问：事实是什么？真相是什么？但是，当真相确凿地出现在我们面前时，我们却踌躇了，畏葸了。我们本能地不愿承认它，因为我们知道，一旦承认了，就宣判了我们的死亡，原因很简单，我们自己正是这“真相”的始作俑者与合谋者。机关算尽，自己却陷入了无法自拔的恐惧和噩梦中，即使不必像王熙凤般草席裹尸，又与行尸走肉何异？

《春尽江南》的色调是灰暗的，从没有见一块甚至是星点的湛蓝，用主人公端午的话来说，就是“雾霾”，天空、城市、旷野、江河，乃至人们的生存交往，无不笼罩在这种雾霾当中，而更为可悲的是，“所有的人对它安之若素”，因为所有人都在不知不觉中成了雾霾本身。端午是如此，他对十九岁少女——秀蓉的背叛，便是时代“雾霾”的初步显现，那个充满激情和理想的诗人端午已开始蜕变为被动接收浮靡时代的落伍者。秀蓉亦是如此，在遭到端午抛弃后，她那颗纯净的不掺杂任何杂质的心随之死去，她将名字从“李秀蓉”改为“庞家玉”正说明这一点：秀蓉，秀外慧中，如出水芙蓉，主气质、尚诗意；家玉，小家碧玉，已成俗体，主物质、尚功用。无怪乎端午感慨“秀蓉在改掉她名字的同时，也改变了整整一个时代”。因此，他们一年之后愚人节那天的重逢以致结合，与其说是难舍旧情，毋宁说是这时代的产物，是时代跟他们开了一个可大可小的玩笑。

时代的玩笑远不止于此，王元庆、徐吉士、陈守仁、绿珠、唐燕升、徐景阳……他们在不断地追赶时代的步伐或随时代而亦步亦趋，却也因时代而陷入整体的覆亡和沦丧，无一幸免，或成为肉体的“牺牲”者，或成为灵魂的“牺牲”者，但牺牲的本质却有高度的一致性，即没有任何价值，这才是牺牲原初的意义——死亡。如果我们还足够清醒的话，应该晓得：我们也在其中。

小说第三章，端午的顶头上司冯延鹤对人的分类虽简单，却道出了我们不忍面对的真相。就是“所有的地方都在被复制成同一个地方，所有人的人也都在变成同一个人——新人。”尽管诸如王元庆、庞家玉、绿珠，还包括似乎在冷眼旁观的端午等人，心里尚残存着一丝“纯洁和宁静”的希望，但他们都最终败下阵来，不得不面对这“白蚁蛀空了莲心”的结局。

这让我想起了鲁迅先生《再论雷峰塔的倒掉》中说过的一句话：“悲剧将人生的有价值的东西毁灭给人看，喜剧将那无价值的撕破给人看。”如此说来，《春尽江南》讲述的就不应是悲剧，而是一场不折不扣的喜剧了?!小说中徐景阳说得好：“说到底，就是一个 Game 而已。”

还是让我们重新回到原点，回到时间的太初，听听那“睡莲”的声音吧——

……仿佛
这天地仍如史前一般清新
事物尚未命名，横暴尚未染指
化石般的寂静
开放在秘密的水塘
呼吸的重量
与这个世界相等，不多也不少

世上所有的秘密都藏在梦中
——麦家之《解密》

“这并不是一部惊悚悬疑类小说。”英国《经济学人》周刊如是说。惊悚悬疑有惊悚悬疑的套路，至于什么套路，地球人都知道，无外乎通过神秘诡异的故事情节或阴森恐怖的气氛渲染，给人以心理上的巨大冲击。而《解密》或许会令人失望，名为“解密”，却并没有解开我们所期待的秘密，比如容金珍是怎样层层剥茧、寻踪觅源才破译紫密的，这其中的步步惊心、险象环生呢？类似的疑惑还有很多，应该说，这都是我们的心理定式使然。不过，当我们走进小说的叙述时，将会很快把原先的想法丢进垃圾桶里，由猎奇而关注起人物的命运来。容金珍后来怎么样了？这可能是大多数读者在阅读过程中的频频闪念。这就对了，正中麦家的下怀！

故事同样是生动的，如果你不再痴迷于那些主观臆想的秘密。

容金珍，外号大头虫，继承了他祖母的大头，还有数学天赋，又从洋先生那儿学得英文和解梦之术。八岁前没上过一天学，却无师自通，发现并总结出乘法口诀，接着又摸索出等差数列求和的演算公式；每天用英语读《圣经》，书上的故事能倒背如流。上学后，直接进中学读书，并连跳几级，以全省第七名的成绩顺利考入赫赫有名的N大学数学系。其惊人的数学才华很快被他的老师——犹太籍教授希伊斯发现，（希伊斯是当时世界顶尖的数学家，后因战乱流落到N大学执教。）并力荐他去斯坦福大学读书，可是命运弄人，正当他准备起程踏上繁花似锦的道路时，一场灾难突然而至，他被永久地留在了中国……

如果你不愿让作者牵着鼻子走，那么把这里当作起承转合之“转”是再合适不过的，因为，容金珍的人生由此被彻底改变了，他攀登数学顶峰的脚步还没有发力，便戛然而止。但谁也没有想到，另一个高峰就像专为他量身定做一样悄然耸立，等待着他披荆斩棘、一往无前。这座高峰便是破译密码的高峰。

在接下来的叙述中，麦家充分地发挥了他在密码破译方面的专长，让我们在为这项神秘事业啧啧称奇的同时，渐渐走进他的叙事阴谋而不能自拔，不过此阴谋非彼阴谋，当事人斗智斗勇、殊死搏杀的谍战剧情并未如期上演，反而是无关破译过程的前前后后成了故事主体。神秘的瘸子，无人知晓的通信地址，特别单位701，幽灵般的希伊斯，几乎不可能破译的紫密黑密……这些听起来甚为诡异且令人毛骨悚然的人事，不过是为容金珍的壮举聊以点缀罢了。事实证明，从始至终，唯一支撑他走向成功的便是那颗几近偏执的天才之心，也正是这天才之心，让他甘享孤独，乃至因一个小小的意外而黯然陨落。正如作者所言：“破译密码是一位天才努力揣摩另一位天才的‘心’。这心不是美丽之心，而是阴谋之心，是万丈深渊，是偷天陷阱，是一个天才葬送另一个天才的坟墓。”从这个意义上讲，容金珍葬送了别人（破译紫密），也被别人所葬送（因丢失笔记本而致疯，未能破译黑密）。

由此，在麦家笔下，我们看到了两场阴谋。

他用一场叙事的阴谋讲述了另一场破译的阴谋。

难不成这也是个谜？
——苏童之《河岸》

这个世界有两级，一个是岸，一个是河。其实《河岸》就这个意思。你也可以用其他的词，譬如此与彼，首与尾。大抵仍在“二”的包围中。若岸是现实的话，河就是理想了；若河有幸被尊为现实，岸自然沦落为理想。角度不同，岸与河在你心目中的位置也不同。

库东亮一开始是在岸上的，邓少香烈士的遗孤——综合大楼里库文轩书记——的儿子，干部家庭，出身高贵，所以能吃上奶油面包，坐上海绵沙发。20 世纪六七十年代，一个物质匮乏的时代，面包和沙发自然不是寻常人家的物什。血统让东亮享有优渥……待到这一切被剥夺时，东亮十三岁，岸放逐了他的父亲，也放逐了他。同样是因为血统，向阳船队便多了两个流浪者。此时，河，具体说，七号船才是他脚下的现实。当然，东亮的放逐不是“被”，而是“要”，是他主动的，是自我放逐。为什么不选择岸上的母亲？据他讲，是“命运”。命运这个词很神秘，命运可以让库文轩做邓少香背篓里的婴孩，也可以让别人做，命运可以让库文轩在综合大楼里作威作福，也可以让他剪断自己下身的“肮脏物”……命运能做很多事，在命运面前，“主宰命运”显得多么苍白无力。

回到小说，东亮到河上是十三岁，到父亲跳河时，正好是十三年，也就是说，东亮的整个青春都给了河。船离不了岸，东亮也试图去接近岸，他在心中给岸保留了一个位置。但岸给他带来的是刺痛，除了慧仙。这里，我不得不提到慧仙，因为她可以证明东亮有过青春期所有的躁动和欲望。我有个很奇怪的想法，就是如果没有慧仙，东亮的青春该怎样渡过？会不会连单相思都不可能？会不会走他父亲的老路，或者变成一个流氓？亏了慧仙，把东亮从河上引到了岸上，才让东亮的情感不至于出位。故事也变得生动起来，理发店的风波可谓跌宕起伏，单是从恋与被恋的角度，也让我们更真实地体验了一把“成长的烦恼”。东亮的烦恼与“少年维特的烦恼”颇有几分相似，只不过东亮没有自杀，他的父亲却走上了不归路。

库文轩的自杀另有隐情。自他被岸放逐之后，便发誓“永不上岸”，这话挺虚伪，他其实特想上岸，换句话说，就是东山再起。从东亮每次上岸都要给他投递申诉信，就能看得出来。在小说里，库文轩是个被迫害者的角色，这符合东亮的情感思维，天然的父子之情。但跳出来看，库文轩的猥琐和卑劣不亚于赵春堂。这样归类似乎很残忍，但残忍常常更能道出真相，历史的真相。历史的真相是“历史是个谜”，这句话好像是文具店的老尹说的。谁都可以说他讲述的“历史”是真相，只要他掌握了话语权。

所以看到库文轩驮着邓少香烈士的纪念碑一块儿沉入河里时，我的内心平静如水。岸上？河上？都无关紧要，它们只是世界的两级，被裹挟在其中的人们永远在其中奔跑往复着。写到这儿，我浑身战栗，我甚至开始怀疑库东亮声情并茂的述说，难不成这也是个谜？一个巨大的谜?!

点点杨花入砚池
——王安忆之《天香》

孤峤蟠烟，层涛蜕月，骊宫夜采铅水。汛远槎风，梦深薇露，化作断魂心字。红磁候火，还乍识、冰环玉指。一缕萦帘翠影，依稀海天云气。

几回殢娇半醉？剪春灯、夜寒花碎。更好故溪飞雪，小窗深闭。荀令如今顿老，总忘却、樽前旧风味。谩惜余熏，空篝素被。

——［宋］王沂孙：《天香·咏龙涎香》

明嘉靖年间，松江府（即今上海市）有一园，曰“露香园”，乃当时上海三大名园之一。主人顾名世为官多年，后赋闲还乡，其孙媳韩希孟擅绘画及刺绣，所制绣品几与画同，时称“画绣”。流传至今，人亦称“顾绣”。

《天香》的故事即源于此，然是小说，名号当有所改动，“露香园”改为“天香园”，“顾名世”改为“申明世”，“韩希孟”改为“沈希昭”，其余诸人未及考证，想必定是相差极大的。搁下名号不论，天香园中一应发生的故事，虽承自“顾绣”，但与本事已无多少相干之处。或可以说，作者是在“顾绣”（小说中自然应称“申绣”）的屋宇下，重新添砖加瓦，雕梁画栋，方撑起这段“明朝旧事”。

既为“绣”，女儿家的情意自在其中，不是一个，是多个，不是一代，是三代。闵女儿将绣艺带入申府，本止于针线女红；经小绸“诗心”之注入，于是渐成气候，然仍脱不了日常物用之途；待希昭“绣画”出，方达至天人合一之“完德”；至于蕙兰，更因她将“天香园绣”从绣阁传入民间，而建莫大功勋。在这代际的传承中，“心”为最贵，其次才是诗书画，再其次才是绣艺。所以，天香园的故事便是由这“心”牵系着，闵女儿的无爱婚姻，小绸的“负心”之怨，镇海媳妇的良苦善意，希昭的毓秀涵养，蕙兰的凄苦际遇均是这“心”的一角，每一角又因这样或那样的缘由，互通款曲，如小绸与镇海媳妇，如希昭与蕙兰，正应了小说中屡次提及的一副对句：“点点杨花入砚池，近朱者赤，近墨者黑；双双燕子飞帘幕，同声相应，同气相求。”哪里是在说爱情，分明是道出了女儿家的姐妹情谊。

文人趣味，亦是《天香》一景，且是极重要的映衬。园林、宴饮、婚丧、刺绣，书画、管乐、制墨等等，不一而足。此中无论雅俗，在作者的笔下，都沾了雅的兴味和俗的精致，乃至于贩夫走卒、引车卖浆之流的话语中，竟可见出洞明世达的学问和理趣。无怪乎柯海要自行制墨，镇海一意遁入空门，阿潜则随优伶辗转了些时日，阿昉更是要亲自去街市上开豆腐店。雅趣与俗趣之所以能在此交汇融通，实依托于万物之本。天工开物，物理本源于一。正所谓“道生一，一生二，二生三，三生万物”。所以俗即是雅，雅即是俗。“天香园绣”便在这雅与俗的世相中陶冶轮回，终入仙籍。揆诸小说，便有两重含义，一可见明时上海的风物流俗，二可见藏于这风物流俗之内的情致秉性。

此外，须提及的便是王安忆在《天香》中所使用的“红楼笔法”，清雅细腻，纡柔素净，不疾不徐，舒缓有致，恬静中见情趣，淡泊中见真醇，与所述世态人情相得益彰，契合不悖。虽是仿笔，但丝毫不逊于“红楼”，或有更胜一筹之情态。

小说中，希昭言：“一件物，倘若物表、物性、物本皆全而美，且又互为照应生发，便是上乘，缺一则不成大器。”据我看，《天香》足可称也。

幽幽“蛙”鸣
——莫言之《蛙》

蛙是动物，娃是人，娲是神，三者联系到一起是什么？是生育，是繁衍。莫言以“蛙”作为小说的题目，其意自然包含于此，但又不止于此。中国人传宗接代的思想自古而然，什么“不孝有三，无后为大”，什么“多子多福”“养儿防老”，什么“子子孙孙，无穷匮也”，这些个承自于农耕文化的观念，至现在，仍有巨大的市场。可地还是那么大的地，有限的资源容不下那么多人的吃吃喝喝，于是乎，“计划生育”便应运而生。按理说，这么做是应该的，总不能让中国人的后代都喝西北风去吧？但这个“理”是社会发展的“理”，一旦与温热的人性人情相碰触，就立马变得冰冷和坚硬起来。

从现实看，在理和情的较量中，是理胜了；可是在人们的内心深处呢？在莫言的这篇明明是写“娃”、却以“蛙”命名的小说中呢？

姑姑是乡里的专职接生员，她用科学卫生的新法给妇女接生，守着土法的“老娘婆”自然要退出历史舞台。由姑姑亲手接生的婴儿很多，经她手引流的小生命也不计其数，这是个悖论，“送子娘娘”怎么会变成“刽子手”？但于姑姑，这一切本来都好解答，一边是允许生，一边是限制生，作为一个忠实的执行者，姑姑只能照做，她集毕生精力诠释的其实是如她一样的身份模糊的一群。她们在政策与人性的边缘游走，干的是光明正大的事儿，但却架不住内心的折磨。

到后来，到姑姑老的时候，到她膝下终无一男半女，和捏泥人的郝大手相依为命之时，这种撕心裂肺的感受才越来越强烈，她让郝大手捏泥娃娃，她想象自己毁掉的每一个孩子的面容，它们的五官，它们的一颦一笑……这些本应该出生在这个世界的孩子的魂魄，都被她一厢情愿地注入了一团团泥塑里。对姑姑来说，这是忏悔，也是赎罪。那些在池塘边爬行的蛙让她口吐白沫，昏厥倒地；那些声声泣血的蛙鸣让她寝食难安，辗转反侧。是的，她大半生的时光都是在和这些蛙／娃的较量中度过的，但她并没有获得心灵的安适，反而愈加自责和悔愧，这是出于人性的自责，是人之所以为人，都会流露的情感。看来，姑姑并非人们所看到的铁石心肠，她也有人性，或者说，她的人性在慢慢地复苏。

我们知道，人性在被外力抑制时，或一个人对自己与生俱来的这种天性无甚察觉时，是一种状态，如姑姑，那种近于疯狂的执拗与冷酷；而这种人性之光一旦复苏，就是另一种状态，这种状态，可能会有不同的路向，其中之一，就是从一个极端走向另一个极端。之于姑姑，这种极端就变得相当的可怕。曾经是不顾一切地毁灭生命，而现在，则是不顾一切地缔造生命。年近花甲的“我”竟然能让已经无法生育的妻子“诞”下一个婴儿，便是明证。姑姑最后一次亲手接生了一个生命，在她眼里，这个生命就是他侄子和侄媳的，她终于完成了自己的夙愿，虽然不能说画上了一个完美的句号，但至少不是永无休止的感叹号。可是，那个代孕的女子陈眉呢，那个因姑姑曾经追逼她的母亲，而导致其产后大出血死亡的王胆的女儿，继其母亲之后，又一次充当了牺牲品的角色。如果说母亲的死是一场悲剧，那么陈眉怀胎十月，为“我”和妻子生下孩子，却被姑姑欺骗说“生了个死孩子”，而不让陈眉母子见面，生生断绝了陈眉的唯一念想，又是什么呢？闹剧？抑或喜剧？……由此，姑姑的形象愈发复杂起来。

当然，事情并非全然如此，也就是说，姑姑铸下更大的“罪恶”，并不完全是人性久被压抑后突然爆发的结果。还记得“我”、小狮子、姑姑一干人等，因“我”老来得子，大摆筵席、弹冠相庆的情景，与陈眉绝望的祥林嫂式的凄厉声相对照，是多么沉痛而绝妙的讽刺！原来，姑姑人性的复苏，姑姑心头刚刚冒出的善良，竟然在现实社会的酱缸里如此不堪一击，如小说中所言，当下是什么，是富人、名人、有权力的人可以包二奶、三奶，可以多生，超生，甚至弄个把私生子都没问题。而那些普通人呢，屌丝呢，那就是你想多生一胎，不行。你就是怀胎七八个月了，也要给你打掉。而“我”，正是这优势群体中的一员。

所以，姑姑的形象也在这更趋复杂的演绎中，衍生出一个令我们蓦然惊惧的残酷现实，那就是精神价值观缺失后，人性的大逃亡以及无以挽回的崩溃。

这“人间”不来也罢
——李锐之《人间》

1999年，雷峰塔倒塌75年后，杭州市政府做了一项顺应民心的决定——重建雷峰塔。与此同时，对雷峰塔地宫的开掘，便成为人们争相关注的焦点。在他们的内心深处，那片杂草与瓦砾掩埋的废墟下面，是一个流传千年的古老传说，是牵系着无数人情感记忆的白色精灵。人们凝神屏气、双目圆睁，默默等待着地宫开启的那一瞬间……

令所有人颇感意外的是，地宫被掀开后，人们并没有发现白蛇的踪影，却发现了另一个惊天的秘密：《法海手札》。

这是真的吗？当然不是！地宫的确被发掘过，但若说地宫中存放着白娘子的死对头法海的手札，无疑是作者的杜撰。然而，正是作者精心编织的这一谎言，重新勾起了我们寻觅“白蛇”真相的渴望：《法海手札》中究竟讲述了一个怎样的“白蛇”？它还是我们记忆中那个美丽而痴情的“白娘子”吗？法海又为什么要置人间真情于不顾，将她与许仙活活拆散呢？在法海的内心里，到底有什么样的“心魔”在缠绕驱使着他？……

这些未解的谜团，在李锐与蒋韵合作完成（因与出版社签订合同时，未署蒋韵名，故小说在正式出版时，作者仍署李锐名）的这部重述“白蛇传”的小说中，一一为我们揭开了谜底。可是，揭櫫“真相”却并非作者的最终目的，小说中远有比真相更清晰，也更可怖的东西，那就是人心。

为了能做一个真正的人，白蛇本欲在“白云洞”中苦修三千年，可到了第二千九百九十九年，她却因救一老妇而功亏一篑，终未修得“人心”。但一心要做人的她岂能罢休，凭借已修得的“人的情色之身”，她义无反顾地来到了人间。她虽不是人，却希望用自己的真诚打动人，融入人，并成为人的一分子。为此，她断然放弃自己作为“妖”的无穷法力，谨守人间的秩序和规范，“接受属于‘人’的一切命定”：为救许宣，她舍命求得“九叶草”；客居“碧桃村”，她种瓜种菜，与夫君同甘共苦；得知自己生下的孩子是“人身”，她喜极而泣；胡爹被五步蛇咬伤，她奋不顾身、悉心救治；乃至在决定人蛇生死存亡的惨烈厮杀中，她都不惜“出卖”自己的同类，毅然决然地站在人类一边……为能得到这可怜的“人”的名分，她甘愿付出自己的所有，即使是生命又何足惜哉？但令她万万没有想到的是，就是她一心为之帮助和善待的“人类”却成为将她送上刑场的刽子手。当她举起短剑，朝自己的心窝猛刺的那一刹那，才真正地明白：“她，她的孩子，她孩子的孩子，永远都不会是一个完美无缺的——人”。而这“人间”，不来也罢！

“当迫害依靠了神圣的正义之名，当屠杀演变成大众的狂热，当自私和怯懦成为逃生的木筏，当仇恨和残忍变成照明的火炬的时候，在这人世间，生而为人到底为了什么？”李锐在《人间·偶遇因缘（代序）》中这句痛彻心扉的话，是对我们每个人内心的拷问。

“粉孩儿”在小说第一章中即已出现，他既是白素贞和许宣爱情的结晶，又是白素贞曾经人世的生命延续，从这个流淌着母亲血液的孩子身上，我们或许能寻绎到“白蛇”生生不息的传说。

前世相约的“牢”
——严歌苓之《陆犯焉识》

1955 年春天，当 48 岁的陆焉识和一帮子劳改犯被卡车押送到青海的大草漠时，他随身带了这么几样东西：一只白金欧米茄手表、一对纯金袖扣、一个蓝宝石领带夹、一张全家福小照。在世俗的眼里，照片不值钱，倒是其他的三样，还是蛮贵重的，可时间、地点和环境却不上套，硬是让这连城的价，没了值钱的去处。于是，到了 1959 年，应该是“三年自然灾害”的第一年吧，陆焉识几乎没经过多少思想的斗争，就把欧米茄换成了五个鸡蛋，填到了肚里。欧米茄表是妻子冯婉喻送的，这个远在千里之外，给陆焉识生了三个孩子的女人可能无论如何都不会想到，他深爱的男人在穷途末路山穷水尽之时，连掷色子抓阄的功夫都省了，把心底里的那份爱毫无保留地许给了别人，许给了两段露水情缘。如果说袖扣和领带夹是他陆焉识也曾经历过真爱的证明，那欧米茄又是什么，又能证明什么呢？

从 1955 年，或者从 1954 年陆焉识被带上囚车的那天起，欧米茄便开始在记忆和现实的分分合合中磋磨着他，改变着他，直到 1976 年他被特赦出狱，整整二十二年。二十二年间，陆焉识几乎可以作为新中国成立后政治运动受害者中的知识分子典型被写进史册，他的被迫离婚，他的失败逃亡，他的隐忍乖顺，他的狗屎尊严，还有他卑微的可以被任意褫夺的生命，都在从容散淡的文字中洇满血泪。不过，幸运的是，他还有欧米茄，那块儿被他轻易抛弃、又失而复得的爱情凭证，最终唤回了他那颗流浪的心。冯婉喻也是幸运的，如果没有丈夫的身陷囹圄以及往后的变故，她恐怕一辈子都生活在一厢情愿中。那时候，是一厢情愿地嫁过来，一厢情愿地卖掉祖母绿给他买手表，一厢情愿地思念着他，一厢情愿地等他归来，甚至一厢情愿地为了救他而委身于戴同志，而现在呢，爱对等了，十二分的气力终于有了着落，只不过，从起点到落点，竟是一辈子。一辈子值吗？至少在冯婉喻，是值得的，因为她从没有怀疑过丈夫对他的爱，就像她从不怀疑自己对丈夫的爱一样。

是的，这样的结局让我们深为婉喻不平，凭什么陆焉识可以花天酒地、风流浪荡，甚至要辗转国内外，寻求他的自由爱情，而冯婉喻却要独守空房，照顾一家老小，难道就因为他那迟来的回心转意？慢着，在这看似正义的声讨中，我们是不是无意中忽略了什么，比如这前后的因由。想锁住焉识的是他的继母——恩娘，而不是婉喻，可婉喻作为恩娘的侄女，又恰恰成了一枚绝好的棋子，既然是棋子，哪怕是珍珠做的，又怎会令焉识不心生厌弃？焉识表面上在拒绝婉喻，实际上是在拒绝恩娘和恩娘强加给他的无爱的婚姻，只不过心拒绝了，身体还得回来，这里面是社会角色和家庭角色的无奈，是那一代知识分子在传统意识与现代思维中挣扎的无奈。正如焉识后来无奈地接受自己角色的一次次变化一样，由教授陆焉识而“反革命”，由死刑犯而278（囚犯番号），由老陆而老卷而老几，伴随着他的枯老，名号也越来越走向衰微的边缘。“老几”？究竟他陆焉识是个什么东西，连他自己都讲不清，这样看来，他的举人父亲当年给他取“焉识”二字，岂不是一语成谶？焉识，焉识，怎么才能认识呢？

从这个意义上讲，是婉喻帮焉识认识了他自己，也帮焉识认识了她。那精心准备两年的逃亡，不正是为了能对她说一句“爱你”吗？而复婚后的那天下午，婉喻站在阳光里赤条条脱得一丝不挂，也正是要跟老眼昏花的焉识重新走一遍他们几十年来从未开启的旅程。现在，是时候了，那将是浪漫的，美丽的，真实的，纯洁的，包容一切、又撇下一切的生死相约。

让荒诞照进现实

——阎连科之《受活》

就算它是一则寓言吧，可这寓言为什么让你在笑中带着满眼的泪花？就算它是一个真实的故事吧，可这故事为什么处处充满着荒诞不经的言说？真实与荒诞交错了，遇合了，在小说里，就是作者心灵的述说，就是读者魂魄的疼痛。我很难受，读者说；我也难受，作者说。至于怎么个难受法儿，像锤击，像针刺，像噩梦，像鬼影，这些大概都可以形容，但若仅止于此，我们着实是把阎连科看低了。

受活庄是个小地方，一百九十口人，瞎子、瘸子、瘫子、聋子，凡是身体残缺的种种，都能在这里找到绝好的对应。但现实是，我们的经验里，这种地方根本就不存在。那么，作者是在想象了，有这么一个地方，这么一群人，他们本来自得其乐，如果没有圆全人的进入，他们完全可以永远将这种生活持续下去。我说的是如果，换句话说，这种可能性是不存在的。不是圆全人硬要掺和进来，而是人性的自然需要。受活人不想成为异类，他们在努力接纳圆全人，也期盼被圆全人接纳，可他们犯了个错误，而且是致命的，就是身份的改变需要一个良好的外部环境，不幸的是，他们偏偏选择了一个错误的时机，和圆全人订了一个看起来很是“受活”的不平等条约——入社。自此，他们的命运便成为圆全人可以随意拿捏的玩偶。不过，事情也可以反过来想，他们不入社可能吗？在那个狂热的年代，想置身世外，或者会更惨。所以说，当人类意识到此身份与彼身份的差异，并本能地将这种差异夯实加固之后，人类也将在劫难逃。

好在茅枝婆早早就认清了这一点，她起初是对“革命”顶礼膜拜的，她梦想着在受活庄复制或延续她心目中的“革命”，可她不知道，革命的味道变了。铁灾、大劫年、黑灾、红祸、黑罪、红罪，哪一次没有“革命”的参与？可每一次都差点儿革了受活人的命。退社的决心难下，后来总算是下了，一旦下了，就坚如磐石，任尔东西南北风，我自岿然不动。这是茅枝婆在向受活人赎罪，也是茅枝婆历经磨难之后的幡然醒悟，大彻大悟。但读来还是感觉忒别扭，幸福的生活究竟在哪儿？退社，退回原来的生活，退到自给自足的封闭世界当中，就受活了吗？难道这就是人类苦苦追求的幸福？……显然，把它看成是作者对幸福归宿的精神注解，更好一些。

请原谅，我在结尾才提到柳县长，是有原因的。这个人其实不足为道，在他的一系列狂热举动背后，明眼人都可以看到一张大网，历史的，文化的，宗教的，等等都在起作用。当然，他不简单，但也不复杂，读读二十四史，一切都有迹可循。闹剧的开幕与结束，恰恰证明了一条真理，闹剧终归是闹剧，总有收场的时候，只是，这样的闹剧怎样才能不再上演？值得深思。

那道坎儿
——张翎之《金山》

2003年夏天，一个不速之客闯进了著名侨乡、广东开平的一座几乎被人们遗忘的旧碉楼，她拾级而上，在三楼一个陈旧的梨木大衣柜前停下来，好奇心驱使她打开了吱呀作响的柜门，她惊异地发现里面竟然有一件年代久远的绣花夹袄，而更让她目瞪口呆的是，夹袄的袖筒里藏着一双挂了丝的长筒玻璃丝袜。在民国年间的广东乡下，能够拥有丝袜这种时髦服饰的无疑是金山伯的女人，她强烈地意识到，这夹袄和丝袜的主人在召唤着她，拨动着她早已萦绕在心头的那根弦，由此，她开启了又一次的写作之旅。她，就是张翎。

“百年华工的血泪史……”

这只是出版商为提高销量的噱头，你大可一笑置之。当然，提“血泪”一点也不为过，但在血泪的幕布上却上演着远比血泪本身更生动和丰富的内容，如果用更准确的词汇，我想用“丰满”。这不能不归功于张翎的选择角度。她仅仅是选择了广东开平一个小村庄中方得法一家的聚散离合，便为我们展开了许许多多不为人知的传奇故事。故事可以杜撰，但故事底下的魂，却是真实的。

是什么牵扯着方得法，让他离开故土，又惦念着故土呢？在读《金山》时，我一直在寻找着答案。家人的吃穿用度，自然是原因之一，但隔三岔五有寄回去的银票；还可能是中国人落叶归根的观念使然，但方得法有的是机会返乡，可他却屡屡以生活困窘、无颜见家乡父老为由作罢。这说明，他的思念，他的记挂，远远不是我们想象的那么简单。从他和妻子关淑贤（六指）的关系中，我们或可见出某些端倪。他娶了六指后，便誓言要接六指去金山一同生活，但几十年过去了，他的承诺最终也没有兑现。而这诺言始终刺得他心底生疼，他不是非要还乡不可，或者说他的“乡”由原来可见可感的家乡，已经逐渐固定在一个人身上，那就是他深爱着、也深爱着他的六指。所以，我们就不难理解，当次子锦河代替妻子来到金山后，他为什么会“被惊讶重重地击中，几乎坐倒在地上”。他并不是不愿儿子来，但他更想看到的，是爱妻六指的身影，这个宁愿砍掉一根多余的手指，也非他不嫁的女人，几乎是他活在这个世界上的全部念想。所以，当浩浩荡荡的淘金大军，忍受着轮船底舱的污浊，奔向异国土地时；当他们甘愿在城市的边缘，忍辱负重，靠做苦力挣得微薄的银洋时，他们其实都怀着方得法般简单而朴素的愿望。生存下来，家庭团圆和幸福，才是他们的初衷。

张翎看到了这一点，她用一个个细节的真实诠释了历史的厚重。而这份厚重，却是隔洋守候的两个人用他们全部的生命体验来完成的。当然，在这条爱情加亲情的主线之外，还有方家几代人的生活，他们更像是以生命延续的方式，诉说着华人融入当地社会的不易和困惑，由被称为“猪仔”到排华法案的施行和废除，由禁止亲属入境到因为华人在战争中的贡献而解禁，由被虐待和歧视到给予平等的权利，华人走过的心酸路，都包裹在方家子孙具体而实在的日常生活中，但华人的融入步伐却远没有结束，就像方家的第三代延龄竭力要将女儿艾米改造成一个纯正的加拿大人一样，她甚至不愿意承认艾米的中国血统，她用这种极端的方式，再次浇醒了我们久已麻木的神经，身份的认同，无论你承认不承认，都是横亘在人类面前难以跨越的坎儿。

错过了什么，放下了什么
——方方之《水在时间之下》

乍看到这个书名《水在时间之下》，你的脑子里是不是立马蹦出来一个问号：水为什么会在时间之下呢？接着，是第二个问号：究竟这部小说讲了一个什么样的故事？那么，请翻开第一页的“楔子”——“我写的这个女人在汉口……她叫水滴……你就是当年的水上灯……当戏子，就两个字：心苦……这一滴水业已穿越八十年时光……时间可以埋没一切……我这滴水就埋在时间下面……”把这些断续的声音连缀，你是否已经猜出个大概？不错，这是一个艺名叫“水上灯”（“水滴”是生母抛弃她时给她起的名字，意指“只当是世上的一滴水，滴下来，没人搭理，就干了”）的汉口戏子八十年苦痛人生的回忆，当然，在方方笔下，这回忆便不再是“回忆”，而是“演绎”。

时间在1920年早春，一个女婴呱呱坠地，一段传奇即将开始。

水成旺喜得千金的那一天，突遭飞来横祸，惨死街头；水家人将水成旺之死归咎于刚出生的女婴，生母为图富贵安逸，无情地抛弃了她；女佣菊妈心生怜悯，又把她偷偷送给堂弟杨二堂夫妇收养。自此，水滴历经磨难，遍尝酸辛。杀父之仇、遭弃之恨、受辱之屈，痴恋之情，塞满了她心智的每一处角落，也引领着她波澜起伏、大悲大痛的人生轨迹。待到她终于实现心中所愿，成为汉剧舞台上最璀璨的明星时，却陷入了前所未有的凄凉与迷茫之中。如今功已成，名已就，所恨之人与所爱之人却因她一个个死的死，疯的疯，走的走。她仿佛真成了水家人从一开始便认定的“煞星”，难道这就是命定的结局？小说中有一个细节颇值得玩味，就是当水上灯去黄梅五祖寺看望自己的心上人、业已出家的陈仁厚，希望重续前缘时，上山经过花桥的廊门，“桥的这边，写着的是‘放下着’，而过了桥，那边呢？是‘莫错过’”。不料昔日的情人心意已决，她只得无功而返，下山时再过花桥，“先落眼中的是‘莫错过’，走过桥去，却才是‘放下着’”。这一前一后的次序之别，含蕴了无尽的人生况味。因此，不单是水上灯，你我是不是也应该自问：曾经错过了什么？又放下了什么？

小说中对汉剧这一地方剧种（盛行于湖北省境内长江、汉水流域）演出场景的描写多有涉及，这无疑为主人公惨痛而又不乏传奇的人生搭建了一座俯仰笑骂的戏台，你看那戏台上，水袖飘飞，碎步轻摇，唱腔或圆转，或凄厉；戏台下，凝神屏气，目不暇顾，因圆转而伤情，因凄厉而唏嘘。有谁能分清，究竟是在戏里，还是戏外？

所幸，水上灯是放下了，她从戏里走向了戏外，最终放下了所有，包括自己的魂。看来，不是时间埋没了水，而是水甘愿生活在时间之下。

之于现在的意义
——路遥之《平凡的世界》

1982 年的一个暮秋时节，位于陕北高原的陈家山煤矿，迎来了一位不速之客。他大约三十来岁，戴着一副深度近视眼镜，手指间，一支未抽完的香烟伴随他稍显急促的步伐，或明或暗地闪烁着，他的神色看起来颇为凝重，似乎有什么很重要的事情没有完成似的。他扶了扶厚重的镜框，目光移向前方，不远处便是矿医院——他此行的目的地。他将在医院的小屋内进行他酝酿已久的计划，为此他整整准备了三年，是到该开始的时候了……

六年后，《平凡的世界》终于面世，此时，他已是心力交瘁、疲惫不堪，甚至过马路都需要别人的帮助。人们说，这本巨著是他用血和汗水换来的，而他却说："只要没有倒下，就该继续出发。"

时隔二十三年后，当我们再次捧起这部小说，路遥，这个影响了几代青年人的名字，仍旧在呼唤着我们，引领着我们走进这充满艰辛和希望的"平凡的世界"。

少安和少平，一对在改革浪潮中历经苦难的农民兄弟，凭借他们的诚实和坚韧、智慧和勇气，在摆脱贫困、寻求幸福的道路上，不屈地前行。少安虽然在学校成绩优异，却因家境贫寒，高小毕业即回乡务农。但他并未就此沉沦，在挑起家庭重担，供弟弟少平继续读书的同时，他开始思谋着带领全村脱贫致富。先是在全村落实农业生产责任制，尔后办起了砖窑，其间，虽经历与润叶的分手、砖窑塌陷、爱妻秀莲罹患癌症等种种变故，但倔强的他仍没有被压垮。少平高中毕业后，回双水村做了一名民办教师，田晓霞给他寄来的报纸和信件，促使他萌生了离开故土，到外面世界闯荡的想法。从只身一人去黄原城打工，到后来去矿上当采煤工人，无论在哪里，他都用那颗热情拥抱生活的滚烫的心，面对人生的每一次悲喜。晓霞的罹难，师傅的死亡及自己为救徒弟而身负重伤，让他承受了过多的磨难与打击，也让他迅速成长成熟起来。

有人说，在两兄弟身上，似乎看到了保尔·柯察金的影子。是的，也许从精神层面，他们有某种共通性，但在路遥笔下，少安和少平已成为土生土长于中国广阔农村土地上的普通大众中的一员。他们的经历我们似曾相识、似曾经历，我们在其中不断咀嚼出泪水，咀嚼出我们已经或正在经历的人生况味。尽管时代语境发生了新的变化，但时至今日，改革开放三十多年后，那些仍在赤贫状态下讨生活的农民兄弟，那些仍旧失学在家的孩子，那些仍在偌大的城市里无处安身的打工者，那些用自己的一纸文凭仅仅换来朝不保夕的工作的大学生们，那些因无钱看病而坐待亲人毙亡的可怜人，那些为得到廉价的施舍而不得不放弃尊严的人们，那些为起码的生存而忙碌奔波的劳苦大众。他们在《平凡的世界》里，定会看到他们自己。你就是孙少安，你就是孙少平，你就是……过去的，现在的，未来的。

因此，《平凡的世界》便不再是路遥的“世界”，也不再是上20纪七八十年代的“世界”，它已然踏过了历史的河流，走向了今天。

因此，《平凡的世界》便不会因为主流文学界的批评和漠视而失去它在大众中本然的光芒。

因此，《平凡的世界》便在国人的生命记忆中历久弥新，激励着一代代的读者。

因此，它是经典，而且，应该说，永远是！

你将度过怎样的人生？
——路遥之《人生》

你将度过怎样的人生？

这是一个任谁都逃不脱的问题，路遥将小说定名为“人生”，就已经暴露了他力图展现“人生”的雄心。但哲学家的思考与小说家笔下的创作毕竟是两回事，哲学家用理论作答，小说家则用故事和故事中的人物。所以，高加林出场了，他的理想抱负、事业爱情成为一条牵系故事的主线，而他在这条线上的每一次舞蹈，又不仅仅是他自己的舞蹈，虽然大部分你都没有经历，但你敢说，你以后不会经历吗？这就像高加林时代，农村青年对城市的向往到现在依然存在一样，历史往往存在着惊人的相似。

高加林有理想，有文化，不愿意像祖辈父辈那样面朝黄土背朝天，一辈子当农民，逃离土地是他梦寐以求的，他发出了几乎是所有生活在中国农村青年的心声，但命运跟他开了一个大大的玩笑，经历悲喜几重天的炼狱之后，他又回到了曾经厌恶乃至鄙视的乡村。直到此时，他才惊魂初定，毅然甩掉过去，开启了真正的人生之旅。你或许会问？那他以前的那些挣扎、痛苦、快乐和悲伤就不算人生吗？当然算，但我更愿意把它看作是人生的前奏，而前奏意味着磨难，一次次的磨难之后，才能让我们看清楚路向何方。高加林也正是这样走过的，对与错、成与败并不重要，重要的是你得意识到，你的人生将不会平坦，迎接它远比抱怨它更让你接近人生的真谛。一帆风顺？只是美好的祝愿而已；一帆风顺？多么苍白空洞，若果真如此，还怎么品咂生活的酸甜苦辣？

爱情，对你，不应该是个禁忌的话题，尽管你知道，这还很遥远，也应该遥远一些，那就让我们在遥远的位置上来看看高加林的爱情选择带给我们些什么吧。在高加林被村支书的儿子顶替免去民办教师的职务，重新成为一个农民之后，是美丽、质朴的农村姑娘刘巧珍给了他精神上的慰藉和温暖，他对巧珍的感情也同样是真诚的，即使到县城做了宣传干事，亦未改变。偶然的因素来自于老同学、县广播站的“现代女性”黄亚萍，在亚萍的爱情攻势下，高加林经过痛苦的思索，最终屈服就范了，他抛弃了巧珍。但这种抛弃明显地带有功利的成分，在他感情的天平上，从来都是巧珍最重。不过，随着巧珍的出嫁，一切都无法挽回。

这可不是简单的陈世美抛弃秦香莲，虽以爱情为依托，但作者想告诉我们的又何尝不是如何抉择的问题。撇去爱情的外壳，就你曾经历或正在经历的学业、亲情和友情，甚至是少男少女之间的某种爱慕，不都面临着选择吗？如何选择，怎样选择，将考验着你的智慧，尽管阅历尚浅的你不一定会遇到上述的所有，但你必须做出选择，要知道，每一次的选择都是一次成长的体验。

而在人生关键处的选择，可能会影响你的一生。

柳青（一位前辈作家）说：“人生的道路虽然漫长，但紧要处常常只有几步，特别是当人年轻的时候。”被路遥奉为座右铭的这句话，你是怎样理解的呢？

美了美了美了
——王朔之《看上去很美》

方——枪——枪，呵，这名儿，一看就是个调皮捣蛋没心没肺的主儿。想想，你正蜷腿撅腚低头弓腰瞅什么东西，猛地一抬头，一根冷飕飕黑洞洞的管子在你目视距离约莫五公分的正上方来回晃荡，你肯定得吓出一身冷汗。胆儿大的，沿着管子往后瞟一眼，劫财还是劫色？就是要命，也得看清对方是谁呀，要不死了在九泉之下都不能瞑目，岂不是太冤啦！胆儿小的，还没等回过神儿来，两条腿就得筛成糠，下意识瘫软在地，作任人宰割状。结果，不超三秒，就听见一串朗朗坏笑和啪嗒啪嗒的脚步声疾驰而去，你不由地愣怔纳闷，再定睛一看，一个男孩子正拿着把仿真玩具枪往胡同口窜呢，边跑边回头，再扭过半拉身来朝你“嘭嘭嘭”开几枪。你呢，干气没辙，啼笑皆非，谁让他是个小屁孩儿呢——

你谁呀？方枪枪。

多大了？三四五六七八岁。

在哪儿住呢？我们院儿保育院。

上学了没？上了，翠微小学。

……

打住，你就别问了，孩子小，不一定能说全乎，东一榔头，西一棒槌，真真假假，假假真真，有时候他都是懵懵懂懂浑浑噩噩稀里糊涂，你听了，还不满脑子跟糨糊似的？听王朔的，看他怎么说。

这是关于我自己的，彻底的，毫不保留的，凡看过、经过、想过、听说过，尽可能穷尽我之感受的一本书。

我这本书别当回忆录看，没几件事是真的，至多只是看上去像，谁当真谁傻。这就是一常规小说，第一人称和第三人称混用，爹不是爹，娘不是娘，朋友不是朋友，我不是我，谁要跟我三头六案对证，我是不认账的。

王朔算是一推六二五，甭管你从小说里读到啥，都别赖我身上，赖我我也不认账，看看，痞子相又出来了。不过，这本小说倒的确让我们有“过把瘾就死”的感觉，童年的经历，别人的也好，自己的也好，统统都像过电影儿一样浮现出来，什么梦里尿床啦，把保育院（类似现在的幼儿园）的阿姨当妖怪啦，用脏话骂阿姨和老师啦，打群架啦，欺负女孩儿啦，齐刷刷朝楼下吐唾沫了，争着抢着要进少先队啦，虽不是事必躬亲，但总“看过、经过、想过、听说过”。所以这是关于王朔自己的，也是关于我们的。时代不同没什么大不了，正好看看我们和祖国前几代花骨朵的成长环境到底有多大差异，许多搞笑的事儿，也是那个年代才有的。况且王朔是那么幽默，从北京人那儿学来的一张贫嘴，添油加醋，绕着弯儿逗你乐了之后，还能生出许多意想不到的感慨来。得，你就偷着乐啵！

我是不是也有点贫了？好吧，严肃点儿，说几句正经的：一，千万不要把它当成一本给小孩儿看的书来读，因为方枪枪的成长故事里揉了太多只有成年人，只有了解那个年代的人才能理解的酸甜苦辣。二，千万不要把方枪枪当成个小屁孩儿，因为在他身上还附着着隐身人王朔的所思所想和性格特征。三，最重要的是，千万别去书里找什么具体意义，用王朔的话说：“根本没意义。”

那还读他干吗？美了美了美了，醉了醉了醉了，就好。

苦难与清香
——吕新之《白杨木的春天》

这不是一个引人入胜的故事，没有发生，发展，高潮，乃至结局，曲折的情节和戏剧化的冲突亦无从谈起，总之，如果你把它当成一个故事来读，八成会失望。读小说不是在读故事吗？你问。但小说也有另外的一种写法，它不是以故事取胜，但它传递出来的同样震人心魄，有时，我们甚至可以撇开故事本身而专注于字里行间的力量，比如《白杨木的春天》。

栅栏，白杨木栅栏，三道散发着树木清香的疏松的白杨木栅栏，从东、南、西三个方向将城北原野上曾怀林那两间简陋的房子围了起来，因了这栅栏，家便诞生了。曾怀林一家四口终有了可以栖居的家园，房子，连同栅栏围成的院子，都是他们的，至少在心理上，他们忐忑而又欣然地接受了这样一个假象。当然是假象，妻子明训的绝笔让这个假象无处遁隐，不得不露出它狰狞的本色——说到底，他曾怀林还得活在这个世上，为冬冬和多多，他的两个尚未成年的儿女，这是留给他的牵挂，也是逼迫他即使忍受再大的屈辱也必须活下去的唯一的也是最重要的理由。屈辱算什么，从省里到县里，再到这个偏远的塞北小城，一路伴随曾怀林的，除了屈辱，还是屈辱，如同厚厚的积雪白到了极致会发出蓝色的光一样，曾怀林早已不是屈辱胯下的羔羊，很多时候，他更像是在睥睨它、审视它，好像这屈辱并不是发生在他身上，他只是一个旁观者而已。

由此，我们确定，曾怀林获得了一个视角，一种态度，他在屈辱的环境下极力维持着与内心和周遭世界一种平等对话的姿态，每个人、每件事、每句话都在触发他那根敏感的弦，弦在拨动，人随弦转。有人说，这叫意识流，主人公意识流动的过程便是小说展开的过程，而这个过程没有终结，只有中间。中间发生了什么呢？漆黑的夜幕下曾怀林在偷偷地炼制那块雪一样白的质量上乘的板油，待油被榨干净后便可以把油渣当肉给孩子们包饺子吃；一次避雨的时候偶然认识了昔日的县委书记车耀吉，此时他住在卷心菜地旁边一间矮小的只有一孔小窗户的简易房子里，后来连日的阴雨压垮了房子，也将车耀吉埋在了松软的湿泥中；小城里名叫海训的政工干部以近乎残忍的方式对曾怀林进行了一次从衣物到肛门的地毯式搜身，而这种搜身曾怀林在省里就曾经不止一次地领教过……曾怀林知道，在那段荒唐的岁月里，人是没有尊严的，你越想得到尊严，就越可能遭受更多的羞辱，直到你放弃寻求尊严的努力，而对他来说，只能将尊严结结实实地隐藏起来，用表面的顺从换得灵魂深处的尊严感。这让他在避免更多迫害的同时，也有了更多的余裕去追问和思考，社会、时代、历史、人生，这些看起来阔大无边的问题，在他那里似乎有了某种并不完美却发人深省的答案。

倘若对这些答案的述说是生硬的说教式的议论，那么大可不必读《白杨木的春天》，恰恰是，正如白杨木，正如春天，它有树木的泥土的气息，有温热的诗意般的清香，我们才会俯下身来闻嗅。请原谅我用“清香”这个词，但我实在找不出更好的词来形容吕新笔下的文字，无论是历史情境的呈现，还是内心世界的涌动，无论是充满理性的思索，还是对人间温情的展示，都天然地散发出某种沉郁而凝重的清香，久久洇陈在小城的上空。是层出不穷、意味深长的比喻，还是厚实绵密、浑然一体的长句？是腾越时空、亦真亦幻的想象，还是沉静深邃、洞悉人心的独白？都是，又都不是。这就像用慢镜头摄制的一帧田园牧歌式的景象，机械地将其分隔开来，便破坏了整体的协调感。

或因于此，小说分明显出一种澄明的色调，那是过来人再去回望苦难岁月时于反思中积聚的新生力量。越向小说深处走去，这种力量就越明晰起来，直到曾怀林怀着无比强烈的渴望走向“从不看人下菜”的红星农场，并亲身体验到暌违已久的平等和尊严感时，我们才意识到，曾怀林绕了这么大个圈子，其实他苦苦寻索的门触手可及，一出了这个门，就是一条有别于老路的新路。路上，春天的嫩芽正在风中召唤。

一重，二重，三重
——韩寒之《三重门》

是人，就都要过坎儿，什么工作的坎儿了，爱情的坎儿了，生活的坎儿了，等等，不一而足，但总归是离不开“人生”二字。林雨翔（《三重门》的主人公）也有自己的坎儿，大概算是青春的坎儿吧。这个话题，你定不会陌生，反而是亲切、陶醉，外加思绪飞扬。因为，经历过青春期的人，都有一箩筐的记忆可以回味。赵薇便揪住了人们那根最易引发泪腺分泌的神经，一时间“致青春”似乎成了人们缅怀曾经的年少轻狂、祭奠浪漫理想主义的完美悼词，小试牛刀就如此轰轰烈烈，要是大试一下，还不让中国的导演都去喝西北风？当然，这是玩笑话。我只是意在说明，青春的卖点，实在是太好找了。韩寒当年是否也如此想，我们不得而知，不过，我宁愿相信《三重门》讲述青春，仅仅是必然的选择和偶然的巧合相互叠加的结果。必然，是因为韩寒当年只是个高二的学生，他的人生经验已被客观所限，舍青春便无甚可写；偶然是因为他碰巧就在那个时候写《三重门》，如果是现在，恐怕会是另外的样子。

先不管那么多，反正就这么着了。林雨翔在上海的一个小镇上唯一的一所中学上初三，马上面临毕业升学，这时，学校里来了个叫马德保的语文老师，因为欣赏林雨翔的文采，把他吸收进了文学社，然后便是有关文学、有关考试、有关升学、有关友谊、有关情感的是是非非。故事就是那些故事，无论是怎么个百转千回、曲折动人，都脱不了大多数青春校园故事的窠臼。这么说来，《三重门》不过如此？非也！正如“三重门”这个书名，三重

（chóng）挈三重（zhòng），膨胀溢流出来的，单单“青春校园”这口锅怎能盛下？

这第一重，是学识。尽管这学识总绕着文史哲政经转圈圈，但我们依然会为作者小小年纪便“学富五车”而惊讶得说不上话来。古文自不必说，什么《史记》《左传》《战国策》，《镜花缘》《聊斋志异》《闲情偶寄》，诗词也是一捞一大把，杜甫的《佳人》、曹植的《美女赋》、柳永的《蝶恋花》……乃至《万历野获编》这样少人问津的明人笔记，都被他充作了行文的材料，其他，诸如孔德、孟德斯鸠、菲尔丁、奥斯汀，一长串西方的文化名流，也不得不俯首于“三重门”下，甘愿由着他调侃摆布。你越往下看，越觉得眼红心热、自惭形秽，用如今时髦的话讲，就是羡慕嫉妒恨。

这第二重，是幽默，且是冷幽默。看似正儿八经、面目严整，絮絮叨叨个没完，却不知里面预先藏着暗道机关，只待最后一句出口，定然教你忍俊不禁、哑然失笑，直为其狡黠而赞许，为其机智而称道，为其老辣、深刻而立马扑地不起。别不服气，拈来一例，试以佐证。比如写到林雨翔去补作文课，

> （老师）牛炯说写作文就是套公式，十分简单……然后给学生几个例子，莫不过“居里夫人”“瓦特”“爱迪生”“张海迪”。最近学生觉得写张海迪写烦了，盯住前三个做文章，勤奋学习的加上爱因斯坦，不怕失败的是爱迪生，淡泊名利的是居里夫人，废寝忘食的是牛顿，助人为乐的是雷锋，兢兢业业的是徐虎，不畏死亡的是刘胡兰，鞠躬尽瘁的是周恩来，等等。就是这些定死的例子，光荣地造就了上海乃至全国这么多考试和比赛里的作文高手。更可见文学的厉害。一个人无论是搞科研的或从政的，其实都在为文学做奉献。

这最后一句着实厉害，一下子将当下的应试作文打回到明清的“八股”丑态。

第三重，则是妙喻连篇了。（恕文字所限，不再举例，后面“读书笔记”中自有分解。）单从这点来说，韩寒就必定是私淑过钱锺书的，虽然韩之《三重门》与钱之《围城》相比，尚欠火候，但偷艺偷到这份儿上，已属不易，好事者非要替韩寒一争高下，就未免八卦了，一是没必要，二是没

劲，想钱老若有灵，亦不屑之也。

三重捋下来，诸位以为如何？还是觉得不过瘾吧？那就自己找书来读，还有四重、五重、六重呢。

每一代人的青春标签
——笛安之《告别天堂》

我承认，因为当时的尖锐和不羁，我设置了一些或者激烈的情节。但我也相信，纯净的眼睛阅读的时候，不会看见污秽的东西。若你还不到十五岁，并且你的父母因为这本书中的某些情节不喜欢你读它，请你听话，耐心些，岁月过得比你想象得快，这本书永远会在那里等着你的；若你是在十五岁到二十岁之间，别去苛求那个故事在现实生活中的可信度，我说过的，一切都是隐喻。若你的年龄在二十岁以上，请记得，写故事的人，都是用从新鲜的伤口里流淌出来的文字，换你们一点点的感同身受。你感受到那种微妙的疼痛了，对我就是至高的赞美。

——笛安

“80后”是一个群体，也是过去时、现在时或将来时，这要看在谁的眼里成像，但“80后”的青春岁月，却实在属于过去。旧照片陈列在相册中，比起父辈或爷爷辈的黑白，要更色彩、更斑斓，但也仅止于此，像素透露了“模糊”的全部含义。模糊的是表情，是神色，也是记忆中，他或她的微笑、声音，还有叫作“理想”的东西。或许只有重回记忆，这一切才能清晰起来，活泛起来，唤起回忆者久已迟钝的触感。而且，当回忆者汲汲于过往之时，我们应该自知，那个时代，专属于他，和他记忆中的他们，我们只是看客。

鲁迅说，“看客”是“毫无意义的示众的材料”，这是站在社会学的角度，从心理学的角度，似乎有另一种解释，就是被看者给看客提供了一面反观自身的镜子，看客即使没有做出任何实际举动，但至少在情感上，他与被看者达成了某种默契，人们往往把这种默契称为“人的共通性”，或别的类似的概念。比如蠢蠢欲动和肆无忌惮，温柔青涩和冲动孤傲，等等。既是《告别天堂》的，同时也是每一代人的青春标签，承认不承认无关紧要，重要的是它曾经存在过或正在发生着，只不过，时、境、人不同，pose 各异。

拿小说里的人物，天杨、江东、周雷、肖强来说，好像生活在爱情的包围中，但什么是爱情？这是一个问题。发生在他们之间的交往与分别、痴狂与决绝、报复与妒忌其实都是为了寻找最终的答案。十年之后，他们重又不期然在这个城市相遇，爱情的指针依旧摇摆不定，所以，笛安设置了一个没有结局的结局——女主人公“转过脸，含着泪，嫣然一笑”。记得徐志摩诗中的那个日本女郎，也是嫣然一笑，但那是分别的忧愁，带着“蜜甜”，可天杨呢？谁又能猜到结局？无须猜，因为爱情从来就没有结局，它永远在路上。当一个人用一颗相对成熟的心智再重新来凝视曾经青涩的爱情，以及伴随爱情而来的各色生活时，他会发现，不是因为发生早晚的问题，而是它就在那个时间、那个地方、那些人中间产生了，存在了，消失了。这就足够了，不是吗？

我们当然不能怀着世俗的“美目”来看这个故事，那样，即使是美目，也会变丑。爱情也好，激情也罢，表现的只是一种状态，一种人的内心状态的想象可能。简单的对与错的评判会堵塞小说本有的力量源。就像方可寒，那个被众人呼为“婊子”的，自我驱逐于规则之外的女孩儿，她同样在以自己的方式希望拥有生活，拥有爱。种种的不理解，恰恰是因为我们还没有学会理解，种种的不宽容，恰恰是我们没有学会宽容。

所以加缪在小说《局外人》的序中说——

他远非麻木不仁，他怀有一种执着而深沉的激情，对于绝对和真实的激情。

“风筝”飞向哪里
——卡勒德·胡赛尼之《追风筝的人》

你知道的，一个人的童年会有很多故事，但阿米尔只有一个，那就是“背叛”。起初，他以为哈桑，那个他曾经背叛的人，只是一个低贱的仆人的儿子，而且是哈扎拉人，而他，阿米尔少爷，则是尊贵的普什图人。他一直在以这样的借口为自己的可耻行为辩驳，回避自己良心的不安，直到他发现那个惊天的秘密……

故事很曲折，事实上，并不像我所给你描述的这样简单。枝叶在无声无息中长满树身的每一处，比如，阿米尔和哈桑最喜欢的那个波斯英雄的故事，“罗斯坦和索拉博”，在一次战斗中，罗斯坦给予他的劲敌索拉博以致命一击，但他悲哀地发现，索拉博竟是他失散多年的儿子。吊诡的是，类似的一幕在阿米尔和哈桑身上重演。当然，哈桑不是阿米尔的儿子，这两个童年的伙伴，原来是同父异母的兄弟，这也是促使阿米尔在时隔多年后踏上赎罪之旅的直接动因。晚了吗？谁也说不清。哈桑已经死了，可哈桑的儿子还在，他也叫索拉博，名字是哈桑起的。在这里，血缘可能模糊了阿米尔自我救赎的纯洁性，似乎如果他们不是兄弟，接下来的事情就不会发生，但我们不能只关注故事本身，偶然的事件背后接通的往往是更加阔大的存在。因此，阿米尔在寻找索拉博，也是在追寻那只儿时的风筝，追寻人类久已迷失的美德：正直、善良、忠诚——还有，一诺千金。

“为你，千千万万遍。”当哈桑为阿米尔去追那只蓝风筝时，他说。这句话萦绕在阿米尔心头整整二十六年，他也经历了二十六年的煎熬和悔愧。有时候，我们会感觉这就像一个玩笑，至于吗？是的，至于。没有什么比诺言更加重要，他照见的是一个人的良心，这与勇敢抑或怯懦无关。哈桑做到了，即便他被人殴打，几乎丧命；即便他已经看到，那个引以为傲的“朋友”就在不远处的拐角，任凭所有事情的发生，从开始到结束。而阿米尔呢，他用谎言掩盖着一切，但真相若不被戳穿，就必须编造更多的谎言。就像一个无底洞，阿米尔越陷越深，可是，他终究逃不脱“真主安拉”的惩罚，父辈那个更大的谎言终于让他醒悟，一切必须重来。

当然，故事远没有结束，或者说，这仅仅是开始。就像书中所说的，你不能把电影的结局透露给美国人一样，我也不能把结局和盘托出，因为那是犯罪，是在糟蹋结局。不过，我可以告诉你另外一些，如果你感兴趣的话。那就是，在阿富汗这个我们并不熟悉的国度，战乱此起彼伏，贫穷和饥饿触目惊心，争斗与杀戮屡屡上演，但这些远远不能代表阿富汗的全部。在阿富汗，还有善良的人民，还有深植于他们心中的最重要的东西——人性。我想，卡勒德·胡塞尼创作这部小说的初衷应该归结于此。正如他的妻子所说：“他们妖魔化，你可以人性化。”

原谅我的啰嗦，还有一句话要补充：

“阿富汗有很多儿童，但没有童年。”①

① 《追风筝的人》，上海人民出版社，2006年版。

它属于所有能够理解那段历史的人
——约翰·伯恩之《穿条纹衣服的男孩》

就像所有的男孩儿一样，九岁的布鲁诺天生爱冒险，可当他、母亲和姐姐随刚刚被“炎首”（即希特勒，因德文发音相近，布鲁诺错将“元首”理解为“炎首”）拔擢为司令官的父亲从柏林搬到新家的时候，他原来的生活消失了，随之而来的是空旷、沉闷和难挨的孤寂，最致命的是，在这个叫“一起出去”的地方，他竟找不到一个朋友。不过，布鲁诺很快有了一个新的发现，从他卧室的窗户向远处望去，是一道无限延伸的铁丝网、许多低矮的小屋，两三个高耸的烟囱，还有成百上千的大人和小孩。而且奇怪的是，所有的人都穿着一模一样的衣服——一身条纹睡衣和一顶条纹帽子。他们是谁？他们在那里做什么？……几个月之后，布鲁诺便带着心中的疑问开始了他的探险之旅，直到他和铁丝网那边的小伙伴被驱赶进毒气“浴室”时，他都以为这只不过是一次探险，很快就可以回家了。

约翰·伯恩的叙述是平静的，他尽量在以一个孩子的视角，讲述发生的一切。所以，布鲁诺将“元首”误认为“炎首”，“奥斯维辛”误认为“一起出去”，等等，就不再是什么滑稽的事，而正因了这份童真，才让我们更清晰地看到了那段历史在孩子面前呈现的别样情状。一个是集中营指挥官的儿子，一个是集中营里的犹太男孩，他们本不该相遇，可偏偏，鬼使神差一般，他们相遇了，尽管每次，他们只能隔着高高的铁丝网聊天，但对于两个只有九岁、对“屠杀”几乎一无所知的孩子来说，友谊就是他们的全部。他们丝毫没有意识到铁丝网的两边，竟是不同的世界，这边是刽子手的天堂，那边却是被迫害者的地狱。两颗纯真善良的童心，就这样轻易地撕裂了这道罪恶之网。所以，当小说的结尾，布鲁诺为了帮助希姆尔找爸爸，也是为了能够完成他的“终极探险”，而从一处并未固定好的铁丝网底部钻过去的时候，就不仅仅是身份和种族的跨越，更是人性的跨越。这一出于人性本能的最自然的举动，清晰地表明：罪恶，无论冠以多么冠冕堂皇的理由，它始终就是罪恶，是与人性，与人类的良知背道相驰的，尤其是在澄澈的童心面前，它虚伪残忍、灭绝人性的本质更是尽显无疑。

当然，约翰·伯恩不仅仅是想告诉我们这些，在布罗诺的“探险”之外，似乎还潜隐着另一条探险之路，即，人们是怎样一步步走向罪恶的？为什么在某些情况下人性会被罪恶所俘虏？这听上去是个难解的问题，但在小说中，还是给了我们某些方面的喻示。这主要体现在对布鲁诺的父亲、姐姐和年轻军官科特勒中尉的描述中。

布鲁诺的父亲非常爱他的家人，以至于在儿子眼里，他是一个伟大的父亲，但是当布鲁诺问到那些在铁丝网里的人是什么人时，他却不容置疑地回答说：“他们根本就不是人。”（此外，作为集中营的指挥官，他还杀害了无数的犹太人，这一点在小说中没有明说，但可以推测出来。）而布鲁诺的姐姐，虽然身上还存有些许善良的基因，但在思想上却更像一个已被纳粹思想洗脑的“无可救药的孩子”，要知道，她仅比布鲁诺大三岁。科特勒中尉呢，一方面表现的对“炎首”和祖国极其忠诚，一方面又对犹太老人帕维尔厉声恶语、拳打脚踢，可是在当司令官对他父亲离开德国的原因表示出怀疑时，他又极力地为父亲辩护和掩饰。

在他们身上，人性和罪恶交织前行。看来，并不是罪恶本身的力量有多强大，而是罪恶在一种制度性保护下，以集体无意识地方式渗透进了每个人的血液中。我甚至怀疑，如果布鲁诺在这样的环境中多待两天，他也会和其他人一样。当年德国人对纳粹的狂热不也是这样吗？更遑论日本！

不过，小说毕竟是小说，它并不能事无巨细，反映生活的所有，若要真正读懂它，我是说这部小说，你还必须对二战、纳粹、法西斯、犹太人大屠杀及奥斯维辛集中营有个大概的了解，因为“它属于所有能够理解那段历史的人”。

“巴别塔”的美
——卡洛琳·帕克丝特之《巴别塔之犬》

记住她原本的样子，就是我能送给我们彼此的最佳礼物。

卡洛琳·帕克丝特狡猾的很，她知道用什么样的噱头吊足读者的胃口。

一个女人死了，现场唯一的目击者是一条狗，死者的丈夫为了搞清楚妻子死亡的真相，开始教狗“说话”……

听起来是侦探或悬疑小说惯用的开头，那小说的结尾一定是狗开口说出真相喽。且慢，不是这样的，直到读完这篇小说，那只叫“罗丽”的罗德西亚脊背犬都没有说出哪怕是一个完整的词。但真相还是被解开了，这其中有偶然，也有必然。保罗偶然在电视里听到妻子的声音，偶然间翻阅妻子留下的笔记簿，偶然看到罗丽的项圈背面那行字，等等。必然呢？只有一条——保罗的回忆，他和妻子露西从认识到露西离世前那天早晨的点点滴滴，都被他从记忆中搜寻了出来。由此，我们看到了一个人眼中的另一个人：满以为了解对方的全部，可是当自己将记忆的碎片连缀起来时，对方的影像却模糊了，而真实的只有那张覆于其上的面具。露西的工作本就是做面具，她更了解面具和面具后那张脸的差别，所有的人概莫能外。这个事实很容易让我们联想起“虚伪”，但我敢保证，与虚伪无关。虚伪是品质问题，而在这里，分明是我们不愿正视的客观存在。所以，理解只能是相对意义上的，你不可能完全理解另一个人，即便是你的至亲，你的骨肉。

“不是吗？我们每个人不是都有两颗心脏吗？秘密的那颗心脏就蜷伏在

那颗众所周知、我们日常使用的那颗心脏背后，干瘪而瑟缩地活着。”作者通过保罗，道出了谜底，却又产生了一个乃至一系列新的谜题：对于保罗来说，露西那颗秘密的心脏里究竟装着什么？保罗最终找到了吗？或者他找到的所谓真相有多少真实的成分？如果保罗得知的这一真相并不是真相本身，他是应该为此而欢喜还是悲哀？我们是让当事人永远保有这份秘密好呢，还是要绞尽脑汁将这秘密解锁？哪种方式更人道？于是，露西的谜题就像雪球一样越滚越大，不断挑动着人们脆弱而又敏感的神经。若要找到现成答案，何其难哉！即便在小说里，也依然是个大大的问号。

在保罗记忆中的露西时而是明媚的，可爱的，善解人意的，时而又是偏执内向的，神经质的，甚至有点斤斤计较、小家子气。这样的印象出自于保罗的讲述，自然带有主观色彩，他看到的露西只是戴着面具的露西，他始终都不愿或没有机会走进露西的内心世界。露西死前的最后一次吵架，也证明了这一点，二人的隔阂愈来愈深。也就是在保罗第一次产生分手的念头时，露西死了。看起来，前因后果都很明晰，但事情总没有我们想象的那样简单，正如前面所言，事实上，露西用自我毁灭的方式，为他，也为所有人留下了一个极其疼痛而残忍的“斯芬克斯之谜”。这当然不是露西自杀前刻意在书架上排列的那四十九本书就能解决的，尽管她想告诉保罗一些什么，保罗最终也心有所悟，但仅此而已，保罗不知道的还有很多，就像保罗第一次向露西求婚时，不知道露西的头皮上还有块刺青一样。

不过，当时间定格在露西跳下苹果树的那一刹那时，我们还是会因镜头中的画面而心有戚戚。“秋天的阳光下，露西的头发因风的力量而向上披散。她的双手如翅膀般张开，短上衣灌饱了空气而微微鼓起……脸仰起看着天空……”多么优美、多么轻盈，多么心无旁骛，宛若止水！保罗说，当他回顾这个画面时，无论重看多少次，都无法看见她的脸。因为露西把头微微偏向了一边。至此，我们方才领悟，露西是不愿意让人看清这张脸的，因为脸里藏着她的秘密，她的“神之门”，谁都无权知晓，包括她深爱着的保罗。

或许，这才是“巴别塔”想要告诉我们的，“神之门”因“变乱”而无法开启，那就让它的遗骸永恒地伫立在那儿吧，那也是一种美，不是吗？

这真的是一个小故事而已
——马克斯·苏萨克之《偷书贼》

题目和内容不相关的。合上这本书，我不由得感叹，且愤愤不平起来，就像孔乙己偷了何家的书，极力辩解道："窃书不能算偷……窃书！……读书人的事，能算偷么？"偷是贬义，可明明是书改变了莉赛尔，改变了战火下人们灵魂的颜色，让他们变得温暖柔和起来，为什么要叫她"偷书贼"呢？

事情禁不住反过来想，有时候，越是凌厉的字眼，才因为它傲慢的、不可一世的姿态，更撞击我们的心房，继而默默地将它回味咀嚼。我承认，正是在这咀嚼的过程中，莉赛尔和她"偷"来的书，才一并将我打晕。当然，莉赛尔不是刻意的，她小小的脑袋装不下过多世故的想法，当她朗读书中的文字给蜷缩在养父地下室的犹太人听，给被空袭的炮火驱赶进防空洞的街坊邻居听时，在她眼里，日耳曼人、犹太人、雅利安人，乃至其他的族类，并没有分别，他们都是——人，他们都能听懂书中的故事，那一个个给他们颤抖的心灵以平静和安详的故事。就像莉赛尔每晚入睡前，养父总要给她朗诵讲解《掘墓人手册》一样，莉赛尔用偷来的书，偷来的文字，让人们甘愿俯首做"文字的羔羊"。

死神说："人哪！人性萦绕我的心头不去！人性怎能同时间如此光明，又如此邪恶！"这是一个老话题，对立有对立的好处，没有对立面的丑恶和肮脏，人们就不知道什么是善良和纯净。没有泪水，怎么会有欢笑？没有苦难，怎么能体会苦难中不泯的人性的光明？莉赛尔在战乱中成长，纳粹德国容不下他的亲人，也容不下她，但国家究竟是一个有限的存在，人类与生俱来的善良才是收养她灵魂的栖所，拉手风琴的汉斯·休伯曼，喊她“小母猪”的罗莎，想亲吻她一下的鲁迪……甚至是收走人们灵魂的死神（小说的第三人称叙述者，也是参与到这个故事里的人），他们性情各异，但底色却是一样的，他们成就了“偷书贼”的人生，也成就了我们，这些浸到文字里与其融为一体的读者。

《掘墓人手册》是莉赛尔偷来的第一本书，在母亲将她和弟弟送往寄养家庭的路上，弟弟死了，冷清的葬礼上，一本黑色封皮的书从那个马虎的年轻掘墓人的外衣口袋里滑落下来。他在焦急寻找的当口，并不知道，这本书可以影响一个小女孩儿的一生，乃至汉密尔街上所有人的世界，至少，它是他们重新认识生活的起点。尽管，生命总要消失，生活还得继续。

那就重新再读一遍吧，有的书，读一次，都是浪费时间，有的书，读一次，却是对它的不敬和亵渎。

这真的是一个小故事而已，主要是关于：

＊一个小女孩

＊几页文字

＊一个拉手风琴的人

＊一些狂热的德国人

＊一个犹太拳击手

＊以及，许多起偷窃事件

孤独，却不孤单

——维多利亚·希斯洛普之《岛》

撰写此文之前，刚刚得到消息，失联飞机马航 MH370 坠毁于南印度洋，机上人员无一生还，谨以此文，献予逝去的人们。另，原标题为“岛向何方”，临时更改，祈谅。

——题记

每个人的心里都有一座岛，正如岛的英文 island 源自于 isolated 和 lonely，上了这座岛，便意味着孤独。心里的岛是无形的，它可以是你逃离尘世、逃避庸常的灵魂港湾，也可以是你一时失意、排遣苦痛的世外桃源，即便孤独，那也是你情我愿，且来去自如，一切皆唯你的心意是从。但有形的岛呢，比如阿里克西斯在多年以后登上的这座斯皮纳龙格岛，她也仅仅是待了几个小时，就感到了一种从未有的彻底的孤独，何况那些曾经被放逐在这座孤岛上的麻风病人？

不幸的是阿里克西斯的祖辈两代人都曾生活在这里，伊莲妮和玛丽娅，一位是她的外曾祖母，一位是她的姨婆，也就是她外祖母的妹妹，她们都患有麻风病。阿里克西斯是从玛丽娅的好友那儿得知这个秘密的，连同她的身世。这段从她出生起就被母亲刻意隐瞒的耻辱往事终见天日的那一刻，无论是对于她，还是对于读者，都将是一场考验生命耐性的旅行。

就像一滴水落到地上，这看似简单的一瞬，却经历了三代人数十年的情感孕育，而这孕育都和斯皮纳龙格岛有关。伊莲妮上岛的时候病情已很严重，她和吉奥吉斯的隔海相守，虽没有换来奇迹，却也为他们的爱画上了值得欣慰的句号，毕竟，在吉奥吉斯的心里，没有人可以替代她，以前没有，在她死后，更不会有，唯一的遗憾就是留下两个未成年的女儿，尚需吉奥吉斯独力抚养。到安娜和玛丽娅出落成美丽的少女，她们的情路就再没有母亲的恬淡和温暖了，应该说，姐妹俩最终走向不同的归宿，性格的差异是主因：安娜懒惰、急躁、叛逆，对穷困的生活一分钟也无法忍受；玛丽娅则勤劳、内敛、顺从，默默地承受着生活的沉重和不公。所以安娜为离开乡村，转念之间就能决定嫁入豪门，尽管这与爱无关，她却甘之如饴。与姐姐相比，玛丽娅的苦难则要延续的更长一些，但最终得到真爱的是她，而不是安娜。

不过，如果没有斯皮纳龙格岛，如果玛丽娅没有在与公子哥结婚之前发现自己患上了麻风病，又会怎样。虽然她不见得像姐姐一般的下场，但就我们有限的推测，也不会好到哪里去，或做笼子里的金丝雀，或眼睁睁地看着自己的丈夫与人通奸，而且是她的姐姐？（玛丽娅爱上了公子哥马诺里，并订立婚约，而马诺里是安娜丈夫的堂弟，他在得知玛丽娅患上麻风病后抛弃了她，并与安娜勾搭成奸，安娜丈夫发现此事后，于麻风病人庆祝痊愈且重获自由的当晚枪杀了安娜。）显然，对于岛外的人来说，麻风病也许是玛丽娅另一段苦难的开始，可对于玛丽娅自己，乃至所有曾被圈禁在此的人，则是彻底改变她和他们命运的新生活的起点。是这座岛让她在承受孤独的同时，看到了希望，懂得了什么是生命与尊严，什么是真正的力量、温暖，和爱。所以当她要离开时，并非是要寻求新的开始，而是要将这岛上最美好、最宝贵的生活带走，伴随她余下的人生。

可惜，安娜至死也无法理解这一点，她厌恶斯皮纳龙格，憎恨和这座岛相关的所有人，可事实上，她始终在岛上，从未离开。

玛丽娅恰好相反，她离开了有形的岛，心中却还装着一座无形的岛。

因为，她孤独过，却从不孤单。

连上帝都在哭泣
——弗兰克·迈考特之《安琪拉的灰烬》

安琪拉从没想过弗兰克会去美国，虽然弗兰克在纽约出生。当大萧条将他们一家人赶回爱尔兰，赶回利默里克的贫民窟时，她就已经断了重返纽约的念头。一个一无所长、身无分文却酒气熏天的丈夫，四个嗷嗷待哺、衣不蔽体的男孩儿，这就是她的全部家当。她还能希望什么呢，活下来，让孩子不挨饿、不受冻，恐怕是她唯一的梦想。然而，利默里克潮湿的空气和连绵不绝的雨水并没有满足她那卑微的愿望，一切变得更糟……

弗兰克·迈考特在回忆这段往事时，如此动情，他说："当我回首童年，我总奇怪自己竟然活了下来。当然，那是一个悲惨的童年……比一般的悲惨童年更不幸的，是爱尔兰人的悲惨童年；比爱尔兰人的悲惨童年更不幸的，是爱尔兰天主教徒的童年。"童年并没有给作者留下多少美好的记忆，那里满布着穷困、肮脏、饥饿、寒冷、冷漠，当然，还有死亡。他的妹妹小玛格丽特、双胞胎弟弟奥里弗和尤金的相继离世便是明证，接踵而至的灾难给他幼小的心灵以重大的打击，他无奈地接受了这一切，又无畏地从深谷中爬出。我不知道这是怎样一种力量，是他的母亲，那个唤作"天使"的安琪拉给他的吗？或者愈是苦难，愈是教会了人从容和乐观？总之，没有无来由的爱，也没有无来由的恨，更没有无来由的人生道路。你可以沮丧、抱怨，甚至愤怒，但你决不能丧失生的勇气。生命在，奇迹就在。

事实证明，弗兰克创造了奇迹，从少不更事的儿童到意气风发的青年，他沿着苦难的墙一路走来。蒙太奇的片段连接起的是不堪回首，亦是不可磨灭。爸爸一身酒气在巷子里吟唱凯文·巴里之歌时的烂醉和忧伤；妈妈带着我和几个弟弟在寒风中等待父亲归来却不得的失望和饥肠辘辘；圣文森特保罗协会（天主教慈善机构）和“大药房”的办事人员对妈妈的侮辱嘲弄；圣诞节晚上用讨来的食品券换回来的那个炖猪头；我被拉曼暴打后，阁楼上母亲和那个满脑肥肠男人发出的呻吟与喘息；我舔舐沾有煎鱼和薯条油渍报纸时的贪婪吸吮声……不过，作者记忆的闸门打开后，并非全是阴霾，也有阴霾中难得一见的亮色，爸爸深情的一吻，孩子们的友谊，还有莎士比亚的文字和两段匆匆而过的恋情。“我”在苦难中学会了承受苦难，也学会了去感受和珍惜快乐。待到“我”踏上前往美国的轮船时，这苦难便成为一笔追求新生的财富，它既折磨得我惨不忍睹，又拯救了我的灵魂。

谁能说安琪拉——我的母亲不是天使呢？晚祷钟声（Angelus）在新年的午夜时分响起时，母亲来到这个世上，她带着上帝的使命，将七个小宝宝送到人间，她尽着自己全部的力量哺育他们，不幸的是，她没能挽留住所有孩子的生命，连上帝都在为她哭泣。可这并不是她的错，她完成了自己的使命，至少活着的孩子好好地活了下来，去开创他们属于自己的人生，她也不必再一脸忧伤地凝望那壁炉里的灰烬。

看，上帝转啼而笑，月全食出现在弗兰克即将离开爱尔兰的那个夜晚，他、妈妈、弟弟迈克尔和阿非、帕基廷姨父、阿吉姨妈、帕特舅舅，一同唱起来：

母爱是一种赐福，
无论你浪迹何方，
趁她健在好好珍惜，
不然将是思念的惆怅。

第四辑

通俗小说可观者

对于“玄幻小说”的一种描述与分析

对“玄幻小说”产生初步印象始于几年前在青少年群体中极为流行的一部长篇小说——《诛仙》，当时也并未多加留意。因为在我的意识中，无论是武侠小说抑或仙侠奇幻之类，供人们消遣娱乐者居多，且大都脱离现实，营造虚无缥缈之境界，任由作者无端想象之驱遣，实在是无聊至极，不读也罢。即便如金庸的作品，虽然楔入了某些历史与现实的元素，但整体上的失重感仍然很强烈。以至于在相当长的一段时期内，我对玄幻小说（据说杂糅了武侠、科幻、神魔诸小说的特征）这种大杂烩式的小说体式，抱有一种天生的拒斥心态。

然而，在真正接触这类小说文本之后，这种带有极深成见的看法开始产生某种松动，甚至可以说，使我从心底深处改变了对它的固有观照模式，恐怕这也算作是我思维的一种进步吧。

对于玄幻小说的定义至今还没有一个明确的界说，网络上，百度百科有关这一词条是这样解释的：“玄幻小说是一种类型小说，通常以冒险、战争为主题，时代背景、世界观等皆无拘束，可任凭作者想象力自由发挥。与科幻、奇幻、武侠等幻想性质浓厚的类型小说关系密切。”可见，玄幻小说肇端于科幻、奇幻、武侠等小说形式，并得以独立的发展。但是这个定义仍旧带有模糊性：许多幻想性质的小说文本，由于其本身多重元素的掺杂，加大了我们区分的难度，譬如《诛仙》，有的网站把它列入武侠一类，有的把它列入奇幻一类，只有少数网站认为它属于玄幻小说类别。当然，我们虽不能十分肯定某部小说就是玄幻小说，但起码能够辨别出某部小说不是玄幻小说。也就是说，玄幻小说这一概念还是具有某种规定性的架构、形式、因素和特征的。因此，以下，我将以近几年出现的几部具有代表性的长篇“玄幻小说”为蓝本谈一谈自己的一些认识。

想象叙事与情节冗余

迄今为止，在中国大陆出现的玄幻小说文本大致包括四类：第一类是武侠类玄幻小说，以《诛仙》（萧鼎著）、《江山如此多娇》（泥人著）为代表，以武林恩怨叙事为主，间以仙幻法术、修真练功等情节；第二类是修真类玄幻小说，以《飘邈之旅》（萧潜著）为代表，主要叙述主人公通过修真使自身力量无限膨胀，以及在修真过程中的奇幻之事；第三类是神魔类玄幻小说，以《天魔神谭》（手枪著）、《风姿物语》（罗森著）、《异人傲世录》（明寐著）为代表，神、魔、兽以及它们之间的斗争杀戮来构建小说的情节主线；第四类是返古超今类玄幻小说，以《小兵传奇》（玄雨著）、《异侠》（自在著），为主人公提供一个假想的古代场景或虚幻的现实场景，展开情节。

玄幻小说之所以被称之为“玄幻”，主要就在于它叙事方式的独特性，以玄妙奇幻的想象作为构织文本的原动力，不是没有现实的影像，但并不以现实为基点，而是超越现实的拘囿，乃至完全抛开现实，重新建立一个纯然臆造的世界。萧潜在《飘邈之旅》开篇即言：“在书中，也许会看到古代中华的延续，也许会看到先进的文明，也许会看到诱人的法宝，也许会看到仙人的遗迹，也许会看到西方中世纪的古堡，也许会看到各种稀奇古怪的野兽，不用奇怪，这就是飘邈之旅。”因此，在想象世界中的人物和人物的一系列活动就必然为想象所裹挟驰骋于虚幻的旅途中。但是问题似乎没有这么简单，固然，想象需要达到一定的奇特不凡、出其不意、超越常人之思的效果，可想象毕竟也是作为一种创作手法来运用的，如果超越了某一界限就可能适得其反。这一界限是什么呢？我认为最重要的莫过于人类正常的逻辑思维，忽视或者漠视这一点，小说文本的可读性定会黯然失色。不妨拿《飘邈之旅》和《异侠》稍作比较。在阅读《飘邈之旅》时，我的第一感觉并不是主人公李强的修真之路有多么艰难，而是其中场景变换的过多、过快以及各种法器、人物的频繁更替，打破了读者在接受文本时急于了解小说情节的时续思维，这样文本的情节看起来让人眼花缭乱、目不暇接，实质上，使读者陷入了对于多种名物的莫名其妙，继之艰难索解的过程当中，而小说的情节在这些纷繁复杂的场景、人物、法器的胶着中显得冗余且沉闷，不能很好地激发读者的阅读快感，这恐怕是《飘邈之旅》的最大缺陷。反观《异侠》在这方面就要更为纯熟一些，大明活动的场景几乎始终处于一个虚构的“地球世界”当中，这一背景与我们的周边并没有什么两样，而且诸如开学、期末考、英雄救美、恋爱、生子等情节有着现实的根基，其中所想象或幻想的各种仙、魔的存在也都是紧紧围绕大明的活动范围设立的，让人丝毫感觉不到情节的赘冗，反而在这种集中性的叙事当中更为深切地领会作品所呈现的思想内容。从中可以看到，想象叙事与情节建构之间存在一种天然的张力，唯有把这一张力控制在最佳的范围之内才能使作品产生最佳的接受效果。

“超人”的扁平化

在人物形象的塑造方面，玄幻小说大多延续着“超人”路线，这是“英雄情结”在人们内心中始终难以释怀的表现。但是，我们必须清楚的是，“超人”并不等于“完人”，一味混淆他们的界限，将小说主人公塑造为无所不能，完美无缺的形象，恰恰削弱了人物的可信度。作者虽然可以在玄幻小说中充分发挥自己的想象与幻想，但也必须要考虑到人物随意穿越时空时是否还具有人类普遍的情感，复杂且多重的性格，这些都是一切小说尤其是现代小说中应该具备的“共同特征”，作者和受众正是通过人物以及人物的活动进行有效的沟通的。

《诛仙》和《异人傲世录》中人物的塑造虽称不上完美，但却是成功的。《诛仙》中无论是张小凡的踽踽独行，碧瑶的凄美动人，还是陆雪琪的痴心一片，都是在人物的成长历程中展现的，而且在爱情、亲情、友情的交织和各种势力的争斗搏杀中，使人们感受到了他们复杂的内心世界，也就是说从本质上，他们都是活生生的“人”，都具有人的七情六欲。如果将作者为他们设置的仙侠外衣剥去，他们和普通人其实并无二致。他们有爱有恨，有偏狭自私的一面，也有在关键时刻挺身而出、舍我其谁的勇气和胆略，他们成长的历程也是性格发展与完善的历程，最终青云门与其他正派势力联合打败了兴风作浪的邪恶势力，主人公的性格也臻于成熟。明寐的《异人傲世录》是一部模仿西方奇幻小说的新作，这部作品中人族的代表科恩·凯达从迷失自我到勇敢地挑起拯救斯比亚帝国重任终于战胜异族的过程同样可以显现其性格的演变轨迹。

而《魔法学徒》中杂货店出身的少年恩莱科的修炼及战斗历程，却显得过于虚假，他就像一个被作者随意摆弄的玩偶，在一系列特定的冒险经历中，各种各样的机遇从天而降，而且恰恰都落在他的身上，就这样，他不费吹灰之力，只需要将所有的法宝都收入囊中，为我所用，即可在与神魔的对决中大获全胜。他的朋友——贝尔蒂娜、凯特、杰瑞的塑造也同出一辙，类型化，定型化的人物形象使小说的艺术审美性陡然失色。人物呈扁平化状态，作者主观臆造的“超人”意识代替了主人公首先作为一个“人”所本身应该具备的意识。

艺术表现手法的匮乏

这也许是玄幻小说作家最应该注重和反思的问题。现有的比较受读者欢迎的几部玄幻小说作品，都或多或少的存在艺术手法运用的生涩和幼稚的弊病。《飘邈之旅》在语言上拉杂拖沓、口语和书面语也不能很好地交融为一体，读来使人感觉不伦不类；《风月大陆》在处理情色场景的描写时，不加节制，更像一部彻头彻尾的色情小说；《江山如此多娇》人物众多杂乱，有时把人搞得头晕目眩，还得一遍遍翻看前卷寻找此人究竟属于哪门哪派；《天魔神谭》中的打斗场面虽然精彩，但还需要仔细辨别，否则会乱象丛生、不知所云；即便是《诛仙》这样近年来少有的熔“仙”“侠”为一体的“奇书”也存在着文白转换之间的衔接欠佳的毛病。另外，也是至为重要的方面，即：几乎所有的玄幻小说都是动辄上百万字，冗长的让人有窒息之感。须知，优秀的小说并非是以字数取胜，关键在于它的内容。

当然，在我国，玄幻小说是近几年才兴起的，它的发展仍旧处于起步阶段，由于作家群的年龄、艺术修为等因素的影响，要真正做到对文本巧妙、成熟的艺术观照还有很长的路要走，我们不必对其予以过分苛求，但必要的提醒和建议的声音应该还是要不断出现的，只有这样，才会有更多、更好、更受读者喜爱的作品出现。

《诛仙》的情道

天地不仁，以万物为刍狗！被誉为“中国原创玄幻小说巅峰之作”的《诛仙》以此语开篇即足以惊天地、泣鬼神。而这部由萧鼎创作的网络长篇巨著也以其逾三亿点击数的事实证明了其无与伦比、惊世骇俗的魅力。整整八部，120 万字，一口气读完，阖卷闭目，武林风云聚散、正邪相克相生、人鬼参差交错、爱恨辗转缠绵，桩桩历历，如在目前，手虽释卷，心却仍旧驰骋于书中，荡气回肠，欲罢则不能。

如若要为这部小说下一个字的评语，我想，唯有“情”字最为妥当。书中，无论张小凡与碧瑶的恋情，陆雪琪对张小凡的痴情，鬼王与碧瑶的亲情，乃至张小凡与林惊羽等人的友情都和情脱不了干系，作者也正是在这“情”字上大做文章，将天下至真至纯之情搜罗殆尽，并将其不露斧凿地嵌入情节叙述之中，完成了叙事与抒情臻于完美的结合。而其中，最令人心旌荡漾、难以释怀的恐怕就是张小凡与碧瑶那份来之不易而又刻骨铭心的爱情了。本应属于两个世界（张小凡本属正道青云门下弟子，碧瑶却是魔教鬼王之女）的一对青年男女，却由于机缘巧合，渐渐走到了一起。他们爱的旅程并不是一帆风顺的，他们需要抵挡门户之见，正邪之分，抵挡世俗无法摆脱的偏执与惯性，抵挡人们鄙夷猜忌的目光……最终，他们做到了，他们不顾一切地去爱，爱得那么纯粹，那么深沉，却又爱得那么惨烈悲壮，以至于碧瑶不得不用死来证明：这世间除了尔虞我诈、争伐杀戮之外还有另一种东西更为宝贵，那就是爱，爱是至高无上的。“三生七世，永堕阎罗，只为情故，虽死不悔。”在“诛仙”奇剑向她劈来的一刹那，她不惜付出生命的代价完成对爱的守护，她为爱做出了最完美的诠释。又一段旷古凄美的梁祝之恋。

霍达说：“最深沉的爱，自有其最朴素的方式。”那么死是不是一种最朴素的方式呢？或许是吧！

《诛仙》虽为玄幻小说（亦有人称为仙侠小说），却并不是为玄幻而玄幻，也就是说：它拥有玄幻小说不可或缺的元素，譬如修真炼道、鬼魅妖兽、飞天驭物、法宝仙术等等，却并不受这些元素的羁绊，而是能超越于一般玄幻小说的固有模式，达到更高的层次，那就是——寓人道于玄幻之中。这是它受到读者欢迎的一个重要因素，恰恰也是许多读者较为容易忽略的部分。之所以这样讲，是因为很多人会被小说中的“情”所左右，误以为爱情、友情、亲情便是小说内容的全部，除此之外，更无其他。这是一种出于本能的误解，实际上，小说所要呈示给我们的还有更为隐秘深邃且沉重的主题，只不过这一主题被“情”所困，未得彰显罢了。

那么这一主题又是什么呢？我们不妨从文本中撷取几个片段，来探究一番。

小镇一章，当张小凡自诩为正道中人，痛恨自己使用的烧火棍是“邪物”时，万人往（鬼王假扮的中年文士）厉声质问：“那你可还知道，这‘诛仙’剑在千年前那场正魔大战之中，杀戮了多少生灵，毁去了多少性命？若论方今天下，世间法宝，真正杀人最多、煞气最重的，只怕再无过于你们奉为神明一般的‘诛仙’古剑了！”张小凡自小就神圣不可侵犯的地方第一次出现了小小的裂痕。

玄火鉴一章，三尾妖狐以万人往相似的口吻质问张小凡时，张小凡不禁开始重新审视自己的内心，“难道我所知道的，就一定是对的吗？到底什么，才是真正的天道，才是真正的正义？”

法逝一章，六尾白狐说的更为明了，“就算在你们人族之中，又何尝不是如此？你们修真炼道，到如今长生还未修得，却彼此争斗得不亦乐乎。所谓的正道邪道，其实还不是只在你们自己嘴里说的，无非是胜者为王，败者为寇罢了。”

一直以来被张小凡视为金科玉律的正邪观念变得模糊混沌起来，他脑海之中，腾起了一个前所未有的念头：“是谁说了，我们正道就一定是正义的呢？”接着他又觉得这样的想法是离经叛道，重重打了自己一个耳光，大声道："混账，该死，你怎敢有如此大逆不道的念头！"

血咒一章，天音寺的法相道出真相：血洗草庙村，杀害张小凡亲生父母的不是别人，竟然是正道前辈——位列天音寺四大神僧之一的普智大师，也是张小凡所无比崇敬的授业恩师。这时，他平生的信仰、信念，竟完全被摧毁了。"什么正道，什么正义？你们从来都是骗我，我一生苦苦支撑，纵然受死也为他保守秘密，可是，我算什么！……"

原来正邪仅在一念之间！原来所谓"正派"人士也能干出这种惨绝人寰的事情！原来"正义"有时就代表着邪恶，甚至有过之而无不及！然而更大的打击接踵而至，碧瑶替他挡住道玄真人的致命一击，惨死于诛仙剑下，令张小凡心灰意冷，彻底与"正派"决裂。此时，善与恶、正与邪对他来讲已没有实质的意义，他所要做的，就是守护碧瑶的躯体，守护他的爱人……至此他的灵魂得到了进一步的净化和升华，尽管这种升华来得是如此的缓慢。

从这里，我们可以看到植根于作者头脑中的一种"身份认同"的观念。即，是人类狭隘自私的固有价值观，而非大自然本身把世界分割开来，它导致了社会的对立与仇恨，而这种对立与仇恨最终将可能毁灭整个世界。因此，道玄真人在生命的最后关头，才终于有所醒悟，"我们……修道……为了什么……啊？"

看来"诛仙"的确与剑无关，它代表着某种道，抑或称为气的东西，它是一种力量的象征，而萧鼎正是借"诛仙"为我们开启了一扇真正掌握这种力量的不二法门。

"真正能够掌握诛仙之力的关键，却也并非是一人的修行道行的高低，最重要的，反而是内心。……只有真正历经了千难百劫，挫折失败，一颗心百炼成钢的人，才是这诛仙之力的真正主人啊！"《诛仙》如是说。

“盗墓小说”浅谈

盗墓小说是继玄幻小说之后，又一红遍网络的通俗小说类型，迄今，比较流行的几部盗墓小说有《鬼吹灯》《盗墓笔记》《盗墓之王》《盗墓者》《墓诀》《西双版纳铜甲尸》《茅山后裔》等。它们大多凭借“描写盗墓贼通过风水秘术发掘古墓的诡异经历”来吸引读者眼球。有人这样概括盗墓小说，“比武侠多几分想象力，比纯文学多几分故事情节，比言情多几分惊悚和悬念，比一般网络小说多几分知识含量。”事实也证明，这种小说的影响力与号召力丝毫不亚于玄幻小说，甚至有过之而无不及。据媒体报道，盗墓小说的翘楚之作——《鬼吹灯》已被众多影视制作公司所青睐，这其中不仅包括两位香港著名导演——唐季礼和陈木胜（曾执导电影《双雄》），还包括来自好莱坞的新线电影投资公司，新线公司甚至欲将其打造为中国版的“哈利·波特”系列电影。

然而，在这些美丽光环的背后，我们又不得不面对一个颇为诧异和尴尬的事实，那就是：与玄幻小说驰骋网络数载而依旧坚挺的势头相比，盗墓小说初成气候便如昙花一现般急剧衰落了。这其中涉及众多原因：跟风作品过于集中，情节套路雷同化严重，新的小说类型不断涌现以及读者审美趣味的变化。这些因素似乎都有道理，但细细考量之下，却总感觉还有某种能够统摄此诸多因素的深层缘由。我认为，理所当然应该是：盗墓小说在诡谲离奇、悬念迭出的感性外表下严重缺乏能够维持小说持久生命力最为重要的理性内核——人文关怀。正是因为它的缺失才不可避免地带来了一系列连锁反应，使其仅仅能满足读者一时尚新猎奇的感官需求却不能深入他们的内心世界，这很有可能造成盗墓小说在不久的将来寿终正寝的结局。

以《鬼吹灯》为例，且不论其描写盗墓、风水是否合适，单就文本内容来看，如果说作品前半部分还存在对人与人之间的友情、亲情等予以一定观照的话，那么至主人公胡八一退伍后遇到旧友胖子为止便几乎消失了。接下来作为小说主体部分的盗墓情节乍看起来惊险刺激、异彩纷呈，“昆仑山大冰川下的九层妖楼，中蒙边境野人沟中的关东军秘密要塞，消失在塔克拉玛干黑沙漠中的精绝古城，神山无底洞中的尸香魔芋花，云南丛林中的虫谷妖棺，西藏喀喇昆仑山中的古格王朝无头洞，陕西的龙岭迷窟……”但这些盗墓探险历程更像是情节架构的简单重复，换汤而不换药，唯一变动的也仅仅是墓葬的地点、名称、墓主人的身份以及盗墓过程中各种各样的僵尸野鬼、妖兽精灵罢了，人物在这些情节叙述中充当了联结各个故事的纽带，而他们本身所应该呈示给读者的生命思索却被无意中淡化乃至消弭了。这样，作者与读者之间产生了阻隔，读者从文本中得到的感官满足无法上升为心灵的沟通，从阅读伊始读者因对盗墓故事的陌生新奇而产生的强烈探求欲在重复的故事表述下渐渐消退，也就是说读者产生了审美疲劳，小说的吸引力自然大打折扣。

另一部被人们推崇的盗墓小说——《盗墓笔记》也存在类似情况，“我”在无意中发现了祖父五十年前与他人盗墓时挖到的一部战国帛书残卷，便纠集了一批经验丰富的盗墓高手前去寻宝。各种诡异的事物接连出现，七星疑棺、青眼狐尸、九头蛇柏……然后便是如出一辙的盗墓过程。不过，这部小说的整体框架与《鬼吹灯》相对独立的故事单元建构比较起来还是有所差异的，它由战国古墓中遇到“血尸”开始，层层设疑，层层展开，引领读者去寻求其背后所隐藏的千古之谜，整个故事因循一条线索紧密相连。应该说，这样的情节构思还是相当有新意的，作者也是费了一番心思的。然而，作者恰恰忽略了一点，小说情节的出新出奇仅仅是文本建构的一部分，“文学即人学”，如果缺少对人类普遍的情感、价值和生命本体的思考与体现，那么作者苦心孤诣的情节也只能是抽去灵魂的一具空壳而已。这一点就连作者“南派三叔”自己似乎也体察到了，他曾坦言，盗墓小说火不了多久，“写完《盗墓笔记》的二、三部我就不写了，那时盗墓小说热该过去了。因为盗墓小说的写作套路是一致的，读者看多了就会腻了！”

由此，当我们在为盗墓小说（还有其他类型小说，比如网游小说）这一小说形式行将没落而唏嘘感慨之时，是否能从它转瞬即逝的运行轨迹中去寻求某种解决的办法呢？因为，若照此发展下去，网络通俗小说势必会走向整体性溃败的境地，刚刚开辟出来的为广大网民以及普通大众所喜闻乐见的通俗文学园地就有可能在没有任何外在因素的围剿逼仄下，自行解体，这当然是我们不愿意看到的。毕竟，“百花齐放，百家争鸣”才是繁荣社会主义文学艺术的根本途径，我们不仅需要满足文化层次较高的人们精神需求的严肃文学作品的推陈出新，更需要一些能够让普通大众得以接近文学、感受文学，从文学作品中获得最大精神能量的通俗文学作品的出现。尽管诸多从事通俗文学写作的作者们都声称，自己写作的初衷只是“玩玩而已”，但还是希望他们明白：当你在键盘上敲出第一个字时，就意味着你和读者之间已经建立了一种契约关系，你就有责任为读者提供在你能力范围内所写出来的质量上乘的文学作品，我想，这种责任是不可推卸的。

“古墓”密码
——《盗墓笔记》之我见

盗墓不是请客吃饭，不是做文章，不是绘画绣花，不能那样雅致，那样从容不迫，文质彬彬，那样温良恭俭让，盗墓是一门技术，一门进行破坏的技术。

——《鬼吹灯》

南派三叔曾经夸口说，他所写的《盗墓笔记》是“最好看的盗墓小说”，在我看来，此言非虚。什么是“最好看”的呢？对于通俗小说来讲，无非表现在两个方面，一是小说题材的新颖独到，二是小说情节的精彩奇特。《盗墓笔记》之所以要比其他盗墓小说“好看”，毫无疑问取决于后者，这恰恰也是作者津津乐道之处。因为《盗墓笔记》既然已属于“盗墓小说”范畴，题材上创新的空间就极为狭窄，而情节构思方面，则可以根据作者的学识、阅历、个性、情感、想象等形成的综合因素创造出曲折离奇、神秘诡谲的“古墓传说”。以最大限度地迎合读者的审美趣味，从而使读者内心产生真正的审美愉悦。

那么，作者是通过怎样的叙述模式来构思他的“盗墓”情节的呢？

初读文本时，答案还并不是很清楚，甚至会让我们产生这样的印象，也就是《盗墓笔记》与《鬼吹灯》（另一部被读者推崇的盗墓小说，作者天下霸唱，该书写作时间要比《盗墓笔记》稍早）的情节如出一辙。都是因为无意中对祖父传下来的一本古书残卷（《鬼吹灯》中是《十六字阴阳风水秘术》，《盗墓笔记》中是战国帛书）产生浓厚的兴趣，继而纠集了一帮盗墓高手开始其惊险刺激的寻宝历程的。而且，两部小说的人物设置及性格特征也颇为相似。“胖子”这一角色在《鬼吹灯》中是作为主人公“我”的好友出现的，某种意义上也可以看作是对“我”的形象的补充，他胆大心细、感情真挚，又带有十足的市侩气，爱耍些小聪明，但在关键时刻也能以大局为重，较重义气。在《盗墓笔记》中同样也有一个“胖子”，简直就是《鬼吹灯》中“胖子”的翻版，他们不仅性格相似，就是玩儿起幽默来也都喜欢说一些让人忍俊不禁的“革命口号”。

但当我们继续读下去的时候，情形就大不相同了，二者之间的差异才得以显露出来。《鬼吹灯》更像是若干盗墓情节的简单拼凑，在不同的时间，不同的地点，不同的墓穴去寻找不同的名器，从而发生了不同的故事。而《盗墓笔记》在情节安排上明显技高一筹，乍看上去相对独立的故事单元始终围绕着“战国帛书残卷”这条主线展开，随着故事的进一步深入，又引出了多条次要线索，主线对全书起着绝对的统领作用，次要线索又无一例外地服务于主线。此外，这些次要线索并未呈平行状展开，而是一种层层递进的状态。这样，全书的布局结构就较为清晰缜密，更有利于作者充分发挥想象，在这些勾连甚紧的骨架上添加血肉了。

当然，广义上来讲情节构思并不局限于小说的结构布局，它还包括具体叙事手法的运用，《盗墓笔记》很好地吸收了中国古典叙事和西方恐怖侦探小说的叙事技巧，并将二者有机地结合起来，形成一种悬念迭出、惊悚乖戾的叙事风格，大大增强了小说的可读性和吸引力。作品在独立单元叙事中常常设置悬念展开故事情节（大多在上一卷的末章留下悬念），这是中国古典小说尤其是话本小说常用的一种刺激读者阅读欲望的叙事方式，同时也使下文的展开不至于使读者感到突兀困惑，效果非常明显。在第二卷《怒海潜沙》的末尾一章看似总结，其实是为第三卷《秦岭神树》和第四卷《云顶天宫》做必要的铺垫。鲁王宫和海底墓里都出现了蛇眉铜鱼和六角铜铃，它们之间会否有某种神秘的联系，鲁殇王和汪藏海之间又可能发生过怎样的事情？……一个接一个的谜团让读者欲罢不能，从而产生强烈的阅读期待。具体到某一特定场景的描写，作品又大胆借鉴侦探恐怖小说的表现技巧，借助一些违逆人类正常心理逻辑的意象或者意象场景深入读者的潜意识当中，有意制造一种阴森可怖的气氛，从而使读者在不经意间进入作者所设置的叙事圈套当中，然后又不急于解套，而是驱使读者在叙事陷阱中犹疑徘徊一番，跟随故事情节的发展，通过层层环扣的逻辑推理，终至柳暗花明、拨云见日，积郁在心中的各种疑惑一瞬间得到完全释放，痛快淋漓。比如，第三卷《秦岭神树》中，我的儿时好友老痒和我一起去秦岭寻找青铜古树，然而我却在墓室中发现了老痒的尸体，而在洞外还有一个活生生的老痒正在与我谈话，洞外的“老痒”是谁？是人还是鬼？他到底怀着怎样的目的？……一下子恐怖的气氛达到了极致，这种恐怖气氛不亚于遇到各种怪兽鬼魅，这是一种深入骨髓的令人毛骨悚然的恐怖。情节发展到这里，并没有及时揭开谜底，而是接着叙述“我”与巨蟒的搏斗，直到“我”冒险归来后，在“老痒”发给“我”的快件中才明白事情的真相，原来老痒凭借神树赋予他的能力物质化了另一个自己，而真正的老痒已经被和我一起来盗墓的“老痒”杀害了。可见，这样的叙事方式产生的震撼力何其巨大！

评论家周枝羽认为“盗墓小说”很有《达·芬奇密码》的味道，只不过它的载体变成了“盗墓”而已。我们可以看到，读者也正是在对《盗墓笔记》预设的“古墓”密码的解读过程中获得相应的审美愉悦的。

“青春校园小说”印象

新时期以来，伴随着“80后”作家的出现，“青春校园小说”这种以青少年学生的成长历程为其主要书写对象的小说形式渐成气候，在文坛掀起了一浪接一浪的“青春狂潮”。从1996年海天出版社推出郁秀的《花季雨季》开始，诸多涉及青春校园题材的小说纷纷出炉。《三重门》（韩寒）、《幻城》（郭敬明）、《恶作剧天使》（张悦然）、《左耳》（饶雪漫）等等不可胜数，狂傲、叛逆、痴情、浪漫、忧伤……成为这类小说共有的特征。尽管在文学界仍有很多人对其颇有微词，但是从取得的成绩和产生的社会效应来看，青春校园小说能够在传统“成人小说”一统天下的局面下获得自己的生存空间并迅速发展壮大，这一现象本身便无可辩驳地说明了：在当下的文学语境中，以“80后”为代表的青少年作家正力图摆脱传统文学所设置的观念形式桎梏，企图寻找并确定自己的话语权力以及为争取这一话语权力做出了可贵的尝试。

在我看来，青春校园小说之所以能够得到青少年阅读群体的认可以及更多人的关注，主要有两方面的原因：一是青春题材本身更切合青少年尤其是中学生的生活实际。二是众多青春校园小说作者（包括网络写手）知道应该运用怎样的叙述方式来满足青少年读者的阅读心理期待。

青春题材并不是近几年才出现的，从某种意义上来说，20世纪70年代刘心武的《班主任》到80年代路遥的《人生》《平凡的世界》、刘索拉的《你别无选择》以及许多知青文学作品都可以看作是青春类小说，它们真实地反映了几代青少年所面临的情感生活境遇以及他们的困惑和选择。但是长期以来，这些小说中跃动的青春元素却被人们有意无意地忽略了，而更强调时代因素在其中的作用，所以它们大多被贴上了“伤痕小说”“乡土小说”“知青小说”的标签。为什么呢？我想关键还在于作家对自己创作的定位问题，定位角度不同，小说反映生活的内容就必然会有所侧重。以上列举的小说虽然不乏大段的青春独白，但归根结底，作家还是希望借助年轻的主人公的人生遭际，情感历程去反映一个大的宏观的社会主题，或者至少也应该是对过往青春岁月的一种回顾与总结。正因为如此，作家在不经意间已经将自己的创作定位在一个相当的高度，而这一高度对于那些生活在改革开放时代的青少年来说似乎是不可企及的，久而久之，自然会产生隔膜感，一定程度上扼杀了青少年的阅读欲望。另外，从成人的视角去审视青少年的内心世界本身就是一种值得怀疑的叙事策略，尽管有许多作家自以为能够很好地把握和处理这一问题，可他们毕竟是站在一个旁观者的立场上，年龄、阅历、情感的巨大差异还是阻碍了他们深入同时代青少年内心深处的步伐。也就是说他们有关青春的叙述在很大程度上带有成人化的主观想象痕迹。因此，他们的创作还不能真正称之为青春校园小说。那么，我们不禁要问，什么样的小说才算是真正的青春校园小说呢？我认为，它至少应该具备这样三个要素：内容上反映当今青少年真实的生存现状；审美表达上应该适合青少年读者的知识结构与审美心理；作者最好是来自于同时代青少年群体当中，起码年龄不要相差很大。我们可以看到，“80后”作家的创作正是符合这些要求的典型范本。这也正是他们以及他们的作品受到人们广泛关注的最重要原因。

纵观青春校园小说的发展脉络，经历了一个从纯小说向通俗小说的发展演变过程。如果说《花季雨季》和《三重门》还可以看作是严格意义上的纯小说的话，那么2003年，以郭敬明的《梦里花落知多少》为标志，青春校园小说就开始全面转入通俗小说的轨道。一时间各路写手纷至沓来，作品繁多，质量却差强人意。商业化的写作模式，扁平的人物性格，同出一辙的情节架构，使青春校园小说不可避免地走入了人为设置的死胡同，然而，令人欣喜的是，刚刚加入作协不久的“新青春派掌门人”郭敬明在2007年推出的长篇小说《悲伤逆流成河》却展现了一种全新的面貌，不禁使我们有柳暗花明之感。与仍旧在通过编织少男少女纯真浪漫的爱情故事而陷入矫情、做作漩涡中的作品相比，《悲伤逆流成河》明显体现出向纯小说复归的倾向，这种复归不是完全回到传统意义上“纯小说”的怀抱，而是介乎于纯小说和通俗小说之间的一种“再创造”。说得更准确一些，就是将少男少女的生存状态、情感经历以近乎写实的叙述方式呈现。复杂的人物性格，微妙的心理变化，真挚的感情表达，厚重的思想内涵，都不仅仅是用“青春校园”可以概括的，它其中浸透着作者对人生对周遭世界的一种独特的感悟与理解。一方面说明作者阅历更为丰富，思想更为成熟，另一方面也表明作者开始有意识地去探寻裹藏在青春表象中那种能够打动人类深层心理的情感表述方式。因此，从这个意义上说，《悲伤逆流成河》就不仅仅是郭敬明自身创作的转型，也应该成为青春校园小说摆脱现有写作困境的一种值得借鉴的创作方式。

与《悲伤逆流成河》几乎同时出现的还有饶雪漫的《沙漏》，这是作者“青春疼痛系列”小说的第六部，基本上还是延续着其一贯的叙事风格，以感性浪漫的笔调演绎着主人公命运多舛的传奇经历。明晓溪的《会有天使替我爱你》虽然赚足了同龄人的眼泪，但虚构的成分过多，看起来更像是一幅制作粗糙的漫画，顶多能骗骗不谙世事的小女生而已。

总之，2007 年的青春校园小说，在经过 2003 年乃至 2004 年繁盛期之后，呈现整体的回落迹象，这也从侧面反映出一味地沉溺于模式化的青春写作所带来的负面效应，青春校园小说的全面转型也就势在必行，而《悲伤逆流成河》或许就是这一转型的前奏。

“悲伤”的河流
——读郭敬明小说《悲伤逆流成河》

辛弃疾有词云：“少年不识愁滋味，爱上层楼；爱上层楼，为赋新词强说愁。”在这位老者的眼中，愁闷之于少年，就如同泪水之于演员，只是在需要的时候才会强迫自己掉下几滴不甚真实的液体来。但，真是这样的吗？难道少年就只知道嬉戏和欢乐，而没有苦痛和悲伤，没有刻骨铭心的生命不可承受之重吗？就没有像《悲伤逆流成河》中那些初涉人世便被生活撕扯得无限哀伤的灵魂吗？

当我在郭敬明“悲伤的河流”中一次次落泪时，我的心灵也为之震颤不已。有人说，世间最大的悲剧莫过于美好的物事在不经意间灰飞烟灭，可是我分明又看到了比这更锥心的痛，更令人扼腕的血痕，那是青春和生命不为俗世容纳的无奈，那是抗争后依旧被残忍地推向地狱之门的凄楚之音。而这声音正是《悲伤逆流成河》，这部被所谓的主流文学界不屑一观的长篇小说娓娓道来的。

与《幻城》不同，易遥不是生活在虚幻的世界中，而是狭窄、逼仄的“上海弄堂”里一个普普通通的少女。她也曾有过快乐的童年，也曾是父母的掌上明珠，也曾在每晚听着爸爸的童话故事进入温柔的梦乡，可是幸福毕竟是短暂的。十三岁那年，父亲提着箱子头也不回地离开了这个家，从此，这甜蜜的时光便成了她遥远的记忆。易遥不得不和母亲林华凤相依为命，为了养家，一无所能的母亲只好违心地一次次出卖自己的肉体，在易遥眼里，母亲“是妓女，是烂女人”，她恨母亲，甚至直接叫她“林华凤”，可是她又深深地爱着这个变得越来越乖戾和残忍的女人，即便妈妈常常无来由地辱骂她、虐待她、毒打她。

在这样的环境中长大的易遥，无时无刻不在渴望着得到别人的爱，哪怕是一丁点的同情和关心，她都会视若至宝，可是身边除了齐铭之外，她得到的始终是别人的嘲讽和奚落。所以当李哲这个不良青年出现在她面前时，她便义无反顾地爱上了他，甚至毫不犹豫地奉献出自己的身体，待到她怀孕后去找李哲时，她才发现自己只不过是这个男人的玩物而已，她又一次陷入了巨大的黑暗中。为了省钱，也为了不被别人发觉，她只好去小诊所药物流产，结果导致大出血差点送命。可就是这样，她还是逃不脱别人的觊觎和窥视，本和她就有间隙的唐小米将她怀孕的事闹得沸沸扬扬，唯恐天下人不知，她成了学校里的焦点，成了和她妈妈一样的“贱女人”，成了一百块钱就能陪人睡觉的“妓女”。为此，她争辩过，抗争过，甚至和别人打过架，然而，她的所有努力换来的却是人们变本加厉的讥笑和嘲讽，她在承受着身体的痛苦之外，更承受着心灵的巨大伤害和侮辱。

有谁能够理解她呢？有谁知道在她血液中那“逆流成河”的悲伤呢？齐铭吗？顾森西吗？或许是吧，他们曾真心帮助过这个可怜的女孩儿，但也恰恰是他们成为易遥离开这个世界的“罪魁祸首”。那么是林华凤吗？或许也是吧，可她对易遥的亲情又有多少能够被女儿体察到呢？况且她已先于易遥告别了这个世界，即使她想挽救也无济于事了。

连自己最信赖，最爱的人也不再愿意相信自己，连自己唯一的亲人也撒手人寰，这个世界还有什么可以留恋的呢？最终，易遥用死亡证明了自己的清白，而事实上，她是在用死亡向这个世界发出无声的控诉。难道一个弱小的，只想简单地活在这个世上的妙龄少女就这样肮脏和多余吗？“不同的人生活在不同的世界里，为什么唯独你生活在黑色的世界里”呢？……

随同易遥母女一同踏上不归路的还有齐铭和顾森湘，这对儿被人们视为早恋的情人，不知是否还能在天堂听到尘世的哀音，让我们掬一把同情之泪送别这些牵系着我们太多感动的年轻生命吧！尽管他们只是汇聚成“悲伤与寂静的巨大河流”中的一条小溪，但是她们的身影却始终在我们心头久久萦绕、挥之不去。

郭敬明不愧为“新青春派掌门人”，在他的笔下，青春不再是故作矫情的虚假忧伤，而是踏足于现实土地上的真诚诉说。那一幕幕活跃在纸面上的少年人生都被他熔铸在哀婉凄凉的诗性语句中，那一丝丝浸透着滴滴血泪的情感告白都被他悄无声息地糅入了读者的灵魂深处，那一幅幅淡定从容的生活画面都被他赋予了无尽的汩汩悲伤。青春的血液在这里默默地流淌，人生的悲剧不再是成人的名帖，生命的历程中到处都有悲伤的河流。

“言情小说”概览

爱情是文学永恒的主题，早在我国第一部诗歌总集《诗经》中，先民便吟诵出了“关关雎鸠，在河之洲。窈窕淑女，君子好逑”的千古名句。明清时期的才子佳人小说、现代文学史上的“鸳鸯蝴蝶派”以及张爱玲、张恨水等人述说都市男女爱情婚姻的小说创作，一次次将爱情演绎得美轮美奂、凄婉动人。当代意义上的“言情小说”，肇端于20世纪八九十年代，琼瑶、亦舒、席绢等台湾作家以浪漫唯美的笔调将“言情小说”创作推向了又一个新的高峰。大陆的言情小说创作正是以此为契机迅速发展壮大的，至2007年，随着众多网络写手的加入，原创言情小说形成了一种多元交织，异彩纷呈的局面。波波的《绾青丝》、雪炎的《回归银河系》、默婵的《零度C的爱恋》、梁山子的《嬉春女郎》、愁云的《浴火凤凰》等都是这类小说的代表作品。

与传统的言情小说不同，新一代的言情小说不再以痴男怨女单纯的感情纠葛作为结构小说的唯一线索，而是在文本中设置了多条经纬交织的线索。虽然主人公的爱情经历依旧是小说的主要情节，但是作者往往要在此基础上展开充分的想象，将历史与现实、事业与爱情、生存与梦想合而为一。这里，既有刀光剑影的侠义情怀，又有入世与出世的矛盾斗争；既有苍凉无奈的生存困境，又有苦涩辛酸的人生感悟；既有对情感欲望的露骨倾诉，又有对爱情生活的戏谑不羁……种种复杂的生命情思统统汇集到小说的叙述当中，极大地开拓了言情小说的时空维度，使这种小说样式焕发了新的生命力。

多种文化元素的融入是当下言情小说所体现的另一个重要特征。现代社会丰富多彩，多元化的文化理念渗透在我们生活的每一个角落，发达的讯息资源造就了现代人复杂多变的思维结构。近几年各种类型通俗小说的迅猛发展也为言情小说创作提供了许多可资借鉴的写作方式和表现技巧。怎样能使自己的小说在汗牛充栋的作品中脱颖而出，吸引广大读者的眼球，是言情小说作家不得不考虑的问题。因此，以言情为主，积极吸收借鉴其他小说较为成功的写作经验和模式成为当下言情小说作家的普遍共识。在新世纪，受到读者欢迎的玄幻小说、盗墓小说、青春校园小说、修真小说、武侠仙侠小说等小说元素都在不同程度上被运用到言情小说的创作中，这就使言情小说打破了固有的写作模式，成为一种具有极大包容性的小说文体。比如，2007年红遍网络的原创言情小说《绾青丝》，就是一部包含着诸多文化形式元素的集大成之作。文本中，女主人公叶海花穿越时空，回到古代，明显采用了“穿越小说”的情节模式；但是这个古代的“天塈皇朝”在历史上并不存在，是作者虚构的一个朝代，故事中的人物也完全是作者虚构出来的，没有真实的人物原型，这又是“架空历史小说”所独有的文本特征；而叶海花借尸还魂成为当朝相国的千金，以及小说中冥界的小冥王——冥焰的出现又使人仿佛看到了“玄幻小说”的影子。这些异质元素的加入，在拓展小说叙述时空，增强可读性的同时，也使人们对小说的定位产生了困惑。各大网站在介绍这部小说时，都是根据自己的理解将它归入不同的类型当中，差异很大。这种现象有力地说明了当下通俗小说存在着一种合流的趋势，作者不再拘泥于对某种小说形式的机械复制，而是积极寻求多种表现手法的融合，试图摆脱通俗小说单一创作模式所造成的雷同化和乏味感。这种努力方向无疑是正确的，它是当下通俗小说走出写作困境的一种有效尝试。

另外，我还想谈一谈言情小说的人物塑造问题。对于言情小说而言，人物理所当然地应该是小说的灵魂之所在。尽管波澜起伏、浪漫纯美的故事情节是感动读者的重要因素，但是它却不能取代人物性格发展在构建小说过程中的核心作用。文学即人学，文学说到底还是要表现人性人情，揭示人类在生命历程中的种种真实心灵体验。言情小说以人类至高至美的“爱情”作为书写的中心，就必然会涉及主人公在爱情经历中的性格展现。读者希望在文本中获得的审美愉悦也主要来自于对人物命运的感同身受。然而，综观近几年的言情小说作品，在这方面的表现力度似乎差强人意。人物扁平化、定型化的现状仍旧没有得到根本的改观，凡是男性必然相貌英俊、帅气十足，凡是女性必然美丽超群、艳冶无双，男女主人公之间发生的恋爱故事大多缺乏坚实的生活土壤，给人造成突兀感和虚假性，一看便知是作者主观臆造出来的，没有达到灵魂的深度。这样，又怎么能真正地感动读者，怎么能创造出能够使读者难以忘怀的人物形象呢？所以，塑造生动感人的人物形象，恐怕是今后言情小说创作应该着力注意的方面。

有人在谈到言情小说时，曾做出这样的评价："言情小说对于未恋爱的人来说是向往；对于恋爱中的人来说是经书；对于失恋的人来说是痛苦的回忆；对于幸福的人来说是消遣；对于作者来说它只是为了赚人眼泪。"如果当下的言情小说创作能够达到如上所述的标准，我相信，它离成功已然为期不远。

《绾青丝》：现代爱情的历史演绎

与我们头脑中所形成的“言情小说”概念不同，波波的《绾青丝》甫一出世，便给人以全新的感受。这里的“新”不仅体现在文本杂糅诸种通俗小说的创作元素于一身，改变了言情小说单纯言情、缺少变化通融的写作模式，而且，从内容上来看，也大胆突破了以往言情小说歌颂忠贞不渝的柏拉图式的精神恋爱，将“执子之手，与子偕老”作为诠释爱情的金科玉律，除此之外，别无他求的传统爱情观，为言情小说注入了更多具有现代及后现代色彩的“另类”爱情理解。

首先是现代人对爱情基于生理和心理的双重渴求。爱情本就不是单一的情感使然，还有一种性本能的驱使，从某种意义上来说，只有对性的需求和对异性情感的需求均得到相应的满足，才可以称得上是完满的爱情。因此，作者在小说中并没有回避对性的书写，甚至有大书特书之势。小说开篇，就设置了一个“蔚蓝雪”被楚殇奸污的场景。在人们的理解中，女性被男性强暴，会本能地加以反抗，这也是人之常情。但“蔚蓝雪”偏偏没有这样做，当她看到眼前的人竟是“这样一个俊俏好看的绝世美男子”时，不经意间意乱神迷，竟然鬼使神差地迎合起对方来。为什么会这样呢？因为“蔚蓝雪”只是生活在21世纪的一个三十出头的年轻女性——叶海花的一具躯壳而已。三十岁的叶海花，正处于生理欲望的高峰期，可在她生活的时代又因为种种原因得不到爱情的呵护，故而，她对楚殇的行为尽管也感到一丝羞辱，但最终还是被本能欲望所掩盖，甚至在被楚殇强暴之后，还意犹未尽，在心底里逸出些许爱的情愫。这段描写看起来似乎有些变态，事实上却反映了现代人正常的性爱心理。当然，仅仅有性并不一定就是爱情，叶海花设计除掉楚殇便是有力的证明。和性爱相比，更重要的应该是心灵的契合。叶海花在追寻爱情的漫漫征途中，始终念念不忘的便是找到一个愿意为自己“绾青丝”的人。因为，在她的心目中，“生命中若有那么一个人，可以令我安心同榻，结发缠绵，这一生，都无人能阻止我们相爱，他会用手亲昵地梳理我的黑发，会用簪将我的青丝绾成同心髻，那是多么美好的一件事情。结发，夫妻。”正是抱着这样美好的信念，女主人公在不同时期遇到的几个男子都曾被她想象为自己的结发夫君，她的痴、她的怨、她的爱、她的痛、她的泪、她的血……都毫无保留地纠结缠绕在几个男子的身上，无论最终的结果怎样，这一追寻的过程本身便说明了：社会文化的发展进步，使现代人意识到了爱情的真谛所在，他们急切地希图找到属于自己的那一份灵肉相通的爱情，但大多数人却因为种种现实的原因不能遂愿，到头来，他们也只能像叶海花一样，在虚拟的幻想世界中做着爱情的迷梦。而这恰恰也正是现代人的爱情悲剧所在。

其次是事业在现代女性爱情天平上的分量明显加重。小说中的女主人公不仅具有良好的文学修养和艺术天赋，而且还是一位精明干练的经商好手。她虽苦苦挣扎于感情的漩涡，却将自己的生意经营地有模有样。从她委身于倚红楼时和金大娘讨价还价，收取提成，到出狱后前往沧都开锦绣庄分号，并轻易地打开“海外市场”可以看到，叶海花并非只是一味沉迷于爱情，她还希望能够开创自己的事业，拥有独立的经济地位。这就与以往言情小说中的痴情女子形象形成了强烈的反差，具有现代职业女性的鲜明特点。对于一个现代女性来讲，爱情、婚姻、家庭固然重要，但它们绝不可能也绝不会是生活的全部。女性一旦没有经济的独立性，她在爱情上也必然会沦落为从属者的角色，成为男性的附庸，这样，所谓的爱情便会因为双方不平衡的经济关系而失去赖以维持的物质保障，女性始终生活在男性施舍与怜悯的心理阴影下，即便是最真诚的爱情也会在岁月的流逝中黯然失色。作者显然很清楚这一点，她之所以将女主人公的创业经历融入文本的情感叙述当中，也正是希望以一个现代女性的眼光去重新审视男权社会的传统女性观，从而在此基础上建构起她自己的理想事业爱情观念。尽管这种观念看起来似乎都是作者一时兴起的念头，但也正因其无意为之，才更为清晰地表明了这一观念已经牢牢地扎根于现代女性的心灵深处。

另外，对现代人复杂爱情经历的多方位展示也是《绾青丝》超越于其他言情小说的优长之处。一般的言情小说总是将视点固定在一男一女身上，以他们或缠绵悱恻，或悲痛欲绝的爱情经历为主线，敷衍铺展出整个故事情节。这种以唯美浪漫为主要审美特征的叙述模式虽然歌颂了一种从一而终、为爱情不惜粉身碎骨、在所不辞的理想爱情。但却忽略了世俗爱情的真实画面，脱离了社会现实本身。尤其是在21世纪的今天，现实生活的复杂性不可避免地会在人们的爱情生活中体现出来。年轻人在求偶的过程中，往往会受到各种现实或非现实因素的困扰，中途夭折的爱情故事比比皆是，因此，大多数人不可能只经历过一次爱情，而且现代人在恋爱过程中表现得愈加谨慎和理智。尽管人们内心中依旧向往花前月下、完美无缺的爱情，但事实上，这种爱情又是不存在的，是一种虚妄。言情小说如果还沿循着以往的叙述套路，恐怕已经很难适应拥有大量信息资源的现代读者。《绾青丝》的叙述策略就十分符合现代读者的审美标准，女主人公叶海花自身的情感是丰富的，她的爱情经历同样也是丰富的，真正让她倾心过的男子就不止楚殇、君北羽、安远兮、云峥四位，这里还不包括拜倒在她石榴裙下的凤歌、冥焰等诸多一厢情愿者。而且叶海花也没有对曾经离开她的男子表现出过多的留恋和不舍，直到云峥因中蛊毒而死时，她积郁在心中的情感才得到了完全的释放。可见，作者虽然设置的是一个穿越时空的虚拟爱情空间，却是对现代爱情真实而不失韵致的完美演绎。

后　记

不是人人都能写了后记。像我，就不行。尤其是看到韩石山先生为我撰写的序言后，就更怯了。韩老在夸我，我再弄个后记，倒是像貂尾上又续了条狗尾巴。而且，这续，还有存心炫耀的嫌疑，不写吧，尚能落个“任由他人评说”的声名，写了则无异于签字画押，承认自己心里有那么一点点虚荣。可是谁又能摆脱虚荣心呢，于我，至少现在，恐怕是不能。非但不能，还硬是要彰显出来，以期博得大家的赞美。

好吧，就算如此吧。可又能写些什么呢。为何出这本书，还是，这本书有什么价值。倘要说起来，话自然会很多，不过，说少点，我倒也可以“一言以蔽之”：在合适的时间，有了出一本书的合适的机会。因此我感到心有所慰，继之飘飘然起来。其实，这确是我追求的一种写作状态，乃至于生活状态：不心心念念，不强求而为，得失寸心，只是自己知道，自己明白就行了。至于心态上会有什么变化，由它去吧。受到褒扬，就得意一番；遭了冷遇，则怅惘几多。所以，有时想起来，自己何尝不是个“双面”的家伙：一面是遵从自己的性情，喜怒形于色，形于言，形于所作所为；一面是孤许于自己的理性，仿佛发生在我身上的这些个事事情情，自己不是不明白，而是在做“无为”的放任。

追求归追求，毕竟自己还没达到，那就没必要做圣徒状，招人不齿了。还是规矩点，诌些实在的，实在的有三：一是上研究生时导师讲：做文学批评，别老盯着那一亩三分地儿，把眼界放宽点儿。二是在某杂志做编辑时，主编讲：写评论，不能只看与文学相关的书，也要多读些其他的，知识杂些，眼光会更敏锐，写出来的也会更有趣味，更有力道。三是一位从事文学评论多年的长者跟我讲：朝军切记，文学批评不在于面面俱到，重要的是能做到片面的深刻。三个人三句话，践行了多少不知道，但总归是有些变化吧。可惜，这本集子不是按时序编排的，大家一时也看不出个所以然来。就当我在打诳语吧。哈哈。

不过，韩老在序言里不吝赞美，专门拣出来的那三条让我脸红，同时让他“失算”的“特征”，还是掘开了掩藏在我内心的自以为是。偷着乐了好几天。想必，韩老早就料到了，只不过，碍于是长者，不愿让后生晚辈难堪罢了。

粗粗一数，计有八百余字，于我这样不会写后记的人，能凑如许，已是知足。至于致谢词，本欲一一胪列，又恐缺了哪位，拂逆本意，故容我以“感谢……感谢……感谢……”代之，略去名姓的诸君，待本书付梓后，奉赠样书以表朝军之殷殷谢忱。

2016年11月27日夜　于家中